여 정 의 시 작

SEEKERS
별을 쫓는 자들

4 최후의 황야

여 정 의 시 작
SEEKERS
별을 쫓는 자들
4 최후의 황야

2025년 2월 28일 초판 인쇄

지은이 에린 헌터 **| 옮긴이** 윤영철

기획 이성애 **| 편집** 한명근 **| 교정 · 교열** 권혜정
마케팅 한명규 **| 디자인** 김성엽의 디자인모아

발행처 (주)가람어린이

출판등록 2002년 9월 16일 제2002-000291호
주소 경기도 고양시 덕양구 삼원로 63, 1015호
전화 02-323-2160 **| 팩스** 02-6008-2150
전자우편 garambook@garambook.com
블로그 blog.naver.com/garamchildbook
인스타그램 instagram.com/garamchildbook
X(트위터) twitter.com/garamchildbook
유튜브 가람어린이tv
카카오톡채널 가람어린이출판사
ISBN 979-11-6518-376-9 73840

책의 내용과 그림을 출판사와 저자의 허락없이
인용하거나 발췌하는 것을 금합니다.

* 잘못 만들어진 책은 바꿔 드립니다.
* 책값은 뒤표지에 있습니다.

여 정 의 시 작

SEEKERS
별을 쫓는 자들

4 최후의 황야

에린 헌터 지음 | 윤영철 옮김

가람어린이

체리스 볼드리에게
특별한 감사를 전합니다.

차 례

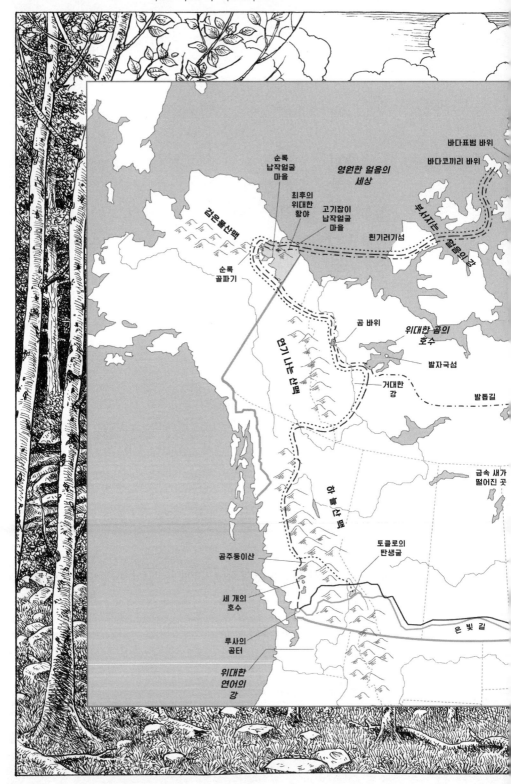

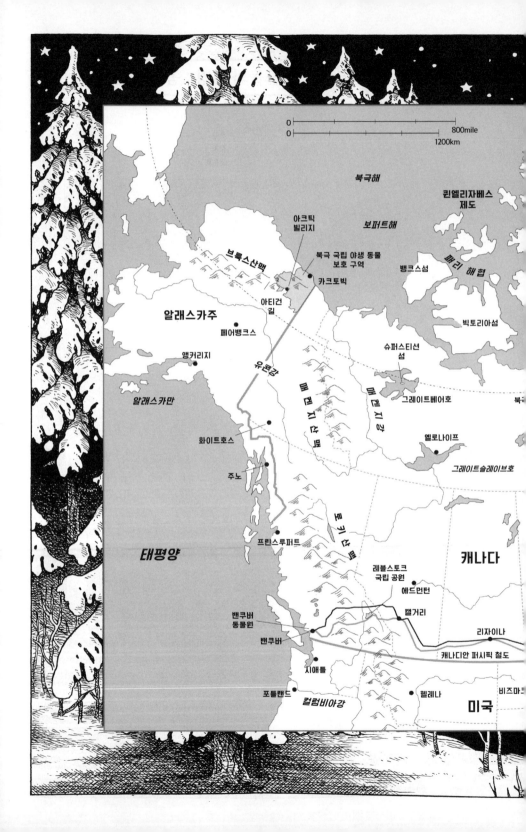

1
황야에서

어주락은 털을 잡아당기는 바람을 느끼며, 산기슭으로 이어지는 비탈길을 달려 내려갔다. 구불구불 이어지는 산기슭에서는 순록들이 풀을 뜯고 있었다.

불타는 하늘이 끝나 가는 시기였고, 얼마 전 내린 비가 그친 뒤로 공기 중에는 맛있는 냄새가 가득 차 있었다. 어주락은 먹잇감의 냄새와 파릇하게 자라나는 녹색 식물의 냄새, 그리고 그 모든 바탕에 깔린 짭조름한 바다 내음을 숨 쉴 때마다 가슴 깊이 들이마셨다.

비탈길을 달려 내려가면서 친구들을 흘끗 돌아보았다. 흰곰 칼릭은 허공에 대고 코를 씰룩거리며 흐르는 물처럼 부드러운 걸음걸이로 옆에서 달리고 있었다. 어주락은 칼릭이 자기 고향의 냄새, 즉 얼음 냄새를 맡을 수 있는지 궁금했다. 달이 수없이 뜨고 지는 동안 그들은 어두운 숲을 헤치고 햇볕에 달궈진 바위를 밟으며 여행을 계속해 왔기 때문이다.

쿠당탕거리는 소리에 뒤를 돌아보자, 일행을 따라잡으려고 서두르던 흑곰 루사가 자기 발에 걸려 넘어지는 모습이 보였다. 루사는 몇 바퀴나 구른 뒤에야 가까스로 다시 몸을 일으켜 비탈길을 계속 달려왔다. 이제 루사는 넷 중에서는 확 티가 날 정도로 덩치가 작았기 때문에, 다른 곰들이 한 걸음을 내딛는 동안 혼자서만 두 걸음을 디디는 것처럼 보였다. 하지만 그럼에도 무리의 선두에 서는 일은 거의 없었다.

선두에서 털이 덥수룩한 귀를 펄럭이며 달리고 있는 건 갈색곰 토클로였다. 토클로는 항상 앞장섰고, 늘 앞자리를 지켰다. 어주락의 마음속에 온기가 차올랐다. 토클로는 어주락을 믿고 이곳까지 오는 긴 여정을 함께했다. 어주락은 불현듯 자신들이 세상의 끝에 닿을 때까지 쉬지 않고 걷고 또 걸었던 발걸음 하나하나를 모조리 기억할 수 있기를 바랐다. 토클로를, 그리고 루사를 만났던 그 산에 대한 기억은 이제 흐릿해졌다.

왜냐하면 마침내 긴 여정의 종착지에 다다랐기 때문이다.

곰들은 최후의 위대한 황야를 찾아냈다.

풀이 무성한 언덕 아래에서 한가로이 풀을 뜯고 있던 순록들이 자신들을 향해 다가오는 곰들을 보고 고개를 들었다.

"조심해, 우리가 간다!"

어주락이 으르렁거리며 말하자 토클로가 어깨 너머로 힐끗 쳐다보았다.

"바보야, 저 순록들은 사냥하기엔 너무 크잖아!"

어주락은 토클로를 향해 코웃음을 쳤다. 물론 어주락도 자기만큼이나 힘이 센 거대한 순록을 진짜로 사냥하려던 것은 아니었다. 자신이 저 긴 다리를 가진 생물의 배 아래를 지나갈 만큼 덩치가 작다는 사실도 잘 알고 있었다. 단지 이 멈출 수 없는 질주가 가져다주는 짜릿한 기분을 한껏 즐기는 중이었다. 네발은 기분 좋게 스치는 소리를 내며 풀밭 위로 미끄러졌고, 매끈하게 떨어져 내린 옆구리 털은 바람에 물결치듯 찰랑거렸다.

곰들은 이제 산기슭에 다다랐다. 완만한 비탈이 순록 떼가 풀을 뜯는 곳까지 비스듬히 뻗어 있었다. 가까이에서 보니 뿔 달린 짐승들은 정말로 덩치가 컸다. 순록들은 어주락과 곰 일행이 무섭지도 않은지, 그저 무거운 고개를 돌려 나른해 보이는 눈빛으로 쳐다볼 뿐이었다. 순록은 수가 어마어마하게 많았다. 순록 무리와 같은 높이까지 내려왔을 때는 무리의 반대편이 보이지도 않았다. 눈에 보이는 거라고는 창백하고 털이 무성한 배에 달려 있는 막대기처럼 가느다란 다리의 숲뿐이었다. 순록들의 털가죽에서 강한 사향 냄새가 풍겨서 어주락은 코를 찌푸리며 연신 콧김을 훅훅 불어 댔다.

토클로가 한쪽으로 쏜살같이 달려가 순록들을 뿔뿔이 흩어 놓으며 곰들을 순록 무리 밖으로 이끌었다. 이제 눈앞에는 다시 뻥 뚫린 계곡이 펼쳐졌다. 너무나도 밝은 햇빛에 어주락은 눈을 깜빡였다. 발아래로 광활한 초원이 펼쳐져 있었고, 뾰족뾰족한 풀 더미가 이곳저곳에 점점이 흩어져 있었다. 가느다란 풀줄기에는 보일 듯 말 듯한 은빛 물방울이 맺혀 있었다. 어주락은 바람을 맞아 시린 눈으로 초원을 둘러보았다. 먹이를 찾아 축축한 초원에 내려앉은 기러기 떼가 마치 하얀 얼룩처럼 보였다.

'여기가 바로 늙은 흰곰 코푸크가 우리에게 말해 준 위대한 황야야.

15

먹잇감이 가득하고, 흰곰과 갈색곰, 흑곰까지 모든 곰이 살 수 있을 만한 충분한 공간이 있고, 납작얼굴이나 불꽃야수나 검은길의 흔적 따위는 없는 곳…….'

그때 배에서 찌르는 듯한 통증이 느껴졌다. 연기 나는 산을 통과하는 고된 여정 중에는 먹잇감을 거의 찾을 수 없었다. 눈앞에 보이는 기러기의 모습이 새삼 허기를 일깨워 주었다. 어주락은 입안 가득 고인 침을 꿀꺽 삼켰다. 속도를 높이자 발밑의 풀이 흐릿해지면서 그저 맛있고 오동통한 기러기 생각만 머릿속을 가득 메웠다. 갑자기 다리가 얼얼해지는 느낌이 들더니, 앞다리가 점점 길고 가늘어졌다. 털가죽이 따끔거리면서 갈색 털이 거친 회색 털로 변했다.

'늑대구나!'

주둥이가 점점 길어지고, 평원에 있는 한 무리의 기러기 떼에 집중하는 사이 시야가 점점 좁아지면서 가장자리가 어두워졌다.

'저게 목표야.'

주위를 둘러싼 모든 소음이 점점 잦아들고, 그저 눈앞에 있는 기러기들이 끼룩거리는 소리만 들려왔다. 그 소리는 점점 더 커졌다.

보폭이 점점 더 넓어지면서 자신이 빨라졌다는 느낌이 들었다. 토클로를 지나쳐 갈 때 갈색곰이 으르렁거리는 소리가 들렸다. 하지만 그 소리는 아주 먼 곳에서 들려오는 것 같았다. 어주락에게는 아무런 의미도 없었다. 따끈따끈한 기러기 냄새가 모든 감각을 집어삼켜 버렸다. 무리 가장자리에서 먹이를 먹고 있는 하얗고 오동통한 녀석을 확실한 목표물로 정하자, 혓바닥이 입 밖으로 축 늘어졌다.

'한 마리만!'

어주락은 자신의 이빨이 기러기의 깃털을 뚫고 들어가 뼈를 부서뜨리는 걸 느낄 수 있었다. 먹잇감의 피 냄새와 심장 박동이 느껴졌다.

'죽여서…… 따뜻한 살점을 한 입 베어 물고…… 그리고 모조리 먹어 치우는 거야.'

평원이 흐릿하게 소용돌이치며 옆을 스쳐 지나갔다. 발은 질척한 땅 위를 날아가듯 움직였다.

마침내 기러기 떼 가장자리에 이르렀다. 새들은 공포에 질려 꽥꽥 울부짖으며 폭풍처럼 날개를 퍼덕여 공중으로 날아올랐다. 으르렁거리며 이빨을 드러낸 어주락은 미리 점찍어 놓은 먹잇감을 향해 달려들었다. 송곳니가 먹잇감의 목을 꽉 물었다. 어주락은 기러기를 이리저리 마구 흔들었다. 어주락의 주둥이에 매달려 세차게 날개를 퍼덕이던 기러기는 점점 힘이 빠졌다.

어주락은 자신이 잡은 먹잇감을 입에 문 채 자랑스레 머리를 쳐들었다.

'지금 먹어……. 피 맛을 봐…….'

하지만 무언가가 마음을 갉아먹고 있었다. 아직은 먹을 수가 없었다. 어주락은 마지못해 몸을 돌려 자신이 왔던 길을 되돌아가기 시작했다.

홀쭉한 늑대의 몸이 점점 불어나는 게 느껴졌다. 갈색 털이 덥수룩한 회색 털을 대신했고, 내딛는 발걸음이 점점 무거워졌다. 늑대가 품고 있던 피에 대한 굶주림이 가시자, 심장 박동이 느려졌다.

이제 자신을 둘러싼 평원을 다시 조금씩 느낄 수 있었다. 기러기들은 조금 떨어진 곳에 다시 자리를 잡았고, 시끄러운 울음소리는 잦아들었다. 어주락은 갈대숲을 스치는 바람 소리와 덤불 사이를 쏜살같이 오가며 첨벙거리는 북극여우의 발소리를 들을 수 있었다. 다른 곰 세 마리가 이제 막 산자락에서 평원으로 내려와 자신에게 다가오는 모습을 보며, 어주락은 혼란스러워서 눈을 깜빡였다. 검은색과 갈색과 흰색 곰…… 왠지 그들을 친숙하게 여기는 게 당연하다는 느낌을 받았다.

'왜 저 곰들이 누군지 기억이 안 나지?'

"어주락!"

작은 흑곰이 앞으로 뛰어나와 어주락을 맞이했다.

"정말 멋진 사냥이었어."

"어…… 고마워……, 루사."

흑곰의 발치에 먹잇감을 떨어뜨리자, 혼란도 사라졌다. 당연히 어주락은 루사가 누구인지 알고 있었다. 자신을 향해 다가오고 있는 다른 두 곰은 자신의 친구인 토클로와 칼릭이었다. 늑대로 변했던 어주락은 긴 다리로 다른 곰들을 빠르게 앞지를 수 있었다.

"와서 같이 먹자."

어주락은 친구들에게 권했다.

토클로가 고맙다는 듯 으르렁거리며 기러기 고기를 조금 찢은 뒤 몇 걸음 물러나 털썩 주저앉아 먹기 시작했다. 어주락은 암곰들이 자기 몫을 가져가길 기다렸다가 자리를 잡고 먹이를 먹었다. 기러기는 아주 살찐 놈이었고, 모두가 나눠 먹기에 충분했다. 기러기 고기는 너무나 맛있었고 뱃속을 따뜻하게 채워 주었다.

"이거…… 느므느므…… 마시써!"

칼릭이 기러기를 정신없이 씹으며 말했다. 그러고는 고개를 들어 바람 냄새를 맡았다.

"너희도 얼음 냄새 나지? 이제 곧 바닷가부터 얼기 시작할 거고, 그럼 나는 흰곰들의 먹이터로 돌아갈 수 있을 거야."

"하지만…… 얼음 위에는…… 숨을 곳이…… 없잖아."

루사가 육즙이 가득한 고기를 입안 가득 물고 말했다.

"어쩌면 바람에 날려서 바닷속에 빠져 버릴지도 몰라."

"아니, 눈 속에 굴을 파면 돼."

칼릭이 설명했다.

"그리고 함께 모여서 웅크리고 있으면 정말 포근하단 말이야!"

어주락은 칼릭의 눈에 드리워진 슬픔의 그림자를 볼 수 있었다. 엄마와 타킥과 함께 지냈던 행복했던 지난날을 떠올리는 것 같았다. 칼릭이 눈을 깜빡이자 슬픔의 그림자는 흔적도 없이 사라졌다.

"그리고 얼음 구멍으로 바다표범을 사냥하는 거지. 너희는 아마 바다표범만큼 맛있는 건 먹어 본 적 없을걸!"

"나는 갈색 땅에 발을 딛고 살 거야. 그리고 그곳에서 내가 잡을 수 있는 먹이를 잡아먹을 거야."

토클로가 저 멀리 나무로 빽빽하게 덮인 산등성이를 향해 고개를 홱 돌리며 말했다. 어주락은 그 위를 뱅뱅 맴돌고 있는 새들과 나무 밑에 사는 작은 동물들의 생기 넘치고 활발한 움직임을 느낄 수 있었다.

"그런 게 바로 갈색곰에게는 최고의 장소야. 안 그래, 어주락?"

"그럼, 그럼."

어주락이 대답했다.

"와, 저 나무들 좀 봐."

루사가 주둥이에 낀 깃털을 발로 털어 내며 말했다. 나무가 무성한 산등성이를 훑어보는 루사의 눈이 기대감으로 반짝였다.

"나는 바람 소리가 들리고 곰들의 영혼을 가까이서 느낄 수 있는 나무 위에서 자는 게 좋아."

토클로는 기러기 고기를 다시 한 입 베어 물었다.

"내가…… 여기서…… 제일 맘에 드는 건……."

토클로는 살코기를 꿀꺽 삼키고 나서 혀로 주둥이를 핥으며 말을 이었다.

"이곳엔 납작얼굴도 없고, 검은길도 없다는 거야. 물론 불꽃야수랑 납작얼굴의 굴도 없고 말이야."

"어딜 봐도 그저 끝없이 펼쳐진 땅과 바다뿐이지."

칼릭이 말했다.

"그리고 우리가 먹을 수 있는 온갖 종류의 먹잇감도 있어."

토클로가 덧붙였다.

루사가 벌떡 일어났다.

"우리 이제 뭐 하지? 난 밤에 잠을 잘 만한 나무를 찾아보고 싶은데."

"일단 좀 쉬자."

토클로가 열정적으로 눈을 빛내는 작은 흑곰을 앞발로 툭 치며 말했다.

"시간은 넘치도록 많아."

자기 몫의 고기를 다 먹은 어주락은 친구들이 이 새로운 집에 대해 신이 나서 떠들어 대는 소리를 재미있게 듣고 있었다. 어주락은 이 곰들을 안전하고, 먹이가 풍부하고, 납작얼굴들에게서 멀리 떨어진 곳까지 데리고 왔다. 뱃속이 따뜻한 고기로 가득 찬 것을 느끼며 발을 핥고 있을 때, 머릿속에서 부드러운 목소리가 들려왔다. 그 속삭임을 듣는 순간 어주락의 몸은 뻣뻣하게 굳었다.

'끝이 아니야.'

어주락은 고개를 들었다. 털가죽에 개미가 기어다니는 것처럼 간질 거렸다. 조용히 일어서서 물을 마시러 웅덩이로 가는 척하며 친구들에 게서 멀어졌다. 목소리가 다시 들려올 걸 대비해서 귀를 머리에 납작 하게 붙이고 집중했다.

예전에도 이 목소리를 들은 적이 있었다.

여러 달 전, 어느 추운 날 밤 반짝이는 별빛 아래에서 그 목소리는 어주락에게 이렇게 말했다.

'길잡이별을 따라가.'

그 목소리를 듣고 고개를 들었을 때, 다른 별들보다 훨씬 밝게 빛나 는 별 하나를 볼 수 있었다. 처음에는 그 목소리를 그냥 무시하려고 했 다. 하지만 몸을 웅크리고 잠을 청할 때나, 아침에 잠에서 깨기 직전의 조용한 순간이 되면 그 목소리가 어주락에게 속삭였다.

'넌 혼자 여행하지 않을 거야.'

"무슨 말이죠? 여긴 아무도 없어요."

주위를 둘러보았지만, 어둠 속으로 쭉 뻗어 있는 울창한 숲 말고는 아무것도 보이지 않았다. 마치 자신이 이 세상에 남은 마지막 곰인 것 같았다.

'그들이 너를 찾아낼 거야.'

그 목소리가 약속했다. 그러고 나서 어주락은 갈색곰 토클로를 만났고, 질문에 대한 답을 얻었다. 그때부터 어주락은 그 목소리를 따르기 시작했다. 자신들이 걷는 길에 대해 어주락이 조금이라도 의심을 품으면, 머릿속 목소리가 부드럽지만 끈질기게 재촉했다. 시간이 지나면서 어주락은 기억을 계속 되짚어 가다가 가장 오래된 기억까지 거슬러 올라갔고, 마침내 그게 누구의 목소리인지 알아냈다.

어주락은 웅덩이에 고인 얼음장처럼 차가운 물을 핥았다. 머리 위 희뿌연 청회색 하늘에서 별 하나가 희미하게 깜빡이고 있었다.

'끝이 아니야.'

목소리가 다시 속삭였다.

'이해할 수 없어요!'

어주락은 길잡이별을 올려다보며 조용히 항의했다. 그런데 그때, 산 너머 하늘에서 움직이는 작은 점이 보였다. 아니, 세 개의 검은 점이었다. 그 점들은 능선을 따라 점점 다가왔고, 멀리서 윙윙거리는 소리가 들렸다. 그 점들이 점점 커지면서 저녁 노을에 반사된 단단한 은빛 물체를 볼 수 있었다.

'금속 새들⋯⋯!'

어주락은 깜짝 놀라 친구들을 돌아보았다. 다른 곰들은 하늘에 나타난 점을 알아차리지 못했다. 그들은 나무와 동굴 중 어느 곳이 더 살기 좋은지 다투느라 정신이 없었다.

어주락은 금속 새가 멀리 날아가는 것을 지켜보았다. 점점 희미해지는 날갯짓 소리가 고요한 하늘에 메아리쳤다. 어주락의 털이 쭈뼛 곤두섰다. 금속 새는 납작얼굴의 것이고, 하늘을 나는 불꽃야수였다.

'금속 새가 여기서 뭘 하고 있었을까?'

토클로가 말했듯이 이곳에는 불꽃야수도 없고 납작얼굴도 없어야
했다.

어주락은 친구들을 다시 돌아보았다.

"나무는 잔가지가 너무 많아서 불편하잖아."

토클로가 말하자, 루사가 화가 난 척 토클로를 앞발로 툭 때렸다. 친
구들은 정말 즐거워 보였다. 어주락은 가슴이 두근거렸다.

'하지만 내가 친구들을 여기로, 이렇게 먼 곳까지 데리고 왔어.'

어주락은 머릿속의 목소리를 향해 말했다.

'더 이상 갈 곳이 없어.'

'끝이 아니야.'

목소리가 다시 말했다.

'그럼 대체 뭘 어떡해야 하는 건데?'

어주락은 애원하듯 묻고 대답을 듣기 위해 귀를 기울였다. 하지만
기다란 풀을 스치는 바람 소리와 갈매기 울음소리만 들릴 뿐이었다.

2

곰들의 안식처

루사는 풀이 무성한 언덕 꼭대기에 서서 평원을 내려다보고 있었다. 차가운 바람에 털이 납작하게 눌렸고, 눈에서는 눈물이 글썽거렸다. 얼음과 물고기 냄새가 바람에 실려 날아왔다. 저 멀리 하얀 바다의 끄트머리를 볼 수 있었다. 칼릭이 그렇게도 고대하던 얼음을 떠올리며 루사는 몸을 부르르 떨었다. 그곳은 루사가 있어야 할 곳이 아니었다. 루사의 집은 나무가 있고 몸을 숨길 만큼 풀이 길게 자라 있는 바로 이곳이었다.

"우린 해냈어!"

루사는 작은 소리로 중얼거렸다.

루사의 임무도 마침내 마무리되었다! 루사는 긴 여행 중에 맞닥뜨린 모든 위험과 고난을 견뎌 내고, 마침내 진정한 야생 흑곰이 되어 친구들과 함께 이곳에서 안전하게 살 수 있게 되었다.

태양이 옆으로 그림자를 만들어 내며 떠오르고 있었다. 어젯밤 어주락이 잡아 온 기러기를 배불리 먹고 난 뒤에 곰들은 작은 가시덤불 옆에 굴을 만들어 잠을 청했다. 부드럽게 흔들리는 나뭇가지 사이에 자리 잡은 루사는 친구들이 밑에서 자고 있는 걸 확인하고 편안한 잠에 빠져들었다. 그래서 지금은 기운이 넘치고 활기가 가득했다.

"야, 솜털 대가리!"

토클로가 루사의 곁으로 달려와 어깨에 주둥이를 가볍게 부딪쳤다.

"아직 잠이 덜 깬 거야, 뭐야? 벌써 세 번이나 불렀다고!"

"미안."

루사는 장난스레 토클로를 밀어내며 대답했다. 토클로는 루사보다 덩치가 훨씬 컸기 때문에, 그건 마치 연기 나는 산을 옮기려는 시도 같았다.

"산토끼를 몇 마리 잡아 왔어."

토클로가 말을 이었다.

"하지만 네가 생각이 없다면 우리가 네 몫까지 다 먹을게."

"어디 그러기만 해 봐!"

루사는 꽥 소리를 질렀다.

토클로는 언덕 아래로 껑충껑충 뛰어 내려갔다. 그곳에는 칼릭과 어주락이 갓 잡은 먹잇감과 함께 기다리고 있었다. 루사도 토클로를 따라잡기 위해 숨을 헐떡이며 쫓아갔다. 어린 곰들은 지난 몇 달 동안 빠르게 성장했다. 루사는 그중에서 가장 작았는데, 가장 몸집이 큰 칼릭에 비하면 머리 하나는 더 작았다.

식사를 마친 루사는 발로 주둥이를 쓱 닦으며 일어나 앉았다. 귀를 잡아당기는 바람이 느껴졌다.

"우리 이제 뭐 하지?"

루사는 큰 소리로 물었다.

토클로가 어깨를 으쓱했다.

"이제 막 도착했잖아, 안 그래? 그러니 하고 싶은 건 뭐든 할 수 있다고."

"그렇다면 탐험을 해야겠네!"

루사는 결심했다. 이곳이 앞으로 살 새로운 집이라면, 이곳의 모든 지형과 모든 냄새, 열매가 달리는 덤불 하나하나까지 빠짐없이 알고 싶었다.

토클로와 칼릭은 곧바로 일어나 출발 준비를 했지만, 어주락은 그다지 열의가 없어 보였다. 그래도 다른 곰들이 산기슭을 따라 자라난 긴 풀을 헤치며 달려갈 때 반대하진 않았다. 곰들이 지나가자 얕은 물웅덩이에 모여 있던 기러기들이 날개를 퍼덕거리며 날아올랐지만, 가까운 곳에 다시 내려앉았다. 적당히 배가 불렀기 때문에 지금은 사냥할 필요가 없었다. 다시 배가 고프면 잡아먹을 만한 먹잇감은 얼마든지 있었다.

'아마 여기엔 내가 좋아하는 맛있는 잎과 열매도 있을 거야.'

루사는 고기만 먹는 건 좋아하지 않았다. 산에 있는 나무에서 과일을 딸 생각만으로도 입안에 침이 고였다.

뭘 먹을지 고를 수 있다는 것이 너무나도 이상하게 느껴졌다.

'다음 먹이를 어디서 구할 수 있을지 걱정하지 않는다는 게 어떤 느낌인지 너무 오래돼서 잊고 있었어!'

이곳에는 굴을 만들 수 있는 장소도 많았다. 루사에게 알맞은 나무,

어주락과 토클로가 좋아할 것 같은 바위 사이나 나무뿌리 아래 구멍들, 그리고 칼릭을 위한 얼음도 머지않아 생길 것이다. 루사는 길게 한숨을 내쉬며 긴장감을 털어 버렸다. 여러 달 동안 쌓인 두려움과 불안이 심어 놓은 긴장감이었다.

"저 바위까지 누가 먼저 가는지 내기하자!"

토클로가 갑자기 저 앞쪽 땅에 반쯤 묻혀 있는 둥근 회색 바위를 주둥이로 가리키며 소리쳤다. 토클로가 먼저 두꺼운 갈색 털가죽으로 감싸인 강한 근육에 힘을 주며 앞으로 뛰쳐나갔다. 칼릭도 열심히 발을 놀리며 토클로를 쫓아갔지만, 어주락은 마치 구름을 살피는 것처럼 고개를 뒤로 젖힌 채 머뭇거리고 있었다.

"뭐 해, 어주락! 저 덩치들이 이기게 그냥 놔둘 거야?"

루사가 소리쳤다.

어주락은 딴생각에 잠겨 있었던 듯이 펄쩍 뛰어오르더니, 몸을 돌려 친구들을 뒤쫓기 시작했다.

루사는 자기가 이길 가능성이 전혀 없다는 걸 알고 있었다. 하지만 온몸의 근육에서 힘이 샘솟는 기분과 더 이상 떠돌아다니지 않아도 된다는 확신으로 즐거워하며 다른 곰들의 뒤를 쫓아 달려갔다. 이제 루사는 야생 곰이었고, 이곳은 루사의 집이었다.

'엄마랑 요기도 여기 함께 올 수 있었다면 좋았을 텐데.'

토클로가 주둥이 하나 차이로 칼릭보다 먼저 바위에 도착했다.

"내가 이겼다!"

토클로가 의기양양하게 소리쳤다.

"내가 제일 빨라!"

"네가 먼저 출발했잖아!"

칼릭이 토클로에게 뛰어들더니 밀쳐 넘어뜨렸다. 곰들은 마구 뒤엉켜 몸싸움을 하고, 서로에게 으르렁거리고, 투닥거리며 발길질을 주고받았다.

그러는 동안 어주락은 커다란 바위 위로 기어 올라가 먼바다와 그들이 방금 떠나온 구불구불한 언덕 너머를 바라보았다. 루사는 어주락이 꼭 뭔가를 찾으려다 실패한 것처럼 초조해 보인다는 생각이 들었다.

'대체 왜 저러지? 그토록 찾아다녔던 곳에 도착했으니 당연히 기뻐해야 하는 거 아니야?'

"어주락, 괜찮아?"

루사가 물었다.

어주락은 마치 루사를 알아보지 못하는 것처럼 눈을 깜빡였다.

"어? 아, 물론이지, 루사. 난 괜찮아."

루사는 코를 찡그렸다. 공기 중에 맛있는 냄새가 감돌고 있었다. 통통하고 촉촉한 무언가의 냄새에 차갑고 톡 쏘는 돌멩이 냄새가 섞여 있었다. 루사는 커다란 바위 아래 있는 매끄럽고 둥근 바위에 앞발을 얹고, 움직일 때까지 힘껏 밀었다.

"어주락, 이리 와서 좀 도와줘! 여기 뭔가 있는 것 같아! 위대한 곰의 호수 근처 숲에서 미키가 알려 준 거야."

어주락이 바위에서 뛰어 내려와 루사가 돌을 굴리는 것을 도와주었다. 돌이 옆으로 굴러가자 어주락과 루사는 뒤로 펄쩍 뛰어 피했다. 돌이 움직인 자리에 통통하게 살찐 애벌레들이 꿈틀거리는 둥지가 드러났다.

"너도 먹어 봐."

루사는 먼저 한 입 맛보며 어주락에게 권했다. 왠지 속이 부담스러워지는 동물 고기보다 이 애벌레가 훨씬 나았다. 한 입 씹자마자 입안 가득 촉촉함이 넘쳐흘렀다. 한 달 내내 먹어도 될 만큼 애벌레가 잔뜩 있었다.

'어쩌면 이 근처에서 친절한 곰의 정령이 살고 있는 나무를 찾을 수 있을지도 몰라. 거기서 잠을 잘 수 있으면 좋을 텐데.'

새로운 집을 찾을 계획에 몰두해 있던 루사는 토클로의 비명 소리에 퍼뜩 정신을 차렸다. 칼릭과 함께 구르던 토클로가 낮게 자란 가시덤불에 부딪히며 가시에 찔린 것이다. 나뭇가지 아래에 숨어 있던 북극토끼 한 마리가 화들짝 놀라 숨어 있던 곳에서 뛰쳐나와 잽싸게 달아났다. 토클로가 칼릭에게서 물러나 토끼를 추격하기 시작했다. 바위가 있는 쪽으로 토끼를 몰아넣은 토클로는 노련하게 발을 휘둘러 단한 방에 숨통을 끊었다.

루사는 칼릭과 어주락과 함께 달려가, 축 늘어진 북극토끼를 내려다보았다. 희끗희끗하게 변하기 시작한 토끼의 짙은 밤색 털가죽을 보고, 루사는 '우거진 잎' 시기가 끝나 간다는 것을 깨달았다. 이제 곧 눈이 내리기 시작할 것이다.

"멋진 사냥이었어."

칼릭이 말했다.

"근데 아직 배는 고프지 않아. 기러기 고기를 잔뜩 먹었잖아."

"괜찮아, 나중에 먹기 전까지 땅에 묻어 두면 되니까."

토클로가 해결책을 내놓았다.

"갈색곰들은 그렇게 하거든. 나도 전에 숲에서 다른 곰이 숨겨 둔 먹이를 찾은 적이 있어."

칼릭이 고개를 끄덕였다.

"그거 말 되네."

먹을 것이 너무 많을 땐 어떻게 해야 할지 의논한다는 게 이상하게 느껴졌지만, 루사는 이런 문제는 얼마든지 환영이라고 결론을 내렸다. 먹을 것을 아무리 찾아다녀도 아무것도 찾을 수 없는 것보다는 훨씬 나았다.

토클로가 구멍을 파기 위해 땅을 긁기 시작했을 때, 북극여우 하나가 덤불에서 뛰쳐나와 토클로의 발밑으로 파고들더니 잽싸게 토끼를 낚아챘다.

"야! 그건 우리 거야!"

토클로가 몸을 돌리고 위협적으로 소리쳤다.

여우는 이미 달아나고 있었고, 토끼는 여우의 앞발 사이로 질질 끌려가고 있었다. 토클로가 즉시 추격을 시작했지만, 여우는 구멍을 비집고 들어가 갈색과 흰색이 섞인 꼬리를 획 튕기고는 사라져 버렸다. 토클로가 여우 굴 속으로 앞발을 푹 찔러 넣었지만, 여우는 이미 발이 닿지 않는 깊숙한 곳으로 몸을 피한 게 분명했다. 토클로는 빈 발로 털레털레 돌아왔다.

"멍청한 여우 놈!"

토클로가 투덜댔다.

"괜찮아, 필요할 때 또 잡을 수 있을 거야."

루사는 주둥이로 토클로의 어깨를 다정하게 찌르며 말했다.

바다 위로 먹구름이 모여들기 시작했고, 톡 쏘는 눈 냄새를 품은 차가운 바람이 세차게 불어왔다. 칼릭이 주둥이를 들어 올리고 그 바람을 가슴 깊이 힘껏 들이마셨다.

"얼음이 가까워지고 있어."

칼릭이 중얼거렸다.

루사와 곰들은 물웅덩이를 향해 걸어가는 토클로를 따라갔다. 루사는 주둥이를 쭉 뻗어 얼음처럼 차갑고 신선한 물을 마셨다. 이곳의 물은 내륙의 물과는 다른 맛이었다. 날카롭고 짭짤했고, 물고기 냄새가 나는 것 같았다. 루사는 이런 물맛이 익숙하지 않았지만, 칼릭은 꿀꺽꿀꺽 삼켰다.

"고향의 물맛과 비슷해."

칼릭의 목소리에서 간절함이 느껴졌다.

"자, 이제 바닷가로 가 보자. 난 바닷물에 발을 담그고 싶어!"

토클로가 물이 뚝뚝 떨어지는 주둥이를 들어 올렸다.

"물이 우리 털을 꽁꽁 얼려 버렸으면 좋겠다는 거지?"

토클로가 놀리듯 말했다.

"추운 건 좋은 거야."

칼릭이 주장했다.

"제발! 오늘은 정말로 바다에 가 보고 싶어!"

"가자, 토클로! 재미있을 거야."

루사도 칼릭의 눈 속에 깃든 그리움을 보고 재촉했다.

토클로는 어깨를 으쓱했다.

"그러지 뭐. 따로 할 일이 있는 것도 아니니까."

곰들은 칼릭이 이끄는 대로 길을 나섰다. 저 멀리 줄을 그어 놓은 듯 희미하게 일렁이는 바다가 점점 가까워지자 칼릭의 발걸음이 점점 빨라졌다. 평평한 땅이 앞에 펼쳐지면서 눈을 찌르는 바람이 점점 더 거세졌다. 바다에서 불어온 바람은 진눈깨비를 흩뿌렸다.

칼릭은 몰아치는 강풍에 머리를 낮추고 계속 앞으로 나아가고 있었지만, 토클로는 비틀거리며 멈춰 섰다. 잠시 고민하던 루사와 어주락도 토클로와 함께 걸음을 멈췄다.

"야, 칼릭!"

토클로가 고함을 질렀다.

"지금은 바다로 내려갈 수 없어. 바람이 너무 차갑잖아. 털이 홀랑 벗겨질 것 같아."

칼릭은 걸음을 멈추고 어깨 너머를 돌아보았다.

"바람이 부니까 좋잖아! 바람 속에서 얼음 냄새가 나지 않아?"

"하지만 우린 너와는 다른걸."

루사는 칼릭에게 말했다.

"얼음은 우리의 집이 아니야. 날씨가 좋아질 때까지 언덕에서 잠시만 기다리자."

"하지만……."

칼릭이 머뭇거리며 입을 열었지만, 루사가 발을 들어 어깨를 살짝 건드리자 말을 멈췄다.

"잠시만 기다렸다 가자."

루사가 속삭였다. 앞으로 무슨 일이 일어날지 루사는 잘 알고 있었다. 곰들은 각자 자신이 살기에 가장 완벽하다고 생각하는 장소를 찾아 뿔뿔이 흩어질 것이다. 어쩌면 앞으로 다시는 친구들을 볼 수 없을지도 모른다. 곰들의 여정은 이렇게 끝이 났지만, 루사는 자신들의 우정만큼은 이 여정처럼 끝나 버리지 않기를 바랐다.

"얼음이 돌아올 때까지 기다려."

루사는 애원했다.

주저하던 칼릭이 어쩔 수 없다는 듯 고개를 끄덕였다. 칼릭은 언덕으로 되돌아가는 친구들을 따라가기 전에 바다를 잠시 돌아보았다. 루사는 칼릭의 간절한 눈빛을 볼 수 있었다.

'이쪽으로 가면 나무가 많지 않은데.'

루사는 슬픈 사실을 알아차렸다. 하지만 그곳에는 얼어붙을 듯한 바람을 피할 쉼터가 되어 줄 키 작은 덤불과 툭 튀어나온 바위가 셀 수 없이 많았다.

거친 잡초와 야생화가 가득한 벌판에서 풀을 뜯던 순록들은 곰 네 마리가 성큼성큼 다가오자 놀라서 고개를 처들고 콧김을 뿜어냈다.

"와, 안절부절못하는 것 좀 봐. 뭐 땜에 저렇게 불안해하는 거지?"

루사는 순록들을 보며 물었다.

"우리 때문이잖아."

토클로가 이빨을 드러내며 대답했다.

"아니야, 뭔가 다른 이유가 있는 것 같아."

칼릭이 중얼거렸다.

무리 전체가 마치 해변에 밀려드는 파도처럼 움직이고 있었지만, 딱히 방향을 정해서 움직이는 것 같진 않았다. 순록 떼는 잠시 풀을 뜯다가 고개를 들더니, 몇 곰 길이를 옮겨 가서 다시 풀을 뜯었다. 순록들이 움직일 때마다 딸가닥거리는 이상한 소리가 들렸다.

"왜 저렇게 신기한 소리를 내는 거지?"

루사는 고개를 갸웃하며 물었다.

"걸을 때마다 소리가 나는 것 같은데."

내내 고민에 빠져 있는 듯 보이던 어주락도 순록들을 흥미롭게 쳐다보았다.

"순록의 발에서 소리가 나고 있어!"

한참을 지켜보던 칼릭이 소리쳤다. 칼릭은 자기 발 하나를 들어 호기심 어린 눈으로 구부려 보았다.

"곰의 발에서는 소리가 안 나는데, 순록의 발에서는 왜 딸가닥 소리가 나지?"

"그게 무슨 상관이야."

토클로가 퉁명스럽게 대꾸했다.

"아마 우리는 먹잇감이 눈치채지 못하게 몰래 접근해야 하니까 아무 소리도 안 나는 걸 거야. 근데 순록의 먹잇감은 풀이잖아. 몰래 다가가야 할 필요가 없다고."

태양이 산꼭대기로 솟아올랐다가 다시 서서히 가라앉기 시작했다. 곰들은 정처 없이 이곳저곳을 돌아다녔다. 이곳의 낮은 길지 않았다. 해가 한번 떠오르면 영원히 지지 않을 것 같던 위대한 곰의 호수에 있을 때와는 달랐다.

"토클로!"

루사가 소리쳐 불렀다.

"순록을 사냥해 보는 건 어때? 그럼 우린 두 번 다시 배고프지 않을 거야!"

토클로가 멈춰 서서 눈을 반짝이며 가까운 곳에 있는 순록 떼를 살펴보았다.

"안 돼, 순록은 너무 크다니까……."

토클로가 중얼거리며 마치 순록의 털가죽을 가르는 느낌이 어떨지 상상하는 듯 발톱으로 땅을 긁었다.

"너라면 할 수 있을 거야."

어주락이 말했다.

친구의 자부심 어린 표정을 보면서 토클로는 눈을 깜빡였다.

"글쎄…… 덩치가 작은 놈이라면 모를까……."

다른 곰들이 부추기자 순록 떼를 지켜보던 토클로의 눈빛에도 점점 흥미가 생기는 것을 루사는 알 수 있었다. 순록 떼 사이에는 어린 순록들이 어른들 곁에서 풀을 뜯고 있었다.

'토클로라면 한 마리 정도는 문제없이 잡을 거야.'

루사는 확신했다.

순록 떼가 모여 있는 반대쪽은 가파른 오르막이었고, 그 끝은 나무가 무성한 숲으로 이어져 있었다. 나뭇가지가 바람에 물결치듯 흔들리자, 언덕 전체가 마치 거대한 동물의 털가죽처럼 꿈틀거렸다.

"저 숲 좀 봐!"

루사는 언덕 쪽으로 주둥이를 휙 돌리며 소리쳤다.

"한 번만 가 보면 안 될까? 제발 부탁이야."

"괜찮을 것 같은데. 저기서라면 내 영역을 찾을 수 있을 거야."

토클로가 동의했다.

토클로의 눈에는 굳은 결심이 서려 있었다.

"어느 곰이든 내 영역을 침범하려면 조심해야 할 거야!"

토클로는 루사의 옆구리를 장난스럽게 쿡 찔렀다.

"어쩌면 성가신 흑곰 하나쯤은 눈감아 줄 수도 있고. 쫄쫄 굶으면 너무 불쌍할 테니까."

"누가 누굴 성가시다는 거야?"

루사는 장난스레 이를 드러내며 으르렁거렸다.

"신경 써 줘서 고맙긴 한데, 나도 내 앞가림은 할 수 있어. 위대한 곰의 호수에 있는 숲에서 미키가 알려 준 비법이 잔뜩 있거든."

"겁을 잔뜩 먹은 그 꼬마 녀석 말이야? 흰곰들한테 잡혀 갔던?"

토클로가 믿을 수 없다는 듯 목소리를 높였다.

"미키는 아는 게 많아."

루사는 장담했다. 그러고는 칼릭을 곁눈질하며, 토클로를 향해 눈치를 줬다. 칼릭의 형제인 타킥과 그 패거리가 어린 흑곰을 잡아갔던 기억을 떠올리게 하지 말라는 뜻이었다. 타킥이 무슨 짓을 저질렀든, 칼릭은 여전히 한배 형제인 타킥을 사랑하고 그리워하고 있었다.

"미키가 나한테 무슨 열매가 제일 맛있는지도 알려 줬고, 돌 아래 숨어 있는 애벌레를 찾는 방법도……."

"열매? 애벌레?"

토클로가 으르렁거렸다. 토클로의 눈에는 아직도 장난기가 어려 있었다.

"진정한 곰은 그딴 건 먹지 않아!"

"그건 세상에서 제일 맛있는 거라고!"

루사는 발끈했다.

"그리고 개미도……. 난 개미가 그렇게 맛있을 줄은 몰랐어."

"하! 고맙지만 나는 그냥 기러기에 만족하겠어."

토클로가 말했다.

"아니면 순록이라든지."

토클로의 시선은 순록 무리 가운데에서 신경질적으로 딸가닥딸가닥 소리를 내며 걸어가는 순록에게 고정되어 있었다.

"네 말이 맞아. 저걸 잡으면 우리 모두 배불리 먹을 수 있을 거야."

"난 바다표범이 너무 먹고 싶어."

칼릭이 언덕 아래로 하얀 바다가 반짝이는 수평선을 돌아보며 한숨을 쉬듯 중얼거렸다.

"바다표범이 숨을 쉬러 올라오길 기다리며 얼음 구멍 옆에 웅크리고 있는 게 얼마나 신나는 일인지 몰라!"

"신난다고?"

토클로가 루사의 귀에 대고 중얼거렸다.

"하루 종일 멍하니 앉아서 털가죽이 꽁꽁 얼 때까지 기다리는 게 신나는 일이라면, 난 차라리 기러기가 되겠어!"

루사는 토클로를 엄한 눈길로 쳐다본 뒤 칼릭을 보며 질문했다.

"근데 바다표범은 곰이 구멍 밖에서 기다리고 있다는 걸 몰라?"

"아무 소리도 내지 않고 조용히 있으면 바다표범은 눈치 못 채."

흰곰이 대답했다.

"그리고 바다표범이 모습을 보이면, 아주 날쌔게 행동해야 해. 도망가기 전에 끄집어내서 죽여야 하니까."

칼릭은 길게 한숨을 내쉬었다.

"바다표범 고기는 정말 최고야……. 이제 난 그걸 맛볼 수 있게 됐는데……. 얼음이 돌아올 때까지 도저히 기다릴 수가 없어!"

이글거리는 칼릭의 눈을 보며, 루사는 등골이 오싹해질 정도로 불안한 느낌이 들었다. 하지만 칼릭도 자신이 원하는 걸 찾아가는 게 당연했다. 곰들이 각자의 길을 따라 흩어질 날은 정말로 머지않았다.

"나는 눈으로 굴을 만든 다음에 그 안에 들어가서 웅크리고 있는 걸 좋아해."

칼릭이 계속 말을 이었다.

"바깥에서 바람이 쌩쌩 부는 소리가 들리면, 굴 안이 얼마나 따뜻하고 안전하고 아늑한지 알게 되지. 그리고 흰고래와 헤엄치는 것도……."

"뭐? 고래랑 헤엄을 친다고?"

루사는 너무 놀라서 털이 바짝 곤두섰다.

"네 엄마가 고래 때문에 죽은 거 아니었어?"

"아니, 엄마를 죽인 건 범고래였어. 흰고래는 다른 종류야."

칼릭의 눈동자가 슬픈 기억으로 흐릿해졌고, 루사는 그 질문을 한 걸 후회했다.

'바보! 멍청이! 수다스러운 입을 열기 전에 생각 좀 하란 말이야!'

"흰고래는 곰을 해치지 않아."

칼릭이 조금 밝아진 표정으로 말을 이었다.

"너한테 얼음을 꼭 보여 주고 싶어, 루사. 너도 분명히 좋아할 거야."

'글쎄…….'

루사는 시야 끝자락에서 가물거리는 은색 빛을 바라보며 생각에 잠겼다. 그 공허함에 대해 생각하기만 해도 마음속 깊은 곳에서 아픔이 느껴졌다.

'얼음을 어떻게 집처럼 여길 수 있겠어? 나무가 한 그루도 보이지 않는데 말이야!'

루사는 몸을 부르르 떨었다.

'얼음 위에 올라가면 난 당장 고드름처럼 꽝꽝 얼어 버릴 거야. 안 그러면 나뭇잎처럼 바람에 날아가 버리거나!'

"흑곰에게는 숲이 최고인 것 같아."

루사는 칼릭을 바라보며 말했다.

"갈색곰도 마찬가지야."

토클로가 딱 잘라 말했다.

"나는 우선 눈이 오기 전에 내 영역을 표시해 놓고, 멋지고 따뜻한 굴을 팔 거야. 그런 다음 그 안에 들어가서 해가 다시 돌아올 때를 기다릴 거라고."

토클로는 당장이라도 눈을 감을 준비가 된 것처럼 하품을 했다.

"그러고 나서 잠에서 깨면, 강을 찾아가서 물고기란 물고기를 다 잡아먹는 거야. 이게 곰이 살아가는 최고의 방법이야. 안 그래, 어주락?"

덩치가 작은 갈색곰은 떨 듯이 놀랐다.

"뭐라고?"

루사는 다른 곰들이 자기 고향을 추억하고, 또 앞으로의 계획을 세우는 동안 어주락은 단 한마디도 하지 않았다는 사실을 깨달았다.

"무슨 일 있어?"

루사는 걱정스러운 얼굴로 물었다.

어주락의 혼란스러운 시선이 루사를 향했다.

"나…… 나는 잘 모르겠어."

어주락은 확신이 서지 않는 듯 머뭇거리며 말을 꺼냈다.

"그러니까 내 말은…… 뭔가 잘못된 것 같은데, 그게 정확히 뭔지 모르겠어."

토클로가 답답해 죽겠다는 듯 한숨을 내쉬었다.

"어주락, 너 머릿속에 깃털이라도 잔뜩 든 거야? 우린 여기 왔다고, 우리가 해낸 거야! 여기는 정말 멋진 곳이야. 먹잇감이 넘쳐 나고, 납작얼굴도 보이지 않아. 여기가 바로 우리의 여정이 끝나는 장소라고."

어주락이 주둥이를 쳐들고 몸을 곧게 폈다.

"아니야."

어주락이 좀 더 힘찬 목소리로 대답했다. 이제 어주락의 목소리에는 확신이 느껴졌다.

"정확히 뭐가 잘못된 건지는 모르겠어. 하지만 한 가지는 분명히 알 수 있어. 이게 우리 여정의 끝이 아니라는 것."

루사는 불안한 기억 하나를 더듬었다. 연기 나는 산을 거의 벗어나, 비탈 위에 서서 어주락이 처음으로 평원을 내려다보았을 때의 기억이었다. 어주락은 이곳이 자신들이 찾던 바로 그곳이라는 확신이 들지 않는다고 했다. 이제 어주락은 마음을 굳힌 것 같았다. 루사는 산에서 꿨던 꿈이 생각나면서, 더더욱 마음이 편치 않았다. 그 꿈은 루사에게 야생을 지켜야 한다고 했다. 루사는 한동안 그 꿈을 마음에 담아 두지 않으려고 애를 썼지만, 어주락의 의심이 그 꿈을 다시 불러들였다.

"어주락, 여기가 바로 끝이야."

토클로가 항의하듯 말했다.

"여기가 끝이어야 한다고. 이젠 더 이상 갈 수 있는 곳도 없잖아."

토클로는 한쪽 앞발을 들어 아래쪽에 펼쳐진 바다를 가리켰다.

"바닷속으로 들어가지 않는 이상, 우린 끝까지 온 거야."

어주락은 물결이 이는 회색 바다와 저 멀리 수평선에서 반짝이며 다가오는 얼음을 내려다보았다. 그러고는 토클로를 향해 몸을 돌렸다. 어주락의 갈색 눈은 누구라도 좋으니, 자신이 무슨 말을 하고 있는지 이해해 달라고 애원하는 것 같았다.

"분명 네 말이 옳을 거야, 나도 알아. 하지만…… 정말로 여기가 끝이라면, 왜 나는 그렇게 느껴지지 않는 거지?"

3
이별을 준비하는 시간

"왜 그렇게 죽상을 하고 있어!"

토클로는 버럭 소리치며 애정을 담아 어주락을 떠밀었다. 덩치가 작은 갈색곰은 비틀거리며 넘어질 뻔했다.

"죽상이라니!"

어주락이 항의했다.

"나는 그냥……."

어주락의 목소리가 잦아들었다. 토클로는 혼란스러워하며 고개를 저었다. 눈앞에 펼쳐진 완벽한 장소를 두고 눈에 보이지도 않는 길을 따라 계속 여행하겠다니, 어주락이 무슨 생각을 하는 건지 도무지 알 수 없었다.

"너 그거 알아?"

토클로는 코웃음을 치며 입을 열었다.

"넌 여행하는 거 말고는 아무것도 모르잖아. 그래서 어딘가에 정착

한다는 게 어떤 건지 상상도 못 하는 거야."

어주락은 자신이 태어난 곳이나 엄마에 대해서는 한 번도 말을 꺼낸 적이 없었고, 왠지 토클로도 그것들을 물어보기가 꺼려졌다.

'어주락에게 엄마가 있기는 한가? 만약 있다면, 어주락의 엄마는 곰이었을까, 아니면 다른 무언가였을까?'

"분명 너도 이곳이 마음에 들 거야, 내가 장담해."

토클로는 어주락을 안심시켰다.

"한번 생각해 봐. 우린 이곳에서 우리만의 영역을 만들 거고, 필요할 땐 언제든지 맛있는 순록이나 기러기를 잡을 수 있어. 다시는 굶주리지 않을 거야."

그들은 연기 나는 산을 넘어오면서 거의 굶어 죽을 뻔했고, 루사가 납작얼굴의 굴에서 음식을 훔칠 만큼 굶주렸다. 더 이상 굶지 않아도 된다는 것, 그게 가장 먼저 고려해야 할 부분이었다.

'어주락은 배고픔이 어떤 건지 벌써 잊은 걸까?'

"어쩌면 네 말이 맞을지도 몰라."

어주락이 토클로와 눈을 마주치지 못한 채 중얼거렸다.

"그런데 나도 내 감정을 어쩔 수가 없어. 무언가가…… 여행을 계속해야 한다고 나를 계속 끌어당기고 있어."

"가고 싶으면 자기나 가라고 해!"

토클로는 발끈했다.

"여기가 얼마나 멋진 곳인지 정말 모르겠어?"

"지금 이런 얘기를 꼭 해야 해?"

루사가 끼어들었다.

"오늘 밤을 어디서 보낼지 정하는 게 더 중요해. 서두르지 않으면 너무 어두워져서 어디로 가는지도 알 수 없을 거야."

토클로는 짜증스럽게 씩씩거리며 콧김을 내뿜었다. 루사의 말이 옳다는 것을 인정해야 했기 때문에 더 짜증이 났다. 해가 지고 있었고, 지금은 이렇게 말다툼이나 할 때가 아니었다.

"그래, 좋아. 가자."

토클로는 마지못해 말한 뒤 산등성이를 따라 꼭대기까지 친구들을 이끌고 걷기 시작했다. 산등성이 너머로는 넓은 계곡까지 내리막길이 이어져 있었다. 산에서 흘러나온 물이 계곡 입구에서 폭포가 되어 떨어져 내리는 것을 볼 수 있었다. 계곡 바닥에 떨어진 폭포는 셀 수 없이 많은 좁다란 물길로 나뉘어, 흩어져 있는 바위섬 사이를 빠르게 흘러갔다.

"저기가 좋아 보이는데."

칼릭이 말했다.

"저 섬들 중 한 곳으로 헤엄쳐 가면 아무도 우리한테 몰래 다가오지 못할 거야."

"그리고 아마 물고기도 있을 거야."

어주락이 희망에 찬 목소리로 덧붙였다.

강가에 도착했을 때, 토클로는 헤엄칠 필요가 없다는 것을 알 수 있었다. 빠르게 흘러가는 투명한 물줄기가 갈색 조약돌 위를 흐르고 있었다. 토클로는 물속으로 걸어 들어갔다. 물은 다리의 절반 높이에서 찰랑거렸다.

다른 곰들도 토클로의 뒤를 따라 물속으로 들어왔다.

"물이 너무 차가워!"

루사가 꽥 소리를 지르고는 첨벙첨벙 물보라를 튀기면서 건너갔다.

토클로는 허둥지둥 루사를 피했다.

"조심 좀 해! 너 땜에 내 털이 다 젖잖아."

곰들은 가장 커다란 섬 중 한 곳으로 향했다. 강 상류 쪽으로 조금 올라간 곳에 풀이 무성하게 자라 있고, 커다란 바위들이 삐뚤빼뚤한 원을 그리며 모여 있었다.

토클로는 그늘진 곳에 기분 좋게 털썩 주저앉았다.

"이제 좀 쉬자. 아침이 되면 물고기를 잡을 수 있을 거야."

루사가 기대에 찬 눈빛으로 바라보자, 토클로는 덧붙였다.

"숲도 탐험할 수 있을 거고."

다른 곰들도 토클로의 주위에 자리를 잡았다. 루사는 앞발로 주둥이를 감싸더니, 얼마 지나지 않아 코를 골기 시작했다. 하품을 하던 어주락은 뾰족한 풀을 눕혀서 누울 자리를 부드럽게 만든 뒤 루사를 따라서 잠을 청했다. 칼릭은 주둥이를 쳐들고 하늘을 향해 시선을 고정한 채로 오랫동안 깨어 있었지만, 결국 고개를 떨구고 눈을 감았다.

토클로는 지금은 잠을 이룰 수 없다는 것을 깨달았다. 태양이 지평선 너머로 가라앉으며 강을 붉게 물들이는 것을 물끄러미 바라보았다. 마지막 남은 한 줄기 햇빛이 산 너머로 사그라들자, 강물도 폭풍우를 몰고 오는 먹구름 색깔로 서서히 변했다.

토클로는 잠이 올 것 같은 편안한 자세를 잡기 위해 몸을 꿈틀거렸다. 바위 옆 바닥은 푹신한 풀로 덮여 있었다. 몸에 배겨 잠드는 걸 방해할 만한 자갈이 박혀 있지도 않았다. 잠을 이룰 수 없는 이유는, 곰들이 지나온 언덕에서 여전히 감질나게 흔적을 뿌리고 있는 순록 떼의 냄새 때문이었다. 그 냄새가 잠이 드는 걸 계속 방해하고 있었다. 너무나도 많은 먹잇감이 모두 다 한곳에 모여서, 토클로의 생각 속으로 딸가닥딸가닥 소리를 내며 들어왔다.

'나 혼자서 사냥하러 가도 괜찮을 거야.'

토클로는 생각했다. 자신이 이미 자신만의 영역을 확보하며 나무마다 다른 곰들을 향한 경고의 흔적을 남기고 다니는 다 자란 곰이라고 상상했다. 경쟁자와 싸우거나 사냥감을 잡기 위해 포효하는 자신의 우렁찬 울음소리가 귓가에 들리는 것 같았다. 더 이상 억지로 잠이 들기 위해 뒤척거리며 누워 있을 수가 없었다.

'난 원하는 곳은 어디든 갈 수 있고, 원하는 것은 무엇이든 사냥할 수 있어.'

토클로는 곤히 잠든 친구들을 깨우지 않도록 조심스럽게 몸을 일으켜 강으로 걸어갔다.

바위에 부딪혀 부서지는 하얀 물거품이 드문드문 섞인 수면은 은빛으로 일렁이고 있었다. 귓가에 들리는 건 조용히 흐르는 물소리뿐이었다. 토클로는 다리에 부딪히는 얼음장처럼 차가운 물의 감촉을 즐기며 산에서 흘러오는 맑은 공기를 가슴 깊이 들이마셨다. 진정한 어둠이 없던 여러 달을 보낸 뒤 다시 밤을 맞이하게 되어 마음이 들떴다. 매끈하고 둥근 돌 위에 놓인 발이 차가워지자 먼지투성이 털가죽이 강물에 깨끗이 씻기는 느낌이 들었다. 지난 몇 달 동안의 힘든 여정마저 희미해지는 것 같았다.

꼬르륵거리는 배가 토클로를 현실 세계로 데려왔다. 고개를 숙이고 물속을 자세히 들여다보던 토클로는 얼마 지나지 않아 짙은 회색으로 어른거리는 흔적을 발견했다. 마치 그 안에 물고기가 있다는 걸 몰래 알려 주는 것 같았다. 토클로는 흐르는 물살에 다리를 굳건히 버티고 서서, 좀 더 편안한 자세로 기다리기 시작했다.

어른거리는 흔적이 다시 다가왔다. 반짝이는 그림자에서 하류 쪽으로 조금 벗어난 곳에 주둥이를 집어넣자 통통하고 차가운 몸통이 이빨에 닿았다. 토클로는 꿈틀거리는 물고기를 주둥이로 물고 몸을 일으켰다. 그리고 선 채로 물고기를 꿀꺽 삼켰다. 그 순간 오래전 기억 하나가 떠올랐다. 처음으로 연어를 잡으려고 시도하다가 물살에 떠밀려 내려가 쇼테카의 이빨 사이에서 끝장날 뻔했던 기억이었다. 그 강은 이곳에서 하늘 끝만큼 멀리 떨어져 있었고, 훨씬 더 넓고 거대한 하나의 줄기로 흐르고 있었다.

엄마에게서 버림받고 이상한 새끼 갈색곰 어주락을 만난 이후로 너무나도 많은 것이 변했다. 토클로는 이제 예전과 같은 새끼 곰이 아니었다.

혓바닥으로 주둥이를 핥으며 하늘로 고개를 들었을 때, 어두운 밤하늘에 홀로 빛나고 있는 외로운 곰의 영혼이 보였다.

'나도 한때는 저 별 같았지. 다른 곰들은 다 나와 싸우거나 아니면 쫓아내려고 했어. 나도 저 별처럼 외롭고 비참했는데.'

토클로는 생각했다.

'하지만 이젠 그렇지 않아.'

토클로는 스스로에게 말했다.

이제 토클로는 몸집이 커지고 강해졌다. 위대한 곰의 호수에서 발자국섬까지 헤엄쳐 가라는 도전을 받아들이고, 그곳에서 오랜 적수인 쇼테카와 싸워 영역을 지켜 내면서 자신의 힘을 증명했다. 쇼테카가 어떻게 패배했고, 도망쳤고, 망신당했는지를 떠올리던 토클로는 강바닥의 자갈을 발톱으로 거칠게 움켜쥐었다. 그 섬을 자신의 영역으로 만들었을 때 자부심과 강인함, 그리고 독립심을 느낄 수 있었다. 그 감정을 다시 한 번 느끼고 싶었다.

토클로는 어깨 너머를 힐끗 쳐다보았다. 어주락이 바위 아래에 엎드려 주둥이를 발에 괸 채로 잠들어 있었다.

'나는 어주락을 돌봐 주겠다고 약속했고, 그렇게 했어.'

토클로는 만족스럽게 생각했다.

'다른 갈색곰들처럼 안전하게 잘 살 수 있는 이곳까지 우리는 함께 온 거야.'

그럼에도 불구하고 여전히 불안한 마음이 남아 있는 건 어쩔 수가 없었다. 어주락은 여행이 끝나지 않았다고 계속해서 주장하고 있었다. 만약 이 작은 곰이 혼자서 여행을 계속한다면, 거친 야생에서 살아남을 수 있을까?

토클로는 어깨를 으쓱했다.

'이곳이 얼마나 좋은 곳인지 알게 된다면 어주락도 그런 생각을 버릴 거야. 비록 토비를 구할 수는 없었지만, 어주락은 구해 냈어.'

토클로는 혼자서 고개를 끄덕였다. 토클로는 결심을 굳혔고, 더는 동생을 잃은 슬픔이 느껴지지 않는다는 사실에 기뻐했다. 이제는 무엇이든 혼자 힘으로 해 나갈 때가 되었다. 토클로는 강을 건너가 친구들 곁에 자리를 잡았다. 그리고 친구들의 나른한 숨소리가 마음을 어루만져 주는 걸 느끼며 서서히 잠에 빠져들었다.

'우리는 머지않아 작별 인사를 해야 하겠지.'

토클로는 잠 속으로 빠져들며 생각했다.

'너희 모두를 알게 되어서 정말 기뻐. 하지만 이제 떠날 시간이 다가
오고 있어.'

4
흰곰의 바다

은색 빛이 어둠을 뚫고 들어오자 칼릭은 눈을 떴다. 몇 곰 길이 떨어진 곳에서 강물이 반질반질한 회색 바위 사이로 달빛과 별빛을 품은 채 반짝이고 있었다. 근처에서는 친구들이 몸을 웅크린 채 나지막이 코를 골며 깊은 잠에 빠져 있었다.

흥분이 세찬 강물처럼 칼릭의 마음속으로 거세게 밀려 들어왔다. 무엇 때문에 잠에서 깼는지 알 수 없었지만, 이제 곧 무언가 중요한 일이 일어날 것 같은 느낌이 들었다. 칼릭은 고개를 들어 검푸른 하늘 위에서 빛나고 있는 위대한 곰 실라룩을 바라보았다.

'나를 깨운 게 당신인가요?'

실라룩의 주위를 둘러싸고 있는 반짝이는 별들을 바라보며, 칼릭은 혹시 그중 하나가 엄마의 영혼이 아닐지 궁금해했다. 혹시 엄마가 자신을 내려다보고 있을지도 모른다는 생각에 행복이 가득 차올랐다.

"우리를 이렇게 멋진 곳까지 데려다줘서 고마워요."

칼릭은 속삭였다.

"실라룩 없이는 해내지 못했을 거예요."

지나온 여정을 돌이켜 보면, 얼음이 녹아내리는 바다에서부터 시작해서 햇볕에 달궈진 흙과 바위를 밟고 힘겹게 발버둥 치며 걸었던 기억뿐이어서, 아직도 모험이 끝났다는 사실이 믿기지 않았다. 파도 속을 부서진 얼음조각처럼 떠다녔던 그때부터 칼릭은 혼자였다. 그저 타킥을 찾겠다는 다짐과, 언제나 변함없이 하늘 높이 떠 있는 실라룩의 빛만이 칼릭의 고된 발걸음을 지탱해 주었다. 타킥을 떠올리자 마음 깊숙한 곳에서 다시금 슬픔이 차올랐다. 위대한 곰의 호수에서 그토록 찾아 헤매던 타킥을 다시 만났을 때 칼릭은 너무나도 기뻤다. 게다가 타킥이 칼릭과 다른 곰들과 함께 여행하기로 했을 때는 더더욱 행복했다.

"하지만 일이 잘 풀리지는 않았지."

칼릭은 작은 목소리로 혼잣말을 했다.

타킥은 다른 곰들과 어울리지 못했고, 위대한 곰의 호수에서 한 걸음씩 멀어질 때마다 다른 곰들과 함께 여행하기로 한 게 잘못된 결정이었다는 확신이 커졌다. 결국 타킥은 호수로 돌아가기로 결심했고, 칼릭을 속여서 함께 데려가려고 했다.

"타킥도 나와 함께 있고 싶어 했어."

칼릭은 중얼거렸다.

'하지만 우리 곁에 머물 만큼은 아니었지.'

칼릭은 속으로 덧붙이며 긴 한숨을 내쉬었다. 타킥을 위해 더는 해줄 수 있는 게 없었고, 다시 만날 수 있을 것 같지도 않았다. 삶의 한

부분이 차갑게 얼어붙은 채 마음속 깊은 곳으로 가라앉아 버린 느낌이었다. 하지만 이젠 적어도 형제가 어딘가에 살아 있고, 또 스스로를 지킬 수 있다는 것을 알고 있었다.

"부디 잘 지내야 해, 타킥…… 정령들이 너를 지켜 줄 거야."

칼릭은 허공에 대고 나지막이 속삭였다.

피곤이 몰려와 눈꺼풀이 무거워졌다. 칼릭은 눈을 감고 또다시 깊은 잠 속으로 빠져들었다. 꿈속에서 칼릭은 지칠 줄 모르고 빙판 위를 달리고 또 달렸다. 하늘 위에서는 엄마가 사랑이 가득 담긴 눈빛으로 내려다보고 있었다.

다음 날 칼릭이 잠에서 깨어났을 때, 하늘 위 얼음의 정령들은 희미해지고 지평선 너머로 붉은 안개 띠가 드리워져 있었다. 다른 곰들은 이미 일어나서 물가에 웅크리고 있었다. 검은 형체가 희뿌연 새벽빛에 대비되어 윤곽을 드러냈다. 칼릭은 벌떡 일어나 몸을 힘껏 턴 뒤 다른 곰들과 합류하기 위해 몸을 움직이기 시작했다.

토클로는 강 한복판에 서서 다리 주위로 흐르는 물을 뚫어지게 노려보고 있었다. 루사와 어주락은 강둑에 몸을 웅크리고 앉아 각자 물고기를 뜯어 먹고 있었다.

칼릭이 다가가자 루사가 고개를 들었다. 루사의 주둥이에는 물고기 비늘이 달라붙어 있었다.

"토클로가 물고기를 잡아 줬어. 네가 원하면 토클로가 네 것도 잡아 줄 거야."

루사가 말했다.

'물고기 정도는 나도 잡을 수 있거든!'

칼릭이 소리 내어 말하기도 전에 토클로가 강물에 주둥이를 쑥 집어넣더니 근사한 연어 한 마리를 잡아 올렸다. 토클로는 연어를 강둑으로 휙 던졌고, 칼릭의 발 앞에 떨어진 연어는 입을 뻐끔거리며 몸부림쳤다. 칼릭은 한 발을 들어 펄떡거리는 연어를 꾹 누른 뒤 대가리 뒤쪽을 세게 깨물어 한 방에 숨통을 끊었다.

"네가 먹을래?"

칼릭은 토클로를 바라보며 물었다.

"아니야, 너 먹어. 나는 더 잡으면 돼."

토클로가 말했다.

칼릭은 망설였다.

'토클로가 날 스스로 먹이도 잡지 못하는 곰이라고 생각하는 건 싫은데.'

하지만 토클로가 친구들에게 물고기를 잡아 주며 얼마나 뿌듯해하는지 알 수 있었고, 게다가 물고기 냄새가 너무나도 매혹적이어서 참기 힘들었다.

"잘 먹을게!"

칼릭은 물고기를 먹기 위해 쪼그리고 앉았다.

물고기는 통통하게 살이 올라 기름져 보였고, 그 향기와 맛은 칼릭의 마음속에 얼음과 바다에 대한 간절함을 다시금 불러일으켰다.

"오늘은 바다에 가야겠어."

칼릭은 물고기를 우물우물 씹으며 말했다.

"뭐라고?"

강물 속을 들여다보던 토클로가 고개를 들었다.

"머릿속에 벌이라도 들어간 거야? 우린 지금 언덕으로 가는 중인 거 잊었어? 루사가 숲을 살펴보고 싶다고 했잖아."

"알아, 미안해. 하지만 너희의 집이 숲인 것처럼, 내 집은 바다야."

칼릭의 목소리가 떨렸다.

"그리고 난 너무 오랫동안 바다를 보지 못했어."

루사가 입안 가득 씹고 있던 물고기를 꿀꺽 삼키고 입을 열었다.

"이해할 수 있어, 칼릭. 나도 같이 갈게. 숲은 내일 가도 괜찮아."

"나도 갈게."

어주락이 조용히 덧붙였다.

물고기 한 마리를 더 물고 강물 밖으로 걸어 나온 토클로가 웅크리고 앉아서 물고기 살점을 크게 한 입 뜯어 냈다.

"토클로, 너도 우리랑 같이 바다로 갈 거지?"

루사가 물었다.

토클로는 마치 질문을 듣지 못한 것처럼 루사를 향해 눈을 끔벅였다.

"아니, 난 그러고 싶지 않아."

토클로가 마침내 대답했다.

"나는 순록을 살펴보고 싶어."

루사가 재빨리 칼릭을 힐끗 쳐다보았다.

'여기서 작별 인사를 해야 하는 걸까?'

칼릭은 궁금했다.

"그래, 좋아."

루사가 말했다. 칼릭이 보기에 루사는 일부러 쾌활한 목소리를 내려고 애쓰는 것 같았다. 하지만 그다지 성공적이진 않았다.

"그러면…… 여기까지인 것 같아. 나는…… 네가 좋은 곳을 찾아 정착하길 바랄게."

"말도 안 되는 소리 좀 그만해."

토클로가 입안 가득 물고기를 넣은 채로 웅얼거렸다.

"난 아무 데도 안 간다고. 나중에 봐."

"어! 그렇구나…… 좋아!"

펄쩍 뛸 듯 좋아하는 루사의 눈에 다시 생기가 넘쳤다. 토클로가 물고기를 마저 먹도록 남겨 둔 채, 칼릭과 루사와 어주락은 강을 건너 멀리 평원까지 완만하게 뻗어 있는 강둑을 따라 걷기 시작했다. 칼릭은 발이 얼얼해지는 느낌이 들었다. 한 걸음, 한 걸음 내디딜 때마다 얼음에 점점 더 가까워지고 있었다. 땅에서도 얼음 냄새가 났고, 잠시 걸음을 멈추고 목을 축인 물웅덩이에서도 얼음 맛이 느껴졌다.

시야가 확 트이면서 다시 한 번 눈앞에 평원이 펼쳐졌다. 흰 기러기 떼가 시야를 어지럽혔다. 새들은 시끄러운 날갯짓과 날카로운 울음소리로 하늘을 가득 메우며 소용돌이처럼 날아올랐다. 칼릭은 걸음을 멈춘 채 기러기 떼가 들쭉날쭉한 쐐기 모양을 이루며 탁 트인 대지 위를 가로지르는 것을 지켜보았다. 새들을 따라가던 시선이 바다 가장자리에 닿자, 칼릭은 점점 흥분하기 시작했다. 푸른 파도는 수평선까지 뻗어 있었고, 그곳에서 자신을 유혹하는 듯 빛나는 얼음을 볼 수 있었다.

"얼른 와!"

칼릭은 루사와 어주락에게 소리쳤다.

"이제 거의 다 왔어!"

칼릭이 뛰는 속도는 점점 더 빨라졌다. 다른 곰들은 이리저리 어지럽게 흘러가는 가느다란 강줄기를 첨벙첨벙 건너며 칼릭의 뒤를 힘겹게 따라왔다. 물가에는 억세고 질긴 풀 더미 사이로 섬세하게 피어난 야생화가 하늘하늘 춤추고 있었고, 연푸른 하늘 높은 곳에는 검독수리 한 마리가 맴돌고 있었다.

해가 떠오르면서 강해진 빛이 수면을 눈부신 은빛으로 물들였다. 이제 숲이 우거진 비탈길은 한참 뒤로 멀어졌다. 저 앞에서 들려오는 바닷새들의 지저귐에 칼릭의 몸은 기대감으로 떨리기 시작했다. 강이 점점 바다에 가까워지자, 칼릭은 강둑을 벗어나 해안을 비스듬히 가로질러 달려갔다. 마침내 바닷물이 발등에 찰랑거리고, 공기 중에 가득한 얼음 냄새와 물고기 비린내가 코로 밀려들었다.

"집이다……."

칼릭은 속삭였다.

눈을 가늘게 뜨고 먼 곳에 있는 얼음을 살펴보았다. 서리가 내린 듯 희미한 빛이 하늘과 맞닿은 곳에서 아지랑이와 합쳐지고 있었다.

'내가 저곳까지 헤엄쳐 갈 수 있을까?'

확신할 수 없었다.

'정말 멀리 있는 것처럼 보여…….'

"칼릭……."

뒤에서 루사의 날카로운 목소리가 들려왔다.

고개를 돌리자, 루사와 어주락이 저 멀리 해안가에 있는 무언가를 바라보며 뒤로 주춤주춤 물러서는 모습이 보였다. 그 시선을 따라가자, 아직 다 자라지 않은 어린 곰 둘을 데리고 해안선을 따라 터덜터덜 걸어오고 있는 흰곰 한 마리가 보였다. 순간 슬픔이 가슴을 폭 찔렀다.

'엄마와 타킥과 나도 저렇게 함께 있을 수 있었는데…….'

루사와 어주락은 자기보다 덩치가 훨씬 큰 낯선 곰들을 경계하며 서둘러 근처 가시덤불 뒤로 몸을 숨겼지만, 칼릭은 그 자리에 선 채로 암곰과 새끼 곰들이 다가오기를 기다렸다.

"안녕하세요?"

칼릭은 어미 곰에게 공손하게 머리를 숙이며 인사했다.

"얼음으로 가는 길인가요?"

어미 곰은 깜짝 놀라서 눈이 커다래진 채 칼릭을 뜯어보았다.

"너무 말랐구나, 애야!"

어미 곰이 큰 소리로 말했다.

"어디서 오는 길이니?"

"다른 바다에서 왔어요. 아주아주 먼 바다요……."

칼릭이 대답했다.

"그곳의 얼음은 다 녹아 버렸어요. 그래서 땅을 가로질러 위대한 곰의 호수로 갔다가 다시 여기까지 온 거예요. 저는 영원히 녹지 않는 얼음을 찾고 있어요."

"그래서 여기까지 왔구나!"

어린 새끼 곰들이 칼릭을 마치 하늘에서 내려온 실라룩처럼 신기하게 바라보는 동안 어미 곰은 놀라움이 섞인 말을 내뱉었다.

"다른 얼어붙은 바다에서 이곳까지 성공적으로 여행한 곰은 지금껏 단 하나밖에 만나 보지 못했어. 그 곰의 이름은 시크닉이었어. 아주 현명한 곰이지."

"저도 시크닉을 알아요!"

칼릭은 기뻐하며 소리쳤다.

"위대한 곰의 호수에서 만났어요. 우린 친구예요."

어미 곰은 머리를 주억거렸다.

"시크닉이 아직 살아 있다는 얘기를 들으니 기쁘구나. 내가 시크닉을 만난 건 아주 어렸을 때지만, 그 현명한 곰은 절대로 잊을 수 없단다. 그런데 넌 어떻게 이곳까지 올 수 있었니?"

어미 곰이 말을 이었다.

"수많은 하늘 길이만큼 먼 길을 너 혼자서 말이야!"

"저는 혼자 온 게 아니에요."

칼릭이 대답했다.

"계속 함께 있었던 건 아니지만, 여기까지 저와 함께 온 친구들이 있어요."

칼릭은 가시덤불 뒤에 숨어 걱정 어린 눈빛으로 내다보고 있는 어주락과 루사를 주둥이로 가리켰다.

어미 곰은 깜짝 놀라서 본능적으로 뒤에 모여 있는 새끼들을 몸으로 막아섰다.

"갈색곰과 흑곰?"

어미 곰이 으르렁거렸다.

"저 녀석들이 왜 바닷가에서 어슬렁거리는 거야? 저 녀석들은 바닷가 근처로는 거의 오지 않는데……."

"저 곰들은 이 애들을 해치지 않아요."

칼릭은 어미 곰에게 장담했다.

"그저 저를 기다리는 중이에요. 여기까지 오는 동안 저를 도와줬는데…… 이제 제 여행은 끝난 것 같아요."

칼릭은 다시 고개를 돌려 바다를 바라보았다.

"전 그동안 찾던 것을 마침내 찾았어요. 영원히 녹지 않는 얼음이 있는 곳 말이에요."

확신할 순 없었지만, 얼음은 칼릭이 처음 쳐다보았을 때보다 더 가까워진 느낌이었다. 당장이라도 그곳으로 헤엄쳐 가서 차갑고 하얀 세상에 녹아들고 싶다는 바람이 너무나도 강렬했다.

"얼음이 있는 곳으로 가는 중인가요?"

칼릭은 어미 곰에게 물었다.

"아직은 아니야."

어미 곰이 대답했다.

"우선 이 애들이 충분히 강해지기를 기다려야 해."

칼릭은 새끼 곰들을 바라보았다. 칼릭이 보기에 그 둘은 이미 충분히 강해 보였다. 포동포동하게 살집도 올라 있었고, 건강해 보였다. 녹는 바다 근처와 위대한 곰의 호수에서 보았던 볼품없이 삐쩍 마른 곰들과는 달랐다. 어미 곰이 잘 보살펴 준다면, 새끼 곰들은 머지않아 얼음으로 갈 수 있을 것이다.

칼릭은 또다시 간절한 마음으로 얼음을 바라보았다. 그 매혹적인 힘에 도저히 저항할 수가 없었다. 귓가에는 얼음 정령들이 속삭이는 소리가 가득했다. 그 소리는 바로 물속에서 얼음 결정이 맺히는 소리였다. 얼음은 이미 가까이 다가온 것 같았고, 주둥이를 내밀면 닿을 수 있을 것 같았다. 자신도 모르게 발걸음이 바다로 향했고, 다리를 감싸는 차가운 파도를 느낄 수 있었다. 점점 차오르는 흥분과 함께 칼릭은 얼음장처럼 차가운 물속으로 점점 더 깊이 들어갔다. 그러다 등 위로 커다란 발이 올라오자 흠칫하며 멈춰 섰다.

"얘야, 잠깐 기다리렴."

어미 곰의 목소리가 들려왔다.

"얼음은 곧 돌아올 거야."

정령들의 속삭임이 점점 희미해지면서 바닷새 울음소리와 귓가를 스치는 바람 소리에 묻혀 버렸다. 칼릭은 자신과 얼음 사이에 광활한 바다가 넓게 펼쳐져 있다는 사실을 새삼 깨닫고, 얼음의 유혹에서 그제야 간신히 벗어날 수 있었다. 칼릭은 바닷가에서 몇 곰 길이 떨어진 곳에 서 있었고, 철썩이는 파도가 뱃가죽을 적시고 있었다. 옆에서는 어미 곰이 걱정스러운 눈빛으로 지켜보고 있었다.

"미안해요."

칼릭은 쉰 목소리로 말하고 해안을 향해 천천히 걸음을 옮기기 시작했다.

"그 말이 맞아요. 기다릴게요."

바닷물 밖으로 걸어 나와 털가죽에 묻은 물기를 털어 낸 칼릭은 어미 곰에게 머리를 기댔다.

"고마워요."

"천만에."

어미 곰이 대답했다.

"우린 얼음 위에서 곧 다시 만나게 될 거야."

"그럴 수 있었으면 좋겠어요."

칼릭이 대답했다.

새끼 곰들을 불러 모은 어미 곰은 해안가를 따라 다시 터벅터벅 걸음을 옮겼다. 저만치 멀어진 어미 곰이 한 번 더 칼릭을 향해 호기심 어린 시선을 던졌고, 새끼 곰들도 엄마를 따라서 고개를 돌렸다. 어느새 돌 위로 달려가는 그들의 뭉툭한 꼬리만 멀리서 희미하게 보였다.

칼릭은 여전히 가시덤불 뒤에 숨어 걱정스레 살펴보고 있는 루사와 어주락을 힐끗 쳐다보았다.

"괜찮은 거야?"

루사가 소리쳐 물었다.

"괜찮아."

칼릭은 터벅터벅 해변을 걸어 올라가 친구들과 합류했다. 자신을 걱정하는 친구들의 관심이 마음에 온기를 더해 주었지만, 자신이 친구들을 아무리 사랑하더라도 얼음을 향한 끌림이 더 크다는 사실을 알고 있었다. 얼음이 해안에 충분히 가까워지면 자신이 아무런 미련 없이 친구들을 떠날 수 있을 거라는 사실을 칼릭은 처음으로 깨달았다.

'내 길은 이 애들의 길과는 달라.'

칼릭은 속으로 말했다.

'오래지 않아 나는 친구들이 따라올 수 없는 곳으로 가야만 해.'

5

황야에 나타난 납작얼굴

루사와 칼릭, 어주락은 낮은 언덕을 향해 돌아섰다. 루사는 줄곧 칼릭의 곁에 붙어 있었고, 바다에서 멀어질수록 걱정스러운 마음은 점점 사라졌다. 심장이 멎어 버릴 것 같은 순간이 여러 번 있었다. 루사는 칼릭이 자신의 곁을 영원히 떠나 수평선 멀리 반짝이는 얼음을 향해 헤엄쳐 갈 것 같아 조마조마했다. 칼릭이 마침내 바다에서 몸을 돌렸을 때 루사는 물밀듯이 밀려오는 안도감을 느낄 수 있었다.

'그렇지만 얼음이 해안에 닿으면 칼릭은 금세 떠나 버릴 거야.'

마음속 작은 목소리가 끊임없이 속삭였다.

루사는 애써 슬픈 생각을 떨쳐 냈다. 칼릭과의 이별은 때가 되면 감당할 일이지 굳이 벌써부터 고민할 일은 아니었다. 곰들은 해안선을 따라 한참을 거닐었다. 어주락은 물에 쓸려 자갈 위로 떠밀려 온 나무 조각 냄새를 맡으려고 물가로 내려갔지만, 커다란 파도가 밀려와 발치에서 소용돌이치자 얼른 밖으로 뛰쳐나왔다.

"홀딱 젖었어!"

털에서 떨어지는 반짝이는 물방울을 이리저리 흩뿌리며 친구들에게 걸어오던 어주락이 소리쳤다.

칼릭이 주둥이로 어주락의 어깨를 툭 쳤다.

"이제 바다에 발을 담그는 게 얼마나 멋진 일인지 알겠지?"

어주락은 코를 찡그렸다.

"물맛이 진짜 이상해."

어주락이 주둥이에서 뚝뚝 떨어지는 물방울을 핥으며 말했다.

칼릭이 코웃음을 쳤다.

"그걸 맛볼 필요는 없어!"

곰들은 차츰 방향을 틀어 언덕 쪽으로 돌아가다가, 자갈이 깔린 해변의 가시덤불에서 걸음을 멈추고 나무에 매달린 열매를 털었다. 루사는 몇 번이고 입안 가득 나무 열매를 욱여넣다가, 언덕 너머에서 들려오는 소리에 귀를 쫑긋 세웠다. 덜컹거리고 딸각거리는 시끄러운 소리였다.

"저게 무슨 소리지?"

칼릭이 고개를 갸웃하며 물었다.

"살펴보러 가자!"

앞으로 튀어 나갔던 어주락이 비탈길 꼭대기에 멈춰 섰다.

"저것 좀 봐!"

뒤따라 달려가던 루사와 칼릭을 향해 어주락이 소리쳤다.

루사는 계곡 바닥을 내려다보았다. 바닥이 보이지 않을 정도로 많은 수의 순록이 무리를 지어 물결처럼 움직이고 있었다. 시끄럽게 딸각거리는 소리는 해안에서 점점 멀어지는 순록 떼로부터 퍼져 나오고 있었다. 전날 보았던 느긋하게 어슬렁거리던 순록들에 비하면 몇 배는 빠르고 시끄러웠다.

"다들 어디로 가는 걸까? 누가 뒤에서 쫓아오지도 않잖아."

칼릭이 고개를 갸웃거리며 물었다.

루사는 어깨를 으쓱했다. 도대체 무엇 때문에 순록 떼가 전부 한꺼번에 이동하는 건지 알 수 없었다. 여행을 떠나고 싶어 하는 어주락의 충동이나, 칼릭을 얼음으로 끌어당기는 강력한 힘 같은 걸 순록들도 느낀 걸까?

"토클로가 실망하겠는걸. 토클로는 저 순록들을 사냥하고 싶어 했는데."

친구들에게 말하던 루사는 계곡 한쪽에 자리 잡은 납작얼굴의 굴을 발견했다. 통나무로 지어진 그 굴은 지금껏 발견하지 못했을 정도로 주위 풍경과 잘 어우러져 있었다. 루사의 심장이 빠르게 뛰기 시작했다. 루사는 주둥이로 칼릭을 쿡쿡 찔렀다.

"저기 좀 봐."

칼릭의 눈이 당황해서 휘둥그레졌다.

"저건 납작얼굴의 굴이잖아! 여기에 납작얼굴 같은 건 없어야 하는 건데……."

좀 더 자세히 살펴보자, 굴 한쪽에 기다란 줄이 매달려 있고, 그곳에 납작얼굴이 몸에 걸치는 가죽이 걸려 있었다. 또 지붕 위에 달린 나무 그루터기 같은 곳에서 한 줄기 연기가 피어오르는 것을 볼 수 있었다.

"뭔가 이상한데……."

루사는 중얼거렸다.

공기를 들이마시던 루사는 이 굴이 다른 굴들과 무엇이 다른지 알아냈다. 이 굴 주변에는 검은길 냄새가 전혀 나지 않았고, 납작얼굴들의 정원에서 자라는 짙은 꽃향기도 나지 않았다. 이 굴은 통나무로 만들어졌기 때문에 계곡과 잘 어우러질 뿐 아니라 납작얼굴의 독특한 냄새조차 나지 않았다.

"어쩌면 이 납작얼굴들은 위험하지 않을지도 몰라."

어주락이 희망을 품은 목소리로 말했다.

"납작얼굴들이 위험하지 않은 적이 있어?"

칼릭이 숨을 헐떡이며 말했다.

곰들이 가만히 서서 납작얼굴의 굴을 내려다보고 있을 때, 갑자기 문이 활짝 열리더니 어린 새끼 납작얼굴이 밖으로 뛰쳐나왔다. 새끼 납작얼굴은 순록 떼를 가리키며 새된 목소리로 뭐라 뭐라 소리를 질렀다. 그러자 나이 든 암컷 납작얼굴과 어깨가 넓은 수컷 납작얼굴이 새끼를 따라 밖으로 나왔다. 그 셋은 모두 순록과 같은 회갈색 털가죽을 몸에 두르고 있었고, 새끼 납작얼굴은 좀 더 밝은색 가죽을 머리에 쓰고 있었다. 암컷 납작얼굴이 새끼를 자신이 있는 곳으로 불렀다. 셋은 나란히 서서 순록 떼가 지나가는 것을 지켜보았다. 루사와 어주락과 칼릭은 키 큰 풀 속에 나란히 웅크린 채, 납작얼굴들에게 시선을 고정했다.

"우리를 보지는 못했어."

칼릭이 속삭였다.

"한번 가까이 가 보는 건 어떨까?"

"불막대기는 안 보이는데⋯⋯."

루사는 말을 꺼내다가, 납작얼굴의 굴에서 별로 멀지 않은 바위 그늘에 익숙한 형체가 웅크리고 있는 것을 발견하고 말을 멈췄다.

'토클로잖아!'

동시에 어주락도 토클로를 발견했다.

"저기 토클로가 있어."

어주락이 재미있다는 듯 말했다.

"우리 몰래 다가가서 토클로를 놀라게 해 주자."

루사는 깜짝 놀랐다.

"납작얼굴들의 코앞에서 뭘 하자고? 너 머릿속까지 털이 난 거야?"

처음에는 토클로가 잠을 자고 있다고 생각했다. 그런데 토클로의 귀가 경계하며 쫑긋 서 있는 것이 보였다. 토클로는 언제라도 사냥에 뛰어들 준비를 하고 있는 것처럼 긴장한 채 순록을 지켜보는 중이었다. 하지만 토클로가 움직이기 전에, 루사는 새끼 납작얼굴이 갈색곰이 숨어 있는 바위를 향해 달려가고 있다는 것을 알아차렸다. 순록만 뚫어져라 노려보던 토클로는 새끼 납작얼굴이 다가오는 것을 알아차리지 못했다.

"어주락, 저기 좀 봐!"

루사는 빽 소리를 질렀다. 공포에 질려 심장이 마구 날뛰기 시작했다. 예전에 토클로가 먹이가 너무 절실한 나머지 새끼 납작얼굴을 공격할 뻔했던 기억이 떠올랐다. 혹시 저 작은 납작얼굴이 사냥을 방해한다면, 토클로는 어떻게 나올까?

"우리가 뭐라도 해야 해!"

루사는 다급히 외쳤다.

"어주락……."

친구를 향해 몸을 돌렸지만, 눈에 들어온 것은 순록 무리에 합류하기 위해 경쾌하게 딸각딸각 발굽 소리를 울리며 서둘러 언덕을 내려가는 어린 순록의 모습뿐이었다. 달려 나가는 어주락 순록의 머리 위로 뿔이 막 돋아나고 있었다.

"아, 안 돼!"

루사는 공포와 짜증이 뒤섞인 비명을 질렀다.

"어주락이 또 변신해 버렸어!"

다시 바위 쪽을 쳐다보니, 새끼 납작얼굴이 토클로를 향해 다가가 막 손을 뻗고 있었다. 토클로는 놀라서 몸이 굳은 채 그 모습을 바라보고 있다가, 새끼 납작얼굴을 향해 주둥이를 내밀었다.

'토클로가 달려들려는 걸까?'

루사와 칼릭은 너무 멀리 떨어져 있어서 아무것도 할 수 없었다. 토클로가 새끼 납작얼굴의 앞발을 덥석 물어 버릴지도 모른다는 생각에 루사는 움찔거리며 땅을 움켜잡았다. 하지만 거대한 갈색곰은 그저 미심쩍다는 듯 새끼 납작얼굴이 몸에 걸친 가죽을 킁킁거릴 뿐이었다. 새끼 납작얼굴은 전혀 두려워 보이지 않았다.

"토클로는 저 어린 납작얼굴을 어떻게 대해야 할지 모르는 거야."

칼릭이 재밌다는 듯 말했다.

토클로가 새끼 납작얼굴을 해치지 않을 거라는 사실을 알게 된 루사의 심장 박동은 점점 안정을 되찾기 시작했다. 새끼 납작얼굴이 까르르 웃음을 터뜨리며 한 발로 쓰다듬고 있는 동안, 토클로는 그저 바위에 몸을 바짝 기대고 있었다. 루사는 난처한 얼굴로 씩씩거리고 있을 토클로를 상상하며 코웃음을 쳤다.

'토클로가 힘없는 토끼처럼 옴짝달싹 못 하고 갇혀 있다니. 고작 조 그마한 납작얼굴한테!'

동시에 순록 떼의 끄트머리에 있던 마지막 순록들이 언덕 위로 사라져 버렸다. 딸각거리던 발굽 소리는 점점 잦아들고, 순록 떼가 지나간 자리에는 짓밟힌 자국만 남았다. 토클로는 먹이를 잡을 기회를 놓쳐 버렸다.

새끼 납작얼굴이 토클로에게서 몸을 돌려 바위 꼭대기로 재빠르게 기어 올라갔다. 그러다가 갑자기 중심을 잃고 기우뚱거리더니 넘어져서 큰 소리로 울음을 터뜨렸다. 루사는 새끼 납작얼굴의 뒷다리를 감싸고 있던 가죽이 찢어지고, 그곳에서 피가 흘러나오는 것을 보았다. 토클로가 놀라서 뒤로 펄쩍 뛰었다. 루사는 공포에 사로잡혔다.

"아아, 안 돼! 납작얼굴들은 토클로가 자기 새끼를 해쳤다고 생각할 거야! 납작얼굴들이 불막대기를 가져와서……."

수컷 납작얼굴이 엉엉 울고 있는 새끼에게 달려가 앞발로 번쩍 안아 들자, 루사는 말을 멈췄다. 수컷 납작얼굴은 토클로를 흘낏 쳐다보기만 할 뿐, 소리를 지르거나 해치려고 하지 않았다. 대신 새끼를 늙은 암컷 납작얼굴에게 데려가서 새끼의 울음이 잦아들 동안 두런두런 이야기를 나눴다. 그런 다음 수컷 납작얼굴은 새끼를 안고 굴 모퉁이를 돌아갔다.

"저 납작얼굴이 뭘 하려는 거지?"

루사는 궁금해하며 소리쳤다.

잠시 뒤 납작얼굴들이 사슴 뼈처럼 호리호리한 몸체에 두 개의 가느다란 둥근 발을 가진 아주 작은 불꽃야수 위에 올라탄 채로 다시 나타났다. 수컷 납작얼굴은 불꽃야수의 뿔을 잡고 똑바로 앉아 있었고, 새끼는 그 뒤에 매달려 있었다. 루사는 새끼 납작얼굴의 다리를 감싼 가죽에서 진홍색 피가 스며 나오는 것을 볼 수 있었고, 바람에 실려 오는 짭조름하고 톡 쏘는 냄새를 맡을 수 있었다. 수컷 납작얼굴은 암컷 납작얼굴에게 손을 흔들더니, 자신의 어린 새끼와 함께 순록의 흔적이 남아 있는 언덕 너머로 사라져 버렸다.

　"위대한 별이시여! 저건 대체 뭐지?"

　칼릭이 놀라서 눈이 휘둥그레진 채로 숨을 몰아쉬며 말했다.

　"저건 꼭…… 불꽃 없는 불꽃야수 같아."

　루사는 멍하니 대답했다.

　칼릭이 고개를 흔들었다.

　"납작얼굴들은 정말 이상해."

　암컷 납작얼굴은 다시 굴로 돌아가 문을 닫았다. 루사와 칼릭은 토클로를 향해 언덕을 달려 내려갔다.

　"잘했어!"

　루사는 커다란 갈색곰에게 뛰어가며 소리쳤다.

　"그 새끼 납작얼굴한테 정말 친절하게 대해 주던걸."

　토클로는 당황한 듯 목소리를 높였다.

　"그저 조그만 해충 같은 거야. 순록을 잡으려고 했는데 그 꼬맹이 녀석이 다 망쳐 버렸어. 그 녀석한테 순록 냄새가 났어."

　토클로는 씩씩거리며 덧붙였다.

"그 녀석은 내가 순록 대신 잡아먹어 버리지 않은 걸 다행으로 여겨야 할 거야!"

"정말로 그럴 생각은 없었잖아."

루사는 자신의 말이 맞기를 바라며 말했다.

"나도 처음엔 네가 그 새끼 납작얼굴을 순록으로 착각하면 어쩌나 걱정하긴 했지만 말이야."

"그럴 리가."

토클로가 중얼거렸다.

"그 조그만 녀석은 엄청 시끄러웠다고. 그러니까 납작얼굴이 틀림없지!"

토클로는 몸을 일으켜 순록들이 사라진 언덕 꼭대기 쪽을 바라보았다. 그리고 공기 중에 남아 있는 냄새를 가슴 깊이 들이마시며 으르렁거렸다.

"순록들을 쫓아가야 해. 한 마리만 잡아도 며칠은 배불리 먹을 수 있을 거야!"

"아니, 그러면 안 돼……."

루사는 순록 무리에 합류해 버린 어주락을 떠올렸다.

"왜 안 되는데?"

토클로가 물었다.

"아직 따라잡을 기회가 있을 때 쫓아가야 해. 순록들이 여길 영영 떠나 버리면 어쩌려고?"

루사는 칼릭과 눈빛을 교환했다.

"토클로, 순록을 사냥해서는 안 돼."

루사는 천천히 이유를 설명했다.

"어주락이 그 안으로 들어가 버렸어."

토클로가 진절머리가 난다는 듯 씩씩거렸다.

"그 녀석이 알아서 조심하겠지!"

토클로는 친구들의 대답을 기다리지도 않고, 순록을 쫓아 언덕을 달려 올라가 버렸다.

6

납작얼굴의 마을

토클로는 순록의 매혹적인 향기를 맡으며 계곡을 따라 이어져 있는 순록의 흔적을 따라갔다. 깎아지를 듯 가파른 산비탈이 양쪽으로 우뚝 솟아 있었고, 계곡 바닥에는 연못과 길게 펼쳐진 늪지 사이로 구불구불한 오솔길이 이어져 있었다. 토클로는 주위를 둘러보며 산의 공기를 들이마셨다.

'그래, 이런 곳이 바로 곰에게 어울리는 장소지!'

루사와 칼릭이 자신을 뒤쫓아 달려오는 것을 알고 있었지만, 친구들이 따라잡을 때까지 기다리지는 않았다. 토클로는 온 신경을 사냥감에 집중하고 있었다.

순록의 흔적은 또 다른 강으로 이어졌고, 강둑은 순록의 발굽으로 이리저리 파헤쳐져 있었다. 계곡은 구불구불한 모양을 이루고 있었다. 이따금 순록들의 딸각거리는 발굽 소리를 들을 수 있었기 때문에 이제 곧 순록들과 만나게 되리라 생각했다. 하지만 굽이를 돌면 발굽 소리가 다시 희미하게 멀어져 갔다.

토클로는 잠시 멈춰 서서 순록들이 남긴 발굽 자국을 자세히 살펴보았다. 자국의 깊이와 발자국 사이의 간격을 통해서 순록 떼가 얼마나 빠르게 달리고 있는지 가늠해 보려고 애썼다. 발굽 자국들 사이에서 작은 발자국들을 볼 수 있었다. 어린 순록을 잡아서 배불리 먹을 생각만으로도 입안에 군침이 고였다.

토클로는 다시 추격을 시작했고, 순록 떼를 따라잡기 위해 더욱 속도를 높였다. 하지만 다음 굽이를 미처 돌기도 전에 납작얼굴의 굴이 모여 있는 곳을 발견하고 멈춰 섰다. 방금 전 새끼 납작얼굴과 마주쳤던 계곡 아래 굴처럼, 말끔하게 손질된 통나무로 지어진 굴들이었다.

"납작얼굴이 더 있잖아!"

토클로는 으르렁거렸다. 실망감이 온몸을 훑고 지나갔다.

"이 황야에는 없을 줄 알았는데. 납작얼굴들은 정말 안 가는 곳이 없구나."

앞으로 길게 이어져 있는 흔적을 따라 또 다른 갈색곰이 성큼성큼 다가왔다. 토클로는 어주락을 알아보고 안도의 한숨을 쉬었다. 루사와 칼릭에게 뭐라고 말했든 간에, 친구를 순록으로 오해해서 죽이고 싶지는 않았다.

"안녕!"

목소리가 들릴 정도로 가까워지자, 어주락이 소리쳤다.

"너도 이 순록들 봤지? 정말로 놀랍지 않아?"

토클로는 어주락의 질문을 무시했다.

"순록 떼가 얼마나 멀리 떨어져 있는 거야?"

토클로는 어주락을 향해 달려가며 질문을 했다.

"여길 언제쯤 지나갔지?"

"어…… 한참 전에 지나갔는데."

어주락이 눈을 반짝이며 대답했다. 순록 떼와 함께한 짧은 여행이 상당히 즐거웠던 게 분명했다.

"이제 따라잡을 수 없을 거야, 토클로."

'족제비 대가리 같으니.'

토클로는 속으로 자책했다.

'우린 여기까지 그냥 놀러 온 게 아니라고! 맛있는 먹잇감을 찾으러 온 거잖아, 안 그래?'

"이게 다 그 성가신 새끼 납작얼굴 때문이야!"

토클로는 으르렁거렸다.

"그 녀석이 끼어들지만 않았어도 순록을 잡았을 텐데."

"어주락, 돌아왔구나!"

칼릭과 함께 달려오던 루사가 작은 갈색곰을 반갑게 맞이했다.

"순록과 함께 달려 본 소감이 어때?"

"아주 멋졌어!"

어주락이 흥분이 채 가시지 않은 목소리로 대답했다.

"우리 무리 전체가 한꺼번에 움직였어. 우리가 움직일 때 내는 소리 들었어?"

토클로는 짜증이 나서 씩씩거렸다.

"좀 도움이 되는 얘기를 해 봐. 순록 떼는 어디로 간 거야? 다시 돌아오기는 하는 거야?"

어주락은 고개를 가로저었다.

"다음 '물고기의 도약'이 시작돼야 돌아올 거야. 순록들은 낮이 길어지면 이곳 평원으로 와서 풀을 뜯고 새끼를 낳아. 바다에서 불어오는 차가운 바람이 벌레들을 쫓아내지만, 최근에는 파리가 순록들을 귀찮게 하고 있어. 내 생각엔 그것 때문에 순록들이 산으로 가 버린 것 같아."

"대체 왜 우리가 순록들을 쫓아갈 수 없다는 거야?"

토클로는 신경질적으로 투덜거렸다. 아직도 그 육즙이 좔좔 흐르는 먹잇감을 놓친 게 분해서 화를 참을 수 없었다.

"아까 봤을 땐 그렇게 빨리 달려가고 있는 것 같지도 않던데……."

"불막대기를 든 납작얼굴들이 나타났어."

"불막대기라고?"

칼릭이 불안한 듯 주위를 두리번거리며 물었다.

"그렇다면 이곳도 안전하지 않다는 말이잖아!"

"그들은 계곡 저 위쪽에 있어."

어주락이 칼릭을 안심시켰다.

"순록 떼가 우르르 달아났고, 사냥꾼들이 그 뒤를 쫓았어. 그래서 난 다시 곰으로 변신해야겠다고 결심하고 무리에서 빠져나왔지."

"똑똑한 판단이었어!"

토클로는 작은 갈색곰을 주둥이로 툭 건드리며 말했다. 기분이 여전히 별로였지만, 친구가 무사하다는 사실이 더 기뻤다.

"하지만 그 발톱 없는 동물들은 어떡해?"

칼릭의 목소리는 여전히 불안에 잠겨 있었다.

"분명히 연기 나는 산에서 우리를 쫓아오던 사냥꾼들이랑 똑같을 거야. 우린 여길 떠나야 해."

"하지만 그 납작얼굴들은 곰 사냥에는 별 관심이 없어 보였어."

어주락이 확신 없는 말투로 말했다.

"그러니까, 그들은 다른 납작얼굴들과는 좀 달라. 그 납작얼굴들은…… 동물의 영혼을 지니고 있어!"

토클로는 어주락을 빤히 바라보았다.

'이 머릿속에 솜털만 가득 든 녀석이 지금 뭔 소리를 하는 거야? 납작얼굴들에겐 동물의 영혼이 없다고!'

"그게 무슨 뜻이야?"

루사가 고개를 갸웃하며 물었다.

"확실한 건 아닌데, 그렇게 느껴져."

어주락이 어깨를 으쓱하며 대답했다.

"이리 와 봐, 내가 보여 줄게."

어주락은 납작얼굴의 굴이 모여 있는 곳을 내려다볼 수 있도록, 완만한 구릉 꼭대기로 친구들을 이끌고 갔다. 토클로는 마지못해 다른 곰들을 따라갔다. 순록이 발에 닿지 않는 곳으로 가 버린 지금은 다른 먹잇감을 찾아야 할 때이지, 납작얼굴 근처를 어슬렁거릴 때가 아니었다. 언덕 꼭대기에 오른 토클로는 납작얼굴의 굴 밖에 잠들어 있는 커다란 불꽃야수와 함께, 좀 전에 수컷 납작얼굴이 새끼와 함께 타고 갔던 것과 똑같이 생긴 작고 괴상한 불꽃야수도 여러 마리 있는 것을 볼 수 있었다.

'혹시 저게 불꽃야수의 새끼들인가?'

토클로는 추측했다.

불꽃야수들의 뒤쪽에서는 새끼 납작얼굴 여럿이 동그란 무언가를 발로 차서 서로 주고받고 있었다. 어린 납작얼굴들이 질러 대는 날카로운 소리에 토클로는 귀를 쫑긋 세웠다.

"저 녀석들이 어떤 영혼을 가지고 있다고?"

토클로는 중얼거렸다.

"모기?"

어주락은 그 말을 무시했다.

"저 아래쪽을 봐 봐."

어주락이 굴 앞에서 땅을 쓸고 있는 납작얼굴을 주둥이로 가리켰다. 밝은 빨간색 가죽을 걸친 암컷이었다. 그 암컷은 납작한 발로 이리저리 왔다 갔다 하다가, 바로 옆 굴 밖에 앉아 있는 나이 든 수컷에게 고개를 들이밀며 뭐라고 재잘거렸다.

"저 암컷은 기러기의 영혼을 가지고 있어."

어주락이 말했다.

"그리고 저 늙은 수컷은 갈색곰의 영혼을 가지고 있고."

토클로는 수컷 납작얼굴을 뚫어져라 바라보았다. 웅크리고 앉아 있었던 통통한 수컷 납작얼굴은 머리와 얼굴이 모두 곱슬거리는 갈색 털로 덮여 있었다.

"저 녀석은 곰이 아니야!"

토클로는 기분이 정말로 나빠져서 버럭 소리를 질렀다. 다른 곰들에게는 절대로 인정할 생각이 없었지만, 지금껏 납작얼굴들에게서 단 한 번도 느껴 보지 못했던 평화로운 분위기가 이곳을 감싸고 있다는 것을 느낄 수 있었다. 연기 나는 산에서 만난 납작얼굴들에게서 느꼈던 위협의 흔적은 전혀 찾아볼 수가 없었다.

'어쩌면 저들은 그런 걸 잘 감추는 재주가 있을지도 모르지.'

토클로는 여전히 의심을 거두지 않았다.

"우리는 여기 있으면 안 돼."

토클로는 큰 소리로 말했다.

"이제 가야 해. 곰과 납작얼굴은 서로 가까이해서는 안 된다고."

"토클로, 계속 툴툴대기만 할 거야?"

어주락이 토클로를 어깨로 장난스럽게 밀쳤다.

"재밌잖아!"

"아니, 토클로 말이 맞아."

칼릭이 경계하는 눈빛으로 말했다.

"지금껏 납작얼굴 때문에 겪었던 고생이 부족한 거야? 우린 여길 떠나야 해."

"하지만 이곳엔 두려울 게 없는걸."

루사가 끼어들었다.

"난 알 수 있어. 이곳의 납작얼굴들을 보면 곰터에서 날 돌봐 줬던 친절한 납작얼굴들이 떠오른단 말이야."

"아, 그러셔? 그놈의 곰터!"

토클로는 거칠게 말했다.

다른 곰들이 대꾸하기도 전에 어떤 굴의 문이 열리더니, 작고 어린 납작얼굴이 뛰어나왔다.

루사가 재밌다는 듯 눈을 굴렸다.

"토클로! 저기 네 친구 왔다."

토클로는 루사를 노려보았다.

'도저히 들어 줄 수가 없군. 차라리 저 작고 성가신 녀석을 먹어 치워 버릴 걸 그랬어.'

새끼 납작얼굴은 기분이 다시 좋아졌는지, 둥근 물체를 발로 차고 있던 다른 새끼 납작얼굴들에게로 뛰어가 이리저리 쫓아다니기 시작했다. 다친 다리도 치료받은 게 분명했다. 새끼 납작얼굴을 그곳까지 데려왔던, 그러니까 토클로가 생각하기에 아빠로 보이는 수컷 납작얼굴도 좀 더 나이 들어 보이는 수컷과 함께 같은 굴에서 나왔다. 키가 크고, 회색 머리털을 길게 기르고, 가장자리에 술이 달린 순록 가죽을 몸에 두른 수컷이었다. 두 수컷은 뛰어노는 어린 납작얼굴들을 가리키며 이야기를 나누었다.

"난 이런 구경이라면 하루 종일 할 수 있을 것 같아!"

루사가 중얼거렸다.

"난 저 납작얼굴들의 목소리가 좋아. 저 작은 녀석을 좀 봐, 공을 잡았어! 그리고 이젠 던지고 있어!"

'공.'

토클로는 어린 납작얼굴들이 발로 차던 둥근 물체가 공이라는 걸 알게 되었다. 그게 어디에 쓰는 물건인지 궁금했다. 먹을 수 있을 것처럼 보이진 않았다. 토클로의 기억은 동생의 몸이 약해지기 전, 함께 놀던 때로 거슬러 올라갔다. 토클로의 엄마인 오카는 새끼들이 꼭 알아야 할 것들을 가르치기 위해 많은 놀이를 고안해 냈다. 어쩌면 이 납작얼굴들의 놀이 역시 그런 것일지도 모른다는 생각이 들었다. 토클로는 다 자란 납작얼굴들이 공을 가지고 무언가를 하는 걸 본 적이 있었는지 기억을 떠올려 보려고 애썼다.

곰들이 지켜보고 있을 때 더 커다란 굴의 문이 열리더니 또 다른 암컷 납작얼굴이 나타났다. 그 암컷은 땡그랑 소리가 나는 시끄러운 물건을 흔들면서 새끼들을 향해 소리쳤다. 어린 납작얼굴들은 곧장 굴을 향해 달려가 차례차례 안으로 들어갔다. 그중 하나가 공을 집어 들고 따라갔다. 다리를 다친 새끼 납작얼굴은 아빠에게로 달려가, 계곡을 가로질러 날아가기 전에 끼룩끼룩 소리를 내며 그들의 머리 위를 맴돌고 있는 기러기 떼를 가리켰다.

"이제 우리도 가자."

마지막으로 남아 있던 새끼 납작얼굴이 굴 안으로 사라지고 문이 닫히자 토클로가 말했다.

"구경은 이 정도면 충분해. 그리고 난 배가 고프다고!"

7

기러기 사냥

납작얼굴들의 굴이 있는 곳을 떠나 기러기들이 날아간 방향을 따라 언덕을 내려가면서, 토클로는 어주락을 힐끗 돌아보았다. 어주락은 이곳을 떠나고 싶지 않은 것처럼 보였다.

"어주락, 얼른 가자."

토클로는 큰 소리로 외쳤다. 의도했던 것보다 훨씬 더 사나운 목소리가 나왔다.

"지금은 갈색곰이 되어야 할 시간이라는 걸 똑똑히 기억하라고! 사냥을 하고, 잘 곳을 찾고, 우리 자신을 돌봐야 해."

"하지만 나는 이 납작얼굴들을 계속 지켜보고 싶어."

어주락이 항의했다.

"이들은 뭔가 다르단 말이야."

"맙소사! 납작얼굴은 그냥 납작얼굴일 뿐이라니까!"

토클로는 날카롭게 받아쳤다.

"이건 그냥 시간을 낭비하는 거라고!"

"알았어."

어주락은 마지막으로 납작얼굴의 굴을 한 번 쳐다본 뒤에 언덕을 내려와 토클로 곁으로 다가왔다.

"이제 사냥하러 가자."

토클로는 어주락을 어깨로 슬쩍 떠밀어 친밀함을 표시하고는 계곡을 벗어나 해안을 향해 다시 친구들을 이끌었다. 돌아가는 길에는 여전히 순록의 냄새가 남아 있어서 다른 먹잇감을 찾기가 힘들었지만, 언덕 옆으로 툭 튀어나온 모퉁이를 돌았을 때 호수 주변에서 먹이를 먹고 있는 기러기들을 발견했다. 하얀 깃털은 거친 풀밭에서 눈에 확 들어왔다.

"저기 있다."

토클로는 주둥이로 방향을 가리켰다.

"가자."

골짜기를 가로지르면서 곰들은 긴 풀 사이에 몸을 숨긴 채 걸어가, 얕은 개울을 건너 바위 뒤로 숨었다. 하지만 호수에 다가갈수록 땅이 평평해졌고 곰들과 기러기 사이에는 몸을 숨길 만한 곳이 전혀 없었기 때문에 기러기들에게 들키지 않고 몰래 다가갈 수가 없었다.

"바람을 마주 보고 접근해야 해. 그래야 기러기가 우리 냄새를 못 맡을 거야."

칼릭이 제안했다.

"그건 나도 알아."

토클로는 한숨을 내쉬었다. 하필 바람이 좋지 않은 방향에서 불어오고 있었다. 몸을 숨기고 냄새도 숨기기 위해 길을 돌아가기에는 너무 많은 시간이 걸릴 것 같았다. 그때쯤이면 기러기들은 사라진 지 오래일 것이다.

토클로는 친구들에게 기다리라는 신호를 보낸 뒤 땅바닥에 납작 엎드린 채로 기러기들을 향해 기어갔다. 하지만 미처 가까이 다가가기도 전에 기러기 떼는 요란한 경고의 울음소리를 내지르며 하늘로 날아올랐다.

기러기들은 몇 곰 길이를 날아갔다가 다시 땅으로 내려앉아 먹이를 먹기 시작했다. 토클로는 속에서 부글부글 끓어오르는 좌절감을 끌어안은 채 친구들이 다가오기를 기다렸다.

"넓게 흩어져서 접근하면 어떨까?"

루사가 제안했다.

"그렇게 하면 우리 중 하나에게서 도망치더라도 다른 누군가가 잡을 수 있지 않을까?"

"시도해 볼 만한 것 같아."

토클로는 마지못해 동의했다.

곰들은 서로 다른 방향에서 기러기 떼에게 접근할 수 있도록 멀찌감치 흩어졌다. 하지만 결과는 좋지 않았다. 기러기들은 곰들이 달려들 수 있을 만큼 가까워지기 훨씬 전부터 곰들을 발견하고 하늘로 날아올랐다. 그리고 멀찌감치 떨어진 곳에서 다시 땅으로 내려왔다.

"이건 바보 같은 짓이야."

토클로는 으르렁거렸다. 이제 배에서는 꼬르륵 소리가 요란하게 나고 있었다. 기러기들에게 화가 치밀었다.

'어디 한 놈만 잡혀 봐, 갈기갈기 찢어서 깃털이 날리는 꼴을 보고야 말 테니까.'

"다른 계획이 필요해."

토클로는 고개를 까딱거리며 친구들에게 신호를 보냈다.

"이렇게 해 보는 건 어떨까?"

다른 곰들이 주위로 모여들자 토클로는 이야기를 시작했다.

"어주락, 네가 기러기로 변해서 기러기들 한가운데로 간 다음, 다시 곰으로 변신해서 그중 한 마리를 잡는 거야."

"토클로, 진짜 멋진 생각이야!"

루사가 소리쳤다.

"해 볼 만하겠는데."

칼릭도 동의했다.

하지만 어주락의 석연찮은 표정에 토클로는 당황했다.

'아니, 이 솜털 뭉치는 대체 뭐가 문제지?'

"나는…… 잘 모르겠어."

어주락이 자책하는 듯한 목소리로 말했다.

"변신했을 때…… 나는 진짜로 그 동물로 변해 버려. 그들과 똑같이 생각하고, 그들과 같은 감정을 느끼는 거야. 그래서 기러기는 더 이상 먹잇감이 될 수 없어. 기러기를 사냥한다는 상상조차 할 수 없다고."

"말도 안 돼!"

토클로는 씩씩거렸다.

"넌 항상 곰이었어, 안 그래? 다른 동물로 변했을 때도 넌 곰이었잖아. 그러니 넌 곰이 하는 일을 해야 해. 지금은 곰이 기러기를 사냥할 때라고."

어주락은 확신 없이 어깨를 으쓱했다.

"한번 해 보자, 어주락. 재미있을 거야!"

칼릭이 눈을 반짝이며 애원했다.

"그래, 한번 해 봐."

루사가 주둥이로 어주락의 어깨를 쿡쿡 찔렀다.

"네가 저 기러기들을 놀라게 하는 걸 보고 싶어!"

어주락은 발을 내려다보며 한참을 주저하다가 심호흡을 하고는 고개를 들었다.

"알았어, 할게."

"좋았어!"

토클로는 작은 친구가 마침내 정신을 차린 것 같아서 마음이 놓였다. 어주락이 이런 이상한 힘을 가지게 된 데에는 다 이유가 있을 것이다. 먹잇감을 찾는 데 도움이 되는 것보다 더 나은 이유가 있을까?

어주락은 잠시 가만히 서서 기러기를 바라보았다. 그러자 목이 점점 길고 가늘어졌다. 주둥이가 줄어들더니 부리로 변하고, 앞다리는 길게 늘어나 날개가 되었다. 몸통은 점점 작아졌다. 갈색 털은 물결이 이는 듯 차례차례 흰색 깃털로 변했다. 뒷다리는 천천히 가늘어지더니 발 대신 물갈퀴가 나타났다. 마침내 흰 기러기 한 마리가 날카로운 울음소리를 내며 하늘로 날아올라 곰들의 머리 위를 빙글빙글 맴돌다가 기러기 떼 사이에 내려앉았다.

"난 이런 건 절대 익숙해지지 않을 것 같아."

루사가 속삭였다. 토클로는 기러기 떼에게서 시선을 떼지 않았다.

기러기들이 너무 다닥다닥 붙어 있어서 어주락이 어디 있는지 확신할 수 없었다. 그리고 다시 곰으로 변신할 기미도 보이지 않았다.

"도대체 뭘 꾸물거리고 있는 거야?"

토클로는 짜증을 내며 말했다.

"자기가 곰이라는 사실을 정말로 기억하지 못하는 거야?"

칼릭이 눈에 힘을 주고 기러기 떼를 유심히 살펴보았다.

"저게 어주락 같아."

칼릭이 주둥이로 어딘가를 가리키며 말했다.

"옆구리에 갈색 자국이 있는 큰 기러기 말이야."

루사가 고개를 저었다.

"아까 어주락이 날아갔을 때, 옆구리에 갈색 자국 같은 건 못 봤어."

토클로는 발톱으로 땅을 긁었다. 기러기들 사이에서 누군가가 곰으로 변신하려는 조짐은 여전히 없었다.

"토클로, 어주락을 불러야 할까?"

루사가 말을 꺼냈다.

그때 갑자기 기러기들이 끼룩끼룩 시끄럽게 울어 대며 소란을 떨었다. 기러기 떼는 모조리 하늘로 날아올랐고, 이번에는 근처로 살짝 이동하는 게 아니라 계속 하늘 위에서 빙빙 맴돌고 있었다.

"이번엔 또 뭐야?"

토클로는 짜증을 내며 물었다.

"저길 봐, 늑대야!"

칼릭이 귀를 쫑긋 세우고 말했다.

칼릭의 시선을 좇던 토클로는 호수 반대편에서 호리호리한 회색 형체를 발견했다. 기러기 떼를 몰래 뒤쫓고 있던 늑대는 새들이 하늘로 날아오르자 앞으로 뛰쳐나와 으르렁거렸다. 머리 위에서 날아다니는 기러기들을 보며 늑대는 허탈감에 멈춰 서 있었다.

'나도 어떤 기분인지 잘 알지.'

토클로는 생각했다.

기러기들이 다시 내려앉는 대신에 불규칙한 쐐기 대형을 이루며 멀리 떨어진 해안을 향해 날아가 버리자 토클로의 기분은 더 나빠졌다. 기러기들은 단 한 마리도 남김없이 호숫가를 떠나 버렸다.

"어주락도 함께 가 버렸어!"

칼릭이 소리쳤다.

"아, 안 돼!"

루사가 당황한 목소리로 말했다.

"난 어주락이 이렇게 훌쩍 가 버리지 않았으면 좋겠어."

"멍청한 다람쥐 대가리……."

토클로는 중얼거렸다.

"이러다가 언젠간 영영 사라져서 다시는 우리를 찾지 못할걸."

칼릭이 한숨을 내쉬었다.

"어주락을 따라가 보는 게 좋을까?"

"그래야 할지도 몰라."

토클로는 점점 멀어져 가는 기러기들을 따라 전력으로 질주하기 시작했다.

"어서!"

루사와 칼릭도 토클로 곁에서 함께 달려갔다. 곰들이 자신을 향해 달려오는 것을 보고 늑대는 깜짝 놀라며 뒤로 펄쩍 뛰어오르더니, 계곡 반대편 숲 쪽으로 꼬리를 말고 도망쳤다.

'흥! 꼴좋네!'

토클로는 속으로 으르렁거렸다. 루사와 어주락과 함께 산속에서 늑대들에게 쫓기던 기억이 떠올랐다. 이제는 다 자란 늑대를 겁줘서 쫓아 버릴 정도로 자신이 덩치도 커지고 사나워졌다는 생각에 기분이 좋았다.

"어주락! 어주락!"

토클로는 큰 소리로 외쳤다.

"돌아와!"

8

목에 걸린 투명한 실

어주락은 힘차게 날갯짓하며 호수 위 하늘을 가로질러 날아갔다. 늑대는 이제 물가에 있는 회색 점처럼 작아졌다. 자기 것이 아닌 듯한 기억들이 어주락의 머릿속으로 밀려들었다. 탐욕스럽게 빛나는 눈, 날카로운 이빨과 강인한 턱, 그리고 하얀 깃털 위로 흩뿌려지는 피……. 자신의 송곳니가 기러기의 살을 파고들던 기억이 어렴풋이 떠올랐다. 하지만 그건 마치 아주 오래전에 다른 생물에게서 일어났던 일 같았다.

아래쪽에서 누군가가 외치는 소리가 희미하게 들려왔다. 흘끗 내려다보니 기러기 떼를 쫓아 달려오는 세 개의 작은 형체가 보였다. 검은색, 하얀색 그리고 갈색……. 어주락은 잠시 어리둥절했다. 저들이 누구고, 또 왜 자신을 부르고 있는지 알아야 한다고 생각했다. 하지만 늑대에게서 벗어났다는 기쁨과 공기를 가르는 날개에서 느껴지는 강력한 힘이 혼란스러운 생각을 집어삼켜 버렸다.

주위에 있던 다른 기러기들은 바다를 향해 찌그러진 삼각 대형으로 날아가는 도중에 서로 앞서거니 뒤서거니 하며 자리를 옮겼다. 어주락은 대형 한쪽에서 중간 정도에 위치해 있는 자신을 발견했다.

"날아라! 멀리 날아라! 늑대를 따돌려라!"

주위는 온통 기러기들이 끼룩거리는 소리로 가득 차 있었다. 어주락은 이 명령이 선두에 있는 기러기에서부터 시작해서, 삼각 대형의 양쪽으로 물결치듯 차례차례 전달되고 있다는 것을 알아차렸다.

"더 멀리 날아! 날아!"

거친 외침이 자신에게까지 오자 어주락도 크게 소리를 질렀다. 기러기들이 바다를 향해 힘차게 날개를 퍼덕일수록 언덕은 뒤로 점점 멀어져 갔고, 해안가 평원이 앞에 펼쳐졌다.

"이제 먹이를 먹자!"

선두에서 지휘하던 갈매기로부터 시작된 또 다른 명령이 대열을 휩쓸듯 줄줄이 전달됐다.

"이제 곧 다른 집으로 날아간다! 깃털에 닿는 햇살을 느껴 봐!"

"다른 집…… 햇살……."

기러기들이 단어들을 앞뒤로 전달하는 동안, 어주락은 자신의 연약한 뼈 깊숙한 곳까지 적셔 주는 태양의 온기를 느낄 수 있었다. 다른 집을 향해 날아가고 싶다는 열망이 발톱처럼 가슴을 꽉 움켜쥐었다.

햇빛이 내리쬐는 광경에 잠시 정신이 팔렸던 탓에 어주락은 온전히 비행에 집중하지 못했고, 너무 세게 날갯짓을 하다가 앞서가던 기러기와 부딪히고 말았다. 둘은 날개를 퍼덕이며 공중에서 한바탕 뒤집혔다가 다시 균형을 잡으려고 애를 썼다. 그 아찔했던 순간, 땅과 하늘이 주위를 빙빙 돌았다. 어주락은 어느 방향으로 날아야 하는지도 알 수가 없었다. 바로 뒤에서 날아가던 세 번째 기러기도 흐름을 놓친 탓에 한참을 퍼덕여야 했다.

"이 민달팽이 대가리 같은 놈아!"

첫 번째 기러기가 어주락을 향해 화를 냈다.

"알에서 갓 깨어난 거야, 뭐야?"

"민달팽이 대가리…… 민달팽이 대가리……."

모욕적인 말이 부리에서 부리로 전달됐다.

"미안해!"

어주락은 자기 자리로 돌아가려고 안간힘을 썼다. 쐐기 대형을 벗어나자 앞으로 나아가는 게 훨씬 더 힘들었다. 주변을 감싼 공기의 흐름이 몸에 부딪히기도 하고, 이리저리 잡아당기기도 하며 앞으로 나아가는 것을 방해했다. 엄청난 노력 끝에 어주락은 나머지 기러기 떼를 따라잡을 수 있었고, 쐐기 대형 안에서 다시 자리를 찾을 수 있었다. 앞서가는 기러기들이 만들어 내는 공기의 흐름을 타자마자 비행이 훨씬 더 수월해졌다.

다른 기러기 두 마리도 자리를 잡고 나서 어주락을 한참 노려보다가 결국 무시하기 시작했다.

'땅에 내려가면 저들과 거리를 둬야겠어.'

어주락은 다짐했다.

무리의 우두머리를 따라 날아가던 어주락은 먼 지평선 위에서 기분이 섬뜩해지는 그림자를 발견했다. 그건 마치 땅 위로 내려앉은 폭풍 구름처럼 보였다. 그 안에서 빛이 번쩍거리고 있었고, 또렷하게 보이지는 않지만 단단한 구조물 같은 게 있었다.

"나쁜 곳이다!"

우두머리 기러기가 방향을 바꾸며 끼룩끼룩 울부짖었다.

"먹잇감이 없다! 쓴 물이다!"

"나쁜 곳…… 쓴 물……."

나머지 기러기들이 그 말을 되풀이했다.

"시끄러운 짐승들이다! 땅을 걷는 자들이다! 저쪽으로는 절대 가면 안 돼!"

우두머리가 명령했다.

"절대 가면 안 돼……."

어주락은 기러기들이 무엇에 대해 말하는지는 몰랐지만, 그 말들이 마음속에 공포감을 불러일으켰다. 자신이 처음으로 이 땅에 발을 디뎠던 때가 떠올랐다.

'발? 날개가 아니라?'

갑자기 불안한 마음이 들었다. 이곳이 여정의 끝이 아니라는 걸 어주락은 알고 있었다. 이제 불안감이 더욱 커졌다. 그저 온 힘을 다해 날개를 퍼덕여 이곳에서 멀리멀리 벗어나, 불길한 그림자를 마음속에서 영원히 지워 버리고 싶었다.

그 대신에 어주락은 기러기 떼와 함께 급강하해서, 짠물이 드나드는 해안가 초원에 내려앉았다. 그곳에는 해안선을 따라 해초가 여기저기에 널려 있었다. 맛있어 보이는 녹색과 갈색 해초 더미를 발견한 어주락은 기대감으로 깃털이 삐죽 솟았다. 하늘을 날아다닌다는 것은 아주 빠르게 배가 고파지는 일이었다. 어주락은 잔뜩 모여 있는 기러기들을 어깨로 밀치며 진흙이 가득한 풀밭을 철벅철벅 건너가 해초를 먹기 시작했다.

맛있는 해초 줄기를 꿀꺽꿀꺽 삼키면서 어주락은 이곳 역시 위험할지도 모른다고 생각했다. 머리를 들어 좌우를 빠르게 살피면서 모든 감각을 동원해 적을 경계했다. 하지만 이곳에 늑대 같은 건 없었고, 곰이나 여우도 없었다. 땅을 걷는 자들도 없었다. 당분간 무리는 안전했다.

어주락은 고개를 숙여 다시 해초 더미 속으로 주둥이를 집어넣었다. 배를 채우자 굶주림이 주던 고통도 서서히 줄어들었다. 목을 길게 뻗어 커다란 해초 덩이를 삼켰을 때, 뭔가 단단한 게 그 안에 숨겨져 있는 것을 느꼈다. 그것을 빼내기 위해 구역질을 하는데, 목 안을 찌르는 날카로운 통증이 느껴졌다.

어주락은 고개를 숙이고 캑캑 기침을 하면서 목에 걸린 것을 뱉어내려고 애쓰다가, 부리에서 길고 가느다란 덩굴손 같은 게 뻗어 나와 있는 걸 발견했다. 그건 투명하고 아주 가늘어서 해초에 얽혀 있을 땐 전혀 보지 못했다. 그 덩굴손 같은 것을 빼내려고 안간힘을 쓰자 목구멍에 경련이 일면서 고통스러운 기침이 터져 나왔다. 부리에서는 피가 뿜어져 나오고, 찌르는 듯한 통증이 점점 더 심해졌다.

"도와줘!"

점점 숨이 막혀 왔다.

"수…… 숨이…… 안 쉬어져."

주위에 있던 기러기들이 날카롭고 의심에 찬 시선을 던지다가, 어주락이 곤경에 빠진 것을 보고 슬금슬금 자리를 피하기 시작했다. 어주락은 이 기러기들이 자신을 도와줄 수 없다는 절망적인 사실을 깨달았다. 한쪽 발을 들어 덩굴손같이 생긴 걸 잡아당겨 보려고 했지만, 물갈퀴가 달린 발바닥은 그저 주르륵 미끄러질 뿐이었다. 균형을 잃은 채 옆으로 넘어진 어주락은 공포에 빠져 날개를 퍼덕거렸다.

커다란 파도가 몸을 덮쳤고, 그 파도가 물러나면서 어주락을 반쯤 들어 올려 몸에 얹혀 있던 해초 몇 가닥을 씻어 냈다. 세상이 점점 어두워지고 있었고, 구름이 주위를 둘러싸기 시작했다.

'변신해……'

마음속 목소리가 어주락에게 말했다.

'이대로는 살아남을 수 없어.'

어주락은 그 목소리가 하는 말이 무슨 뜻인지 명확히 알 수는 없었지만 사지를 쭉 뻗었다. 그러자 곧바로 하얀 깃털이 흐릿해지며 갈색 털이 온몸을 뒤덮기 시작했다. 하지만 여전히 빠른 속도로 힘이 빠져나가고 있었다. 어주락은 온몸을 뒤흔드는 격렬한 기침을 한 차례 뱉고는, 고개를 떨구고 파도 속에 축 늘어졌다. 파도 끝자락에서 부서지는 물거품 속으로 어주락의 피가 서서히 흘러 들어갔다.

9

치료사를 찾아서

칼릭은 점점 멀어져 가는 기러기 떼를 시야에서 놓치지 않으려고 죽을힘을 다해 계곡을 따라 달려갔다. 이미 기러기들은 하늘 거리만큼이나 멀어져 있었다. 토클로는 칼릭과 나란히 달리고 있었고, 루사는 한 곰 길이 뒤에서 쫓아오고 있었다. 토클로는 어주락을 향해 돌아오라고 소리치는 걸 포기하고, 오직 달리는 데에만 모든 숨을 사용하기로 마음먹은 것 같았다.

머리 위로 날아가는 기러기 떼를 쫓느라 이리저리 험하게 방향을 꺾는 통에 자갈과 거친 흙이 발바닥을 찔러 댔다. 한 모금이라도 더 숨을 삼키기 위해 칼릭의 가슴이 크게 들썩였다.

'기러기들이 눈에 보이지 않는 곳으로 날아가 버리면 어쩌지? 어주락은 돌아오는 길을 찾을 수나 있을까?'

기러기들은 언덕을 뒤로한 채 해안가 평원을 향해 날아가 버렸다. 해안선을 따라 조금 더 날아간 갈매기들은 마침내 바닷가까지 쭉 펼쳐진 풀밭 위에 내려앉았다. 그 모습을 보고 칼릭은 그제야 마음을 놓았다.

'고마워요, 실라룩!'

토클로가 멈추자, 칼릭도 토클로 옆에 멈춰 섰다. 조금 뒤에 루사도 헐떡이며 다가왔다.

"이제 어떻게 하지?"

작은 흑곰이 숨을 헐떡이며 물었다.

"무턱대고 달려들면 기러기 떼는 다시 날아가 버릴 거야."

"나도 알아."

토클로가 으르렁거렸다.

"어떻게든 가까이 다가가야 해. 우리가 부르는 소리를 어주락이 듣기만 하면, 자신이 곰이라는 걸 기억해 낼 수 있을지도 몰라."

토클로의 눈이 분노로 번들거렸다. 토클로가 이런 모습을 보일 때면 칼릭은 조금 두려운 마음이 들었다. 하지만 토클로가 이렇게 화를 내는 이유가 그만큼 어주락을 걱정해서라는 것을 잘 알고 있었다.

"어쩌면 우리가 별것도 아닌 일에 호들갑을 떠는 걸 수도 있어."

칼릭은 용기를 내어 말했다.

"어주락은 지금껏 항상 돌아왔잖아."

"그건 그래."

루사의 검은 눈이 반짝였다.

"어주락은 갈매기로도, 독수리로도 변신했었고…… 그리고 기억나, 토클로? 어주락이 노새사슴으로 변해서 늑대를 따돌렸을 때 말이야. 아, 그건 네가 우리와 함께 다니기 전에 있었던 일이야, 칼릭."

"그래."

토클로가 여전히 짜증이 가득한 표정으로 툭 내뱉었다.

"우린 어주락이 다시 나타날 때까지 끝없이 기다려야 했지."

"어쨌든 돌아왔잖아."

루사가 고집스레 말을 이었다.

"그리고 만약 어주락이 변신하지 않았다면, 우린 늑대 먹잇감이 되고 말았을 거야. 어주락은 이번에도 기억해 낼 거야, 언제나 그랬던 것처럼."

토클로가 피식 콧방귀를 뀌었다.

"자기가 기러기를 사냥하려고 했다는 사실만이라도 기억했으면 좋겠네."

"좋아, 어주락이 있는 곳까지 살금살금 기어가 보자."

루사가 의견을 냈다.

"몸을 숨길 만한 덤불과 바위가 있어."

"그래, 해 보지 뭐."

토클로가 동의했다.

토클로는 앞장서서 마치 먹잇감을 쫓는 것처럼 한 발, 한 발 조심스럽게 가시덤불 사이로 걸음을 옮겼다. 칼릭과 루사도 열심히 토클로의 뒤를 따라갔다. 이윽고 곰들은 짠물 웅덩이 주변으로 키 큰 풀이 자라고 있는 움푹 파인 구덩이에 도착했다. 곰들과 기러기 떼 사이에는 넓은 들판이 펼쳐져 있었다. 토클로는 웅덩이에 주둥이를 담그고 물을 한 모금 마셨다.

"여기서 우린 모습을 드러낼 거야."

토클로가 털에 묻은 물방울을 털어 내며 말했다.

"기러기 사이로 달려가면서 어주락의 이름을 외치는 거야. 다른 기러기들은 날아가 버리겠지만, 운이 좋다면 어주락은 남아 있을 거야."

"운이 나쁘면?"

루사가 물었다.

"그러면 어주락은 계속 기러기로 살겠지. 그건 내가 알 바 아니야!"

토클로가 신경질적으로 대꾸했다.

루사는 칼릭과 눈빛을 교환했다.

"진심은 아닐 거야."

루사가 중얼거렸다.

토클로가 콧김을 내뿜더니 구덩이에서 뛰쳐나가며 소리를 질렀다.

"어주락! 어주락!"

"어주락, 우리야!"

칼릭도 루사와 나란히 토클로의 뒤를 쫓아 달리며 소리쳤다.

토클로의 예측대로 기러기들은 다시 하늘로 날아올랐다. 세차게 퍼덕이는 날개가 하늘을 가득 메웠다. 해안가에 하얀 새가 단 한 마리도 남지 않은 걸 보고 칼릭은 심장이 목구멍 밖으로 튀어나올 것 같았다.

그때 루사가 비명을 질렀다.

"어주락!"

루사의 주둥이가 가리키는 방향으로 시선을 돌리자, 파도 속에 누워 있는 둥근 갈색 형체를 볼 수 있었다. 처음 봤을 때는 그저 모래가 쌓인 둔덕처럼 보였지만, 이젠 그게 꼼짝 않고 옆으로 누워 파도에 씻겨지고 있는 작은 갈색곰이란 것을 알 수 있었다.

"도대체 어떻게 된 거야?"

셋은 일제히 어주락을 향해 달려갔다.

"추락해 버린 걸까? 나는 방법을 잊어버린 거 아니야?"

칼릭은 숨을 헐떡이며 말했다.

가장 먼저 어주락 옆에 도착한 토클로가 작은 갈색곰의 머리끝부터 꼬리 끝까지 냄새를 맡았다. 칼릭과 루사는 겁에 질린 얼굴로 그 모습을 지켜보았다. 친구들이 가까이 다가와도 어주락은 꼼짝도 하지 않았고, 친구들을 향해 고개를 들지도 않았다.

"어주락은 죽지 않았어."

마침내 토클로가 선언했다.

"숨을 쉬고 있어. 근데 뭐가 문제인지 모르겠어."

칼릭은 몸을 굽혀 어주락의 흠뻑 젖은 털 냄새를 맡았다. 눈이 굳게 감겨 있어서, 숨을 쉴 때마다 희미하게 오르내리는 몸을 주의 깊게 살펴봐야만 했다. 어주락의 주둥이에서 뚝뚝 떨어진 핏방울이 바닷물 속에서 검게 번들거렸다.

그때 칼릭은 어주락의 입에서 피와 함께 반짝이는 덩굴손 같은 것이 길게 늘어져 있는 걸 발견했다. 칼릭은 얼음 폭풍 속에 갇힌 것처럼 온몸이 오싹해졌다.

"이걸 좀 봐!"

칼릭은 속삭였다.

"그게 뭐야?"

루사가 목을 쭉 뻗어 반짝이는 물건의 냄새를 맡으며 물었다.

토클로가 다가와 반짝이는 덩굴손 위에 발을 올렸다.

"어주락이 뭔가를 삼켰어. 내가 뽑을 수 있나 확인해 볼게."

토클로가 말했다.

"아니, 그러지 마!"

칼릭은 다급히 외쳤다.

토클로가 고개를 휙 돌렸다. 충격과 걱정이 가득한 눈빛을 보고 칼릭은 잔뜩 움츠러들었다.

"얼음 위에서 지낼 때, 엄마가 이게 뭔지 말해 줬어. 이건…… 낚싯줄이야. 납작얼굴들은 이걸 사용해서 바다에서 물고기를 건져 내. 엄마가 그러는데…… 이건 정말로 위험한 물건이랬어."

토클로가 한 발로 낚싯줄을 찔러 보았다.

"이걸로 어떻게 물고기를 잡는 거지?"

"다른 쪽 끝에 갈고리가 있어."

칼릭은 눈을 깜빡이면서 지금 어주락에게 무슨 일이 일어난 건지 머릿속으로 그려 보았다.

"그게 어주락의 목구멍에 걸린 것 같아. 피가 나는 곳에 그 갈고리가 있는 게 분명해."

"그러면 우리가 뭘 어떻게 해야 하지?"

루사가 날카로운 목소리로 물었다.

"일단, 그걸 당기면 안 돼. 그러면 갈고리가 더 깊숙이 박힐 거야."

칼릭은 떨리는 목소리로 지시했다.

"그럼 우리 눈앞에서 죽게 내버려두라는 거야?"

토클로가 으르렁거렸다.

"당연히 아니지……. 루사, 네 발이 가장 작으니까, 어주락의 목구멍으로 집어넣어 볼래?"

"해 볼게."

칼릭은 앞발로 어주락의 턱을 벌렸다. 고개를 뒤로 젖혀도 어주락은 여전히 눈을 뜨지 않았다. 칼릭은 반쯤 씹다 만 해초 조각들과 뒤섞인 채로 목구멍 속으로 이어진 낚싯줄을 볼 수 있었다. 루사가 어주락의 입안으로 앞발을 집어넣어 보려 했지만, 문제의 갈고리를 찾을 수 있을 만큼 깊숙이 집어넣진 못한다는 사실만 확인할 수 있었다.

"소용없어."

칼릭은 어주락의 턱을 다시 닫아 주고, 한쪽 발로 목을 받쳐 주었다. 어주락은 먹먹한 소리로 거칠게 기침을 한 뒤 다시 가만히 누웠다. 칼릭은 루사와 토클로를 절망적인 눈길로 바라보았다. 친구가 눈앞에서 죽어 가고 있는데, 할 수 있는 게 아무것도 없었다.

'어주락은 이런 상황에 어떤 약초가 도움이 되는지 알지도 몰라. 어쩌면 더 이상 다치지 않고 갈고리를 빼낼 방법을 알지도 몰라.'

하지만 어주락은 지금 아무것도 할 수 없었고, 어주락이 없으면 다른 곰들은 아무 도움도 되지 못했다.

"우리가 할 수 있는 게 없어."

루사가 칼릭이 생각한 것과 같은 말을 했다.

"하지만 납작얼굴이라면 어떻게 해야 하는지 알 거야."

"그래, 물론 그렇겠지. 납작얼굴은 늘 곰을 도와주니까 말이야."

토클로가 으르렁댔다.

"그럴 거야!"

루사가 고집스럽게 말했다. 확신에 찬 목소리에 칼릭의 마음속에도 자그마한 희망의 불씨가 피어올랐다.

"곰터에 있을 때, 우리를 치료해 주는 납작얼굴들이 있었어. 우리 엄마가 아팠을 때도 그 납작얼굴들이 데려가서 낫게 해 줬어."

"혹시 잊었나 본데, 우리는 지금 곰터에 있는 게 아니야."

토클로가 지적했다.

"그리고 이곳에 아픈 곰을 치료해 줄 수 있는 납작얼굴이 있는지 없는지도 모르잖아."

칼릭은 희망의 불씨를 꺼뜨릴 준비를 하며 덧붙였다.

"하지만 여기 있는 납작얼굴들이 다른 납작얼굴을 치료한다는 건 알고 있잖아."

루사가 반박했다.

"넘어져서 다리를 다쳤던 새끼 납작얼굴을 생각해 봐. 나중에는 꽤 좋아져서 다시 뛰어노는 걸 봤잖아. 그 어린 납작얼굴의 아빠가 새끼를 데리고 갔던 굴이 납작얼굴 치료사가 사는 곳이 틀림없어."

"그렇다고 해도 그게 어주락한테 무슨 도움이 되는데?"

토클로가 물었다.

하지만 칼릭은 루사의 말이 무슨 뜻인지 이해할 수 있었다.

"어주락이 납작얼굴로 변신할 수 있다면……."

칼릭은 천천히 말했다.

"그러면 우리가 어주락을 납작얼굴 치료사에게 데려갈 수 있어."

"그리고 치료사가 어주락을 도와주는 거지."

루사가 눈을 반짝이며 말을 마쳤다.

토클로가 으르렁댔다.

"내가 어주락을 처음 만났을 때, 어주락은 어린 납작얼굴의 모습을 하고 있었어. 하지만 지금도 그렇게 변신할 수 있는지는 모르겠어."

칼릭은 주둥이로 어주락의 어깨를 툭툭 쳤다.

"어주락, 일어나 봐! 납작얼굴로 변신해야 해!"

어주락은 움직이지 않았다. 토클로가 칼릭을 옆으로 밀어내고 더 세게 어주락을 찔렀다.

"일어나!"

어주락이 희미하게 신음을 흘리자 주둥이에서 더 많은 피가 흘러나왔다. 눈을 깜빡이자 고통으로 일렁거리는 눈동자가 보였다. 어주락의 눈은 친구들을 향하고 있었지만, 누군지 알아보지 못했다. 목구멍에서 쇠를 긁는 듯한 소리가 났다.

"말하려고 하지 마."

칼릭은 어주락을 향해 몸을 기울이며 말했다.

"넌 지금 다쳤어. 그런데 우리가 너를 도우려면, 네가 납작얼굴로 변신해야만 해."

어주락은 무슨 뜻인지 이해하지 못한 것처럼 천천히 눈만 끔벅거렸다. 칼릭은 어주락에게서 변신의 조짐이 보이는지 들여다봤지만, 어주락은 여전히 곰의 모습을 하고 있었다.

"소용없어. 어주락은 지금 도저히……."

토클로가 입을 열었다.

"할 수 있어! 그리고 해낼 거야!"

칼릭은 친구를 포기할 수 없었다.

"어서 변신해, 어주락. 납작얼굴이 어떻게 생겼는지 알고 있잖아. 제발 해 보라고!"

"털은 없고, 피부는 분홍색이야."

루사도 칼릭 맞은편에 웅크리고 앉아 어주락에게 말을 걸었다.

"얼굴은 납작하고."

"걱정하지 마, 우리가 곁에 있을 거야."

칼릭은 어주락의 옆구리에 몸을 기댔다. 바닷물에 젖은 털에서 한기가 느껴졌다.

"납작얼굴들이 너를 해치지 못하게 할게."

어주락의 목에서 잔뜩 쉰 신음 소리가 흘러나왔다. 아주 서서히 털이 녹아내리기 시작하면서 어주락의 몸이 갈색과 분홍색으로 뒤덮였다. 다리는 고통으로 경련하면서 점점 가늘어졌다. 칼릭은 친구의 앞발이 점점 길어지고 갈라지며 발톱 모양으로 변하는 모습을 연민과 놀라움이 섞인 눈으로 지켜보았다. 주둥이가 쪼그라들고, 귀가 뒤틀리고 납작해지는 동안 어주락은 또 한 번 날카로운 소리로 고통스럽게 울부짖었다. 마침내 어지럽게 머리를 덮고 있는 조금의 털을 제외한 나머지 갈색 털은 모두 사라져 버렸다.

칼릭은 자신의 앞에 누워 있는 연약한 어린 납작얼굴을 가만히 내려다보았다. 파도가 주위를 휩쓸고 지나갔다. 어주락은 변신의 마지막 단계에서 또다시 정신을 잃었다. 어주락의 숨소리는 얕고 희미했다. 얼굴에는 분홍빛 피거품이 군데군데 묻어 있었고, 낚싯줄도 여전히 입속까지 연결되어 있었다.

"서둘러야 해."

루사가 외쳤다.

"당장 움직이지 않으면 어주락은 죽을지도 몰라."

"내가 데리고 갈게."

칼릭이 제안했다.

"아니, 내가 할 거야."

토클로가 굳은 표정으로 나섰다.

평소 어주락은 아주 수월하게 변신했고, 또 변신하는 걸 즐기는 것처럼 보였다. 하지만 사실은 변신이 고통스러운 과정이고, 또 마지막 남은 기운까지 모조리 써야만 한다는 것을 칼릭은 이제야 이해할 수 있었다.

"알았어, 토클로. 이쪽으로 몸을 낮춰 봐."

루사가 토클로에게 지시했다.

커다란 갈색곰은 그 말에 순순히 따랐다. 루사와 칼릭은 함께 어주락을 들어 토클로의 등 위로 올려놓았다. 갈색곰은 어린 납작얼굴을 어깨에 걸친 채로 몸을 일으켰다. 그리고 납작얼굴의 굴이 모여 있는 계곡을 향해 천천히, 그리고 꾸준히 발걸음을 옮기기 시작했다. 해가 저물면서 음침한 붉은빛이 폭풍을 몰고 오는 듯한 회색 구름 사이로 세상을 어슴푸레 비추고 있었다. 칼릭은 어둠이 내리기 전에 어주락을 안전한 곳으로 데려가야 한다는 것을 본능적으로 알 수 있었다. 따뜻하게 감싸 줄 털가죽도 없는 상처 입은 어린 납작얼굴은 절대로 이 추운 밤을 견디지 못할 것이다. 치료받기 위해서는 반드시 이 모습으로 변신해야 했지만, 납작얼굴의 모습으로 변한 어주락은 너무나도 무력하고 연약해 보였다.

칼릭과 루사는 혹시라도 어주락이 미끄러지면 잡아 주기 위해 토클로의 양옆에서 걸어갔다. 칼릭은 자신과 타킥이 어떤 식으로 엄마의 등에 업혀 다녔는지 기억을 되짚어 보았다. 하지만 그건 즐거운 기억이었고, 타킥과 함께 빙판 위에서 즐기던 놀이 중 하나였다. 지금은 토클로가 불꽃야수에 치인 루사를 등에 업고 가던 때와 좀 더 비슷했다. 그때는 혹시라도 루사가 죽을까 봐 너무나 두려웠다. 그런데 지금은 어주락의 생명을 구하기 위해서 또다시 목숨을 건 경주를 하고 있었다.

어주락의 몸이 살짝 움직이자 칼릭은 어주락의 다리에 주둥이를 얹어 제자리에 고정시켰다. 어주락의 몸은 너무나도 차가웠다. 칼릭은 평소 납작얼굴의 피부가 분홍색이라고 생각했는데, 지금 어주락은 눈처럼 창백했고, 달빛 아래 얼음처럼 약간 푸른빛까지 돌았다. 어주락은 여전히 의식을 차리지 못하고 있었고, 머리는 축 늘어져 있었다.

"어주락의 영혼이 떠나려는 것 같아."

칼릭은 겁에 질려 속삭였다.

"어주락은 괜찮을 거야."

루사가 칼릭을 안심시키려고 애썼다.

"납작얼굴 치료사는 어떻게 해야 하는지 알고 있을 거야."

하지만 칼릭은 루사만큼 낙관적이지 않았고, 루사만큼 납작얼굴의 기술을 신뢰할 수도 없었다. 칼릭은 예전에 모든 노력을 다했음에도 엄마와 나누크가 죽는 걸 그저 지켜봐야만 했다. 이제는 어주락이 목숨을 걸고 싸우고 있었다.

처음으로 새끼 납작얼굴을 봤던 외딴 오두막 앞을 터벅터벅 지나갈 무렵 빗방울이 떨어지기 시작하더니, 순식간에 비가 억수같이 쏟아져 내렸다. 비를 머금은 바람이 얼굴로 불어와 털을 흠뻑 적셨고, 그들이

쫓던 순록의 흔적 위로는 어느새 진흙이 강처럼 흐르고 있었다.

토클로가 신경질적으로 울부짖었다.

"그래, 이게 우리가 바랐던 거지!"

무방비한 상태로 업혀 있는 어주락의 몸 위로 빗방울이 쏟아져 내려, 머리에 남아 있는 털마저 피부에 찰싹 달라붙게 만들었다. 칼릭의 꽉 다문 잇새로 슬픈 울음이 비집고 나왔다. 이 연약하고 어린 생명에게는 지금 온기와 쉴 곳이 필요하다는 사실을 칼릭은 잘 알고 있었다. 어쩌면 빗물이 어주락에게 남은 마지막 삶의 기회를 씻어 내고 있을지도 모른다. 칼릭은 어주락이 지금 숨을 쉬고 있는지조차 알 수 없었다.

마침내 계곡의 마지막 굽이를 돌아 나왔을 때, 다닥다닥 모여 있는 납작얼굴들의 굴이 눈에 들어왔다. 그곳에는 아무도 보이지 않았다.

"다들 각자의 굴에 들어가서 비를 피하고 있을 거야."

칼릭은 중얼거렸다.

"이제 어떻게 해야 하지? 어주락은 한시라도 빨리 비를 피해야 해."

토클로가 말했다.

"저기서 그 새끼 납작얼굴이 나왔어."

루사가 주둥이를 들어 나무로 만들어진 굴 하나를 가리키며 말했다.

"치료사는 분명 저곳에 살고 있을 거야."

토클로는 대답 없이 순록이 지나간 길에서 방향을 틀어 그 굴을 향해 터벅터벅 걸음을 옮겼다. 토클로가 몸을 낮추자 루사와 칼릭은 아주 조심스레 토클로의 등에서 어주락을 내려 그 굴 앞에 눕혔다. 칼릭은 어주락이 아직 숨을 쉬고 있다는 것을 확인할 수 있었지만, 너무나도 얕고 가쁜 숨이었다.

"서둘러야 해."

토클로가 몸을 일으키며 말했다.

"자리를 피하자. 납작얼굴들에게 우리 모습을 들켜선 안 돼."

토클로는 순록이 다니는 길 가장자리에 툭 튀어나온 바위를 향해 달려가기 시작했다. 루사도 재빨리 토클로의 뒤를 쫓아갔다. 칼릭은 친구들을 쫓아가기 전에 길고 낮게 울부짖었다.

"도와줘요! 우리 친구가 다쳤어요! 빨리 와 줘요!"

그리고 나서 칼릭은 뒤도 돌아보지 않고 토클로와 루사를 따라갔다. 친구들이 숨어 있는 바위 뒤에 도착하자마자 고개를 내밀고 무슨 일이 일어나는지 살폈다. 납작얼굴의 굴에 달린 문은 여전히 굳게 닫혀 있었다.

"납작얼굴이 굴에 없으면 어떻게 하지?"

칼릭은 곁에서 함께 내다보고 있던 루사에게 속삭여 물었다.

"분명히 있어. 있어야 한다고!"

작은 흑곰은 이를 악물고 한 마디 한 마디를 힘겹게 뱉어 냈다.

굴 안에서는 여전히 아무런 움직임이 없었다. 땅바닥에 몸을 웅크리고 있는 어주락의 창백한 맨살을 타고 빗물이 뚝뚝 떨어져 내렸다. 너무나도 작고 연약해 보이는 친구의 모습에 칼릭은 가슴을 찌르는 듯한 고통을 느꼈다.

'실라룩! 제발 뭐라도 해 주세요! 어주락은 죽으면 안 돼요!'

칼릭은 간절히 기도했다.

10

연기 속의 고깃덩이

루사는 바위 뒤에 숨어 밖을 내다보았다. 공터를 가로질러 날아간 시선이 닫혀 있는 문 앞에 쓰러진 채로 비를 맞고 있는 어주락의 축 늘어진 몸뚱이로 향했다.

'제발! 납작얼굴은 도대체 어디 있는 거야!'

옆에 있던 칼릭의 몸이 긴장감으로 떨리는 게 느껴졌다. 칼릭의 시선은 마치 자신이 직접 열어 주려는 듯 문에 고정되어 있었다. 뒤쪽에서 토클로가 낮게 으르렁거리는 소리가 들려왔다.

'우리가 할 수 있는 건 다 했어.'

루사는 생각했다.

'이제는 모든 게 납작얼굴에게 달려 있어.'

납작얼굴의 굴 쪽에서 삐걱거리는 소리가 들려왔다. 또 다른 굴의 문이 열리고 회색 털의 납작얼굴이 밖으로 나오자, 루사는 온몸의 털이 바짝 곤두섰다. 그 납작얼굴은 공터를 가로질러 자기 굴로 가다가,

문 앞에 누워 있는 어주락을 보고 급히 멈춰 섰다. 납작얼굴은 몸을 숙이고 한쪽 앞발을 어주락의 가슴에 올리더니, 고개를 들고 주위를 둘러보았다. 납작얼굴의 표정을 읽는 것은 쉽지 않았지만, 루사는 왠지 그 납작얼굴이 혼란스러워 보인다고 생각했다.

"당장 안으로 데려가! 왜 그렇게 빈둥대고 있는 거야?"

토클로가 루사의 뒤에서 으르렁거렸다.

루사는 납작얼굴이 어주락을 빗속에서 죽게 놔두고 그냥 가 버리면 어떻게 해야 할지를 잠시 고민했다.

'납작얼굴들이 자기 무리에 속하지 않은 낯선 이도 돌봐 줄까?'

납작얼굴이 어주락의 몸 아래로 앞다리를 밀어 넣어 들어 올리자, 비로소 루사는 안도의 숨을 내쉬었다. 그 납작얼굴은 한쪽 어깨로 문을 밀어 어주락을 굴 안으로 데리고 들어갔다. 그 뒤로 문이 닫혔다.

"됐어!"

칼릭이 만족스럽게 외쳤다.

"어주락은 이제 괜찮을 거야. 그렇지, 루사?"

대답을 한 건 토클로였다.

"나는 잘 모르겠어. 난 여전히 납작얼굴을 믿지 않아."

토클로의 의심에도 불구하고, 납작얼굴이 어주락을 굴 안으로 데려간 뒤로 불붙은 루사의 희망은 꺼지지 않았다.

"저 납작얼굴들은 다른 납작얼굴들과는 달라. 어주락이 그렇게 말했어."

루사는 강조했다.

"어주락은 저들이 동물의 영혼을 가지고 있다고 했어."

"그건 머릿속에 솜털이 가득 들어찬 소리일 뿐이야."

토클로가 루사의 말을 받아쳤다. 루사는 결국 어주락을 잃을 수도 있기 때문에 토클로가 헛된 희망을 품지 않으려 하는 거라고 추측했다. 루사는 자신의 믿음이 조금이라도 전해지기를 바라며 토클로의 옆구리에 위로하듯 몸을 기댔다.

"곰터에 있던 납작얼굴들은 우리를 돌봐 줬어."

루사는 토클로를 보며 말했다.

"우리 엄마가 아팠을 때 납작얼굴들이 돌봐 줬다고 했지? 그때 엄마는 너무 아파서, 난 엄마가 죽는 줄 알았어. 하지만 납작얼굴들이 엄마를 다시 데려왔을 때는 예전처럼 건강해졌어."

"어주락을 돌봐 줄 생각이 아니라면 안으로 데리고 들어가지도 않았을 거야."

칼릭도 희망적인 말을 덧붙였다.

토클로는 끙 소리를 낼 뿐이었다.

루사는 안에서 무슨 일이 일어나고 있는지 알 수 있기를 바라며 굳게 닫혀 있는 문을 뚫어져라 바라보았다. 연기 나는 산에서 꾼 꿈이 문득 떠올랐다. 그 꿈에 엄마가 나타나 루사에게 야생을 지켜야 한다고 말했다. 잠에서 깨었을 때, 어주락은 그 꿈에 대해 모든 걸 알고 있었다.

이후로 그 꿈에 관해서는 두 번 다시 이야기한 적 없지만, 그때부터 루사는 어주락이 자신들이 알고 있던 것보다 훨씬 더 특별한 존재라는 걸 알게 되었다. 정령들은 어주락이 죽게 내버려두지 않을 것이다. 야생의 모든 존재에게 어주락이 너무나도 필요했다.

루사는 눈을 감고 어주락에게 자신의 말을 전하려 했다.

'그 납작얼굴이 너를 돌봐 줄 거야.'

어주락이 자신의 말을 들을 수 있기를 바라며 계속 말을 이었다.

'우리는 네가 다 나을 때까지 기다릴 거야. 그리고 계속 야생을 지키는 거야.'

몸속에서 새로운 기운이 산속 옹달샘처럼 솟아오르는 것 같았다. 어주락에게 어떻게든 자신의 말이 전해졌을 거라는 느낌이 들었다. 루사는 긴 한숨을 내쉬며 다시 눈을 떴다.

"배고파!"

루사는 중얼거렸다. 기러기 한 마리를 잡기 위해 어주락을 기러기 떼에 들여보낸 뒤로 벌써 며칠이 지난 것 같았다.

"넌 어때?"

토클로가 고개를 끄덕였다.

"사냥을 해야겠네."

토클로가 마지못해 중얼거렸다.

"하지만……."

"하지만 어주락을 여기 놔두고 사냥하러 갈 순 없어."

칼릭이 토클로가 하려던 말을 대신했다.

"적어도 어주락이 어떻게 될지 모르는 지금은 여길 떠날 수 없어."

곰들은 모호한 표정으로 서로를 바라보았다. 루사는 주둥이를 쳐들고 냄새를 맡았다. 공기 중에서 흥미로운 냄새를 맡을 수 있었다. 쏟아지는 비 때문에 납작얼굴들이 모두 자기 굴속으로 들어가 있는 지금, 주위는 너무나도 고요했다.

루사는 발을 들어 옆에 있는 칼릭을 슬며시 밀었다.

"걱정하지 마. 납작얼굴의 굴에서는 음식 부스러기 정도는 언제든지 구할 수 있어. 어디를 찾아봐야 하는지만 알고 있다면 말이야."

토클로가 얼굴을 찌푸렸다.

"난 차라리 사냥을 하겠어."

"아니, 루사 말이 맞아."

칼릭이 말했다.

"그렇게 하는 게 더 쉽기도 하고, 어주락과 가까운 곳에 머물 수도 있잖아."

토클로가 어깨를 으쓱했다.

"좋아. 하지만 납작얼굴한테 잡히더라도 날 원망하지는 마."

어느덧 땅거미가 지고 있었다. 빗줄기는 여전히 주위를 감싸고 있었고, 납작얼굴의 굴로 들어가는 문은 굳게 닫혀 있었다. 루사는 조심스럽지만 확신에 찬 얼굴로 친구들을 이끌고 납작얼굴의 굴이 모여 있는 곳을 가로질러, 납작얼굴들이 굴 뒤에 항상 놓아 두는 쓰레기로 가득 찬 반짝이는 통을 찾아 나섰다.

치료사가 나왔던 굴보다 좀 더 커다란 굴에서 희미한 음악 소리와 함께 납작얼굴의 목소리가 흘러나왔다. 루사는 불이 켜진 창문 쪽으로 살금살금 다가가 안을 들여다보았다. 납작얼굴들이 탁자 앞에 줄지어 앉아 있었고, 그들의 앞에 고기가 조금 쌓여 있었다. 그들은 서로 친근하게 이를 드러내며 큰 소리로 이야기하고 있었다.

한 납작얼굴이 일어서자, 루사는 칼릭과 토클로를 창문 밖으로 밀어내며 어둠 속으로 물러섰다. 잠시 후 그 납작얼굴이 문을 열고 밖으로 나오더니 가죽을 잡아당겨 머리 위로 덮어쓰고, 빗물로 흥건한 땅을 가로질러 저 먼 구석에 있는 다른 굴로 달려갔다.

"얼른 할 일이나 하자!"

토클로가 루사의 귓가에 대고 쉭쉭거렸다.

"여기 더 있다가는 납작얼굴들한테 들킬 거야."

루사는 토클로의 말이 옳다는 걸 알고 있었다. 다시 납작얼굴의 쓰레기가 담긴 통을 찾아 돌아다니기 시작했지만 놀랍게도 단 하나도 찾아내지 못했다.

"이 납작얼굴들은 쓰레기를 다 먹어 치우는 거야, 뭐야?"

루사는 화난 목소리로 중얼거렸다.

"근처에 배고픈 곰이 있다는 것도 모르나?"

줄지어 늘어서 있는 납작얼굴의 굴을 따라 움직이다가 거의 끝에 다다랐을 때, 토클로가 멈춰 서서 코를 킁킁거렸다.

"이게 뭐지?"

토클로가 물었다.

루사도 토클로를 따라 깊숙이 냄새를 들이마셨다. 너무나도 맛있는 냄새가 콧구멍을 간지럽혔다. 그 냄새는 줄지어 늘어선 굴에서 조금 떨어져 있는 작은 굴에서 흘러나오는 것 같았다.

"난 이걸 먹어야겠어!"

"조심해."

칼릭이 루사 곁으로 다가오며 경고했다.

"불 냄새도 나. 그건 정말 위험하단 말이야."

"괜찮을 거야."

두 친구가 제지하기 전에, 루사는 재빨리 주위를 둘러보며 납작얼굴이 없다는 걸 확인했다. 그리고 작은 굴의 문을 향해 성큼성큼 걸어 갔다. 문을 슬쩍 밀어 보았지만 열리지 않았다. 실망한 루사는 문을 노려보다가, 문의 모서리와 문틀 사이에서 반짝이는 은색 물체를 발견했다. 거기 있는 무언가가 문을 붙들고 있었다.

루사는 문틈으로 앞발을 쑤셔 넣고 시험 삼아 그 은색 물체를 찔러 보았다. 철컥 소리가 나면서 문이 갑자기 안으로 열리자, 루사는 중심을 잃고 넘어질 뻔했다. 맛있는 냄새가 강렬하게 쏟아지며 문밖으로 연기가 뿜어져 나왔다.

루사는 몇 곰 길이 뒤에서 기다리고 있는 친구들을 돌아보며 외쳤다.

"납작얼굴이 오는지 살펴봐 줘!"

그리고 나서 미끄러지듯 문을 통과해서 작은 굴 안으로 들어갔다. 굴속에 가득한 연기 때문에 눈을 뜰 수 없을 정도로 따가웠지만, 냄새가 이끄는 대로 가다 보니 지붕 아래 나무 들보에 길쭉한 고깃덩이들이 매달려 있는 게 보였다.

'고기가 왜 저기에 매달려 있는 거지?'

루사는 의아했다.

'납작얼굴들은 정말 이해할 수가 없다니까.'

루사는 뒷다리로 일어나 앞다리를 쭉 뻗어 길쭉한 고깃덩이 하나를 잡아챈 다음 바닥으로 끌어 내렸다. 첫 번째 고깃덩이를 성공적으로 떨어뜨린 루사는 하나를 더 잡아당겼다. 그런 다음 고깃덩이를 입에 물고 작은 굴에서 달려 나와 친구들이 있는 곳으로 돌아갔다.

"루사, 넌 정말 똑똑해!"

칼릭이 소리쳤다.

토클로는 고기가 눈앞에 있는데도 걱정이 가득한 얼굴이었다.

"바위 뒤로 고기를 가져가는 게 좋겠어. 여기 계속 머물러 있다가는 납작얼굴들에게 들킬 거야."

토클로는 대답을 기다리지도 않고 몸을 돌려 앞장섰다.

루사는 기다란 고깃덩이를 질질 끌며 서둘러 토클로의 뒤를 쫓아갔다. 언제라도 뒤쪽에서 납작얼굴의 고함 소리가 들릴 것 같아 조마조마했지만 주위는 너무나도 고요했다.

"자, 이제 먹자."

루사는 바위 뒤에 고기를 내려놓으며 말했다.

칼릭은 기다란 고깃덩이 한쪽 끝을 잡고 열심히 씹어 먹기 시작했다. 하지만 토클로는 멀찌감치 떨어져 있었다. 토클로는 바위 옆으로 고개를 내밀고 치료사의 굴을 뚫어져라 보고 있었다.

루사는 토클로를 슬쩍 밀었다.

"자, 어서 먹어. 우리가 굶주려서 약해진다면 어주락에게 힘이 되어 줄 수 없어."

토클로는 마지못해 고개를 끄덕이며 자리를 잡고 앉아 기다란 고깃덩이를 뜯어 먹기 시작했다.

"순록이네."

입안 가득 고기를 넣고 한두 번 씹고 난 뒤 토클로가 중얼거렸다.

"맛이 좀 괴상하긴 하지만 나쁘지 않아. 고마워, 루사."

"천만에."

루사도 웅크리고 앉아서 순록의 풍부하고 톡 쏘는 맛을 즐기며 자기 몫을 먹었다. 하지만 토클로는 여전히 우울해 보였고, 무슨 소리가 나는지 확인하려고 자꾸 멈칫거리며 주변을 경계했다. 토클로는 어주락에게 무슨 일이 일어나고 있는지 알 수 있게 해 줄 그 어떤 신호라도 있기를 간절히 바라고 있었다.

"우리가 뭘 해야 할지 알아."

식사를 마친 뒤 루사는 입을 열었다.

"날 따라와."

칼릭과 토클로는 어리둥절한 표정을 지었지만, 결국 바위 뒤에서 나와 루사를 따라나섰다. 비가 점점 잦아들고 있었지만, 이제는 완전히 어두운 밤이 되었다. 루사가 그늘에 몸을 숨긴 채로 곰들을 이끄는 동안 납작얼굴의 굴은 모두 문이 굳게 닫혀 있었다. 납작얼굴 하나가 커다란 굴에서 나와 겨우 두 곰 길이 밖을 지나쳐 가는 동안, 곰들은 얼어붙은 듯 꼼짝도 할 수 없었다. 그 납작얼굴은 비바람 때문에 고개를 푹 숙인 채 달려가느라 툭 튀어나온 지붕 밑 그늘 속에 웅크리고 있던 곰들을 발견하지 못했다.

"정말 아슬아슬했어."

칼릭이 안도의 숨을 내쉬며 말했다.

토클로가 고개를 끄덕였다.

"자, 어서 가자."

루사는 다시 선두에 서서 마치 그림자가 된 것처럼 어둠 속을 살금살금 움직였다. 마침내 곰들은 치료사의 굴 뒤쪽에 다다랐다. 창문에서 새어 나온 빛이 땅 위에 금빛 무늬를 만들고 있었다.

루사는 뒷다리로 일어서서 벽에 앞발을 걸친 채 굴 안을 들여다보았다.

11

갈색곰이 있어야 할 곳

토클로는 납작얼굴의 굴로 조심스레 다가가서 벽에 난 구멍을 막고 있는 물건 너머로 안을 들여다보았다. 그 반짝이는 물건은 마치 단단하게 변한 물 같았다. 한쪽 구석에서는 불이 타오르고 있었는데 거기에서 풍기는 이상한 연기 냄새는 굴 밖에 있던 토클로도 맡을 수 있었다. 토클로는 갑자기 찾아온 현기증을 쫓기 위해 눈을 깜빡였다. 하지만 그 이상한 냄새에도 불구하고 굴 안은 따뜻하고 아늑해 보였다. 납작얼굴이 몸에 걸치는 가죽이 바닥에 깔려 있었고, 벽에도 걸려 있었다.

루사와 칼릭은 토클로의 양옆에 서서 창문에 주둥이를 꼭 붙인 채 굴 안을 들여다보았다. 토클로는 어주락을 데리고 들어간 나이 든 납작얼굴을 주의 깊게 관찰했다. 그 납작얼굴은 벽 옆에 누워 있는 어주락을 몸으로 가린 채 창문을 등지고 앉아 있었다. 이따금 나이 든 납작얼굴이 털이 없는 분홍색 앞발을 뻗어 작은 은색 물건을 집거나 내려놓는 모습이 얼핏 보였다.

'어주락의 목구멍에서 그 줄을 빼내려고 여전히 애쓰는 것 같아.'

토클로는 생각했다.

'저 납작얼굴의 발은 우리보다 작고 훨씬 민첩해. 이곳으로 어주락을 데리고 오자는 루사의 생각이 옳았을지도 몰라.'

그때 납작얼굴 치료사가 몸을 움직였고, 토클로는 처음으로 친구의 모습을 똑똑히 볼 수 있었다. 어주락은 여전히 납작얼굴의 모습을 하고 있었고, 몸 일부가 가죽에 덮인 채 납작얼굴의 둥지에 누워 있었다.

"죽은 것 같아!"

칼릭이 겁에 질린 목소리로 속삭였다.

토클로는 대답하지 않았지만, 터져 나오려는 포효를 막기 위해 배에 잔뜩 힘을 주고 이를 악물었다. 어주락은 누운 채 조금도 움직이지 않았고, 피부는 병든 회색이었다. 눈은 꼭 감겨 있었다. 숨을 쉬고 있는지 아닌지조차 알 수 없었다.

"어주락은 죽지 않았어."

루사가 친구들을 안심시켰다.

"만약 죽었다면 납작얼굴이 구하려고 할 리 없잖아."

토클로는 루사의 말을 믿기 힘들었다.

'납작얼굴들이 뭘 안다는 거야?'

게다가 지금 당장은 죽지 않았다고 해도 머지않아 죽을 수도 있고, 그렇다고 해도 토클로가 할 수 있는 일은 아무것도 없었다. 토클로는 이런 무력감이 너무나도 싫었다. 살금살금 다가가려 하면 어느새 흩어져 버리는 기러기 떼처럼, 지금 일어나고 있는 모든 일이 토클로가 어떻게 해 볼 수도 없이 그냥 흘러가고 있었다.

아주 잠시나마 혼자서 순록을 사냥했을 때는 너무나도 평화로웠다. 하지만 이제는 어떤 일도 제대로 되지 않을 것 같았다. 한 가지 생각이 끈질기게 머릿속을 괴롭혔다.

'어주락이 기러기로 변한 건 내 잘못이야. 그런 멍청한 생각만 하지 않았더라면……'

뜨거운 공포가 온몸을 휘감았다. 토비의 죽음에 대해 느꼈던 죄책감과 엄마가 자신을 버리고 떠난 일을 떠올리자 심장이 쿵쾅거렸다. 그 죄책감의 무게를 또다시 짊어질 수는 없다는 것을 잘 알고 있었다.

'아니야, 그건 내 잘못이 아니야.'

토클로는 혼잣말을 했다.

'내 잘못이 아니었어.'

차츰차츰 마음이 안정을 되찾았고, 타는 듯한 공포도 서서히 밀려나갔다.

'난 어주락의 엄마가 아니야. 어주락을 안전하게 지키는 건 내 책임이 아니야.'

지난번에 어주락이 다쳤을 때가 떠올랐다. 위대한 곰의 호수로 가기 위해 다리를 건너던 중에 불꽃야수가 어주락을 덮쳤다. 그때 토클로는 자신이 하늘의 가장 외롭고 어두운 곳에 있는 별이 된 기분을 느꼈다. 토클로는 어주락을 보호해 주지 못했고, 자신이 아무런 쓸모도 없다고 생각했다.

'이번엔 그러면 안 돼.'

토클로는 심호흡을 몇 번 하면서 굳게 다짐했다.

'어주락은 자기 스스로를 돌볼 수 있어야 해. 도대체 이 녀석은 왜

이렇게 어리석지? 왜 항상 말썽을 피우는 거야?'

갑자기 굴 안에서 캑캑대는 소리가 희미하게 들려왔다. 토클로는 가슴이 철렁했다.

"방금 그거 어주락이 낸 소리야!"

토클로는 숨죽여 외쳤다.

"어주락은 죽지 않았어."

나이 많은 납작얼굴이 어주락을 향해 다시 몸을 굽혔다. 납작얼굴의 손에서 은색 발톱 모양의 무언가가 번쩍였다. 어주락의 네 다리가 경련을 일으키면서 가느다란 앞다리를 마구 휘두르자, 토클로는 걱정으로 속이 들끓었다. 이윽고 어주락의 몸이 축 늘어졌고, 납작얼굴 치료사는 몸을 일으키더니 손을 뻗어 어주락의 엉킨 머리털을 쓰다듬어 주었다.

토클로는 창문에서 잠시 눈길을 돌려 숲이 우거진 산비탈 위로 걸려 있는 달을 바라보았다. 열망이 늑대의 송곳니처럼 날카롭게 마음을 사로잡았다.

'저기가 바로 내가 있어야 할 곳이야.'

끝없이 펼쳐진 숲이야말로 갈색곰에게 어울리는 곳이었다. 지금처럼 납작얼굴의 굴이 모여 있는 으슥한 그늘 속에 숨어 있는 게 아니라, 저 숲이 바로 토클로가 있어야 할 곳이었다.

토클로의 기억은 자신과 토비가 엄마와 함께 탄생굴에서 지내던 어린 시절로 거슬러 올라갔다. 엄마가 사냥하는 법을 가르쳐 주던 바로 그 첫 순간이 떠올랐다.

"이 막대기 보이지?"

오카가 새끼들 앞으로 막대기를 떨어뜨리며 말했다.

"이 막대기가 산토끼라고 생각해 보렴. 그렇다면 어떻게 해야겠니?"

"쫓아가나요?"

토비가 눈을 반짝이며 대답했다.

토비가 그렇게 아프지 않았던 시절이 있었다는 걸 기억해 낸 토클로는 가슴이 찢어질 듯 아팠다. 토비가 토클로만큼 튼튼하지 않다는 건 알았지만, 얼마나 병약했는지는 아무도 깨닫지 못했다. 엄마도 그렇게까지 토비를 걱정하지 않았고, 토클로 또한 동생이 약하다는 이유로 짜증 내기보단 그저 아끼는 마음만 있었다.

"그건 바보 같은 짓이야, 이 다람쥐 대가리야!"

토클로는 장난스레 동생에게 핀잔을 주었다.

"막대기를 어떻게 쫓아간다는 거야? 나라면 이렇게 하겠어!"

토클로는 막대기 위로 뛰어올라 이빨을 박아 넣고 마구 흔들다가, 엄마의 발치에 툭 떨어뜨렸다.

"내가 산토끼를 잡았어요. 그렇죠, 엄마?"

토클로는 의기양양하게 소리쳤다.

"그래, 네가 잡았구나."

오카가 만족스럽게 으르렁거렸다.

"자, 토비, 이제 너도 해 보렴."

막대기 위로 펄쩍 뛰어오른 토비는 앞다리를 뻗어 발톱으로 막대기를 붙잡았지만, 바닥에 내려서면서 미끄러져 벌러덩 넘어졌다. 막대기는 휙 날아가 버렸다.

"네 산토끼는 방금 도망쳤어."

토클로는 재밌다는 듯 숨을 헐떡이며 놀렸다.

오카가 짜증이 가득 담긴 한숨을 내쉬었다.

"토비, 좀 더 노력해 봐!"

오카가 꾸짖었다.

"지금 잘 배워 놓지 않으면 다 자란 다음에 어떻게 먹이를 잡으려고 그러니?"

토비는 몸을 일으켜 앉아 가죽에 묻은 흙 부스러기를 털어 냈다.

"난 토클로 형이랑 함께 지낼 거예요."

토비가 대답했다.

"형, 내가 굶어 죽게 놔두지 않을 거지? 그렇지?"

"당연하지!"

토클로는 자신만만하게 외쳤다.

"내가 우리 둘 다 배불리 먹을 수 있을 만큼 먹이를 많이 잡을게!"

토클로는 다시 한 번 막대기를 향해 달려들었고, 이번에는 막대기가 토클로의 발 사이에서 깔끔하게 두 동강 났다.

"안 돼!"

오카가 꾸짖었다.

"너희 둘 다 틀렸어. 갈색곰은 혼자 살아가는 거야. 항상 그래 왔어. 살아남기 위해 다른 곰들에게 의지할 필요가 없다는 게 우리의 가장 큰 강점이야. 우리는 스스로 자기 자신을 책임져야 해."

오카의 말투에는 절대 변하지 않을 결심이 담겨 있었다. 엄마가 왜 갈색곰은 반드시 혼자 살아야 한다고 그토록 강조하는지, 어린 토클로는 궁금했다. 지금은 그렇게 살아가는 게 대부분의 갈색곰이 선택한 방식이라는 걸 알게 됐지만, 여전히 토클로는 엄마에게는 그 이상의 것이 있었다고 느꼈다. 마음속 깊은 곳에서 모든 동료를 거부하는 어떤 본능 같은 것이.

옆에 있던 루사가 몸을 꿈틀대는 바람에 토클로는 현실로 돌아왔다. 굴 안에는 이제 가죽에 감싸인 채 둥지 위에서 잠든 어주락만 남아 있을 뿐, 나이 든 납작얼굴은 보이지 않았다.

'그 납작얼굴이 도와주려는 거야.'

토클로는 생각했다.

'하지만 아직은 어주락이 괜찮아질 거라고 확신할 수 없어. 그러니 아직은 떠날 수 없어.'

토클로는 한숨을 내쉬며 다시 한 번 산을 쳐다보았다. 나무로 뒤덮인 산은 달빛을 받아 은색으로 물들어 있었다. 너무나도 평화로운 풍경이었다. 토클로는 당장이라도 나무 그늘 아래로 달려가고 싶어서 발이 근질거렸다.

"이제 곧……."

토클로는 친구들이 들을 수 없을 정도로 아주 작게 속삭였다.

"이제 곧 갈게."

12
동굴 안의 북극토끼

어주락은 어둠에 둘러싸인 채 동굴 바닥에 웅크리고 있었다. 목은 고통으로 욱신거렸고, 온몸은 곧 죽을 것처럼 힘이 전혀 들어가지 않았다.

발은 바닥에 있는 단단한 돌을 밟고 있었지만, 몸을 일으킬 힘이 없었다. 모든 감각이 빙글빙글 돌며 밤의 소용돌이 속으로 빠져들었다.

갑자기 희미한 하얀색 빛이 어둠을 뚫고 들어왔다. 어주락은 눈을 깜빡이며 초점을 맞추려고 애를 썼다. 바로 앞에서 북극토끼 한 마리가 동굴 입구를 뛰어다니고 있었다. 북극토끼의 눈처럼 하얀 털가죽은 마치 달이 땅 위로 내려와서 털 한 올 한 올을 채우고 있는 것처럼 빛나고 있었다.

"이리 와, 넌 이곳을 떠나야만 해."

북극토끼가 말했다.

"그럴 수가 없어."

어주락은 쉰 목소리를 쥐어짜 말했다. 목구멍의 통증이 더욱 심해졌다.

"난 너무 지쳤어."

"넌 반드시 떠나야 해."

북극토끼의 목소리가 명령조로 변했다. 북극토끼는 몸을 돌리더니 동굴 입구 쪽으로 깡충깡충 두어 걸음을 옮겼다. 북극토끼는 어깨 너머로 어주락을 흘끗 보며 경고했다.

"넌 여기 머물 수 없어."

마치 둘이 보이지 않는 실로 연결되어 있는 것처럼, 어주락은 그 말을 따를 수밖에 없었다. 다시 한 번 바닥의 돌을 발로 딛고 힘을 주자 이번에는 가까스로 몸을 일으킬 수 있었다. 움직이기엔 네 다리가 너무 무겁게 느껴졌다. 어주락은 그저 자신을 위로해 주는 어둠 속으로 다시 빠져들고 싶었다.

"나를 따라와."

북극토끼가 말했다.

"동굴 밖으로 나가기만 하면 다 잘될 거야."

어주락은 북극토끼의 새하얀 빛을 따라 비틀비틀 고통스러운 발걸음을 내디뎠다. 동굴 입구가 점점 가까워지면서 어주락은 바깥에서 동굴 안으로 빛이 스며들고 있다는 것을 알아차렸다.

힘겹게 발걸음을 옮길 때마다 빛은 점점 더 강해져서 시야를 황금빛으로 물들였고, 북극토끼의 모습은 흐릿해졌다. 어주락은 동굴 입구에서 차갑고 신선한 공기가 여름의 따스한 향기를 품은 채 불어오는 것을 느꼈다.

마침내 어주락은 어두운 동굴을 뒤로한 채 동굴 밖으로 나가는 마지막 걸음을 내디뎠다. 눈이 멀 것 같은 눈부신 황금빛 속에서 북극토끼의 기쁨에 겨운 목소리가 울려 퍼졌다.

"잘했어! 이제 두려워하지 않아도 돼. 여긴 안전해."

눈을 깜빡거리다 완전히 떴을 때, 따뜻한 가죽에 감싸인 채로 납작얼굴의 굴 안에 누워 있는 자신을 발견할 수 있었다. 굴 한쪽에서는 불이 타오르고 있었다. 그 불에서 뿜어져 나오는 약초 향기를 품은 연기가 콧구멍을 간지럽혔다. 그중 한 가지는 평소 어주락이 씹어서 으깬 뒤 상처에 얹던 것이었고, 다른 하나는 통증을 가라앉히는 것이었다. 다른 한 가지 향기는 낯설었다.

불이 있고 가죽을 덮고 있었지만, 계속 몸이 덜덜 떨렸다. 목구멍은 마치 불에 데인 것처럼 화끈거렸다. 도대체 무슨 일이 있었던 건지, 그리고 이제부터 뭘 해야 할지 고민해 보려 했지만, 마치 안개 속에서 길을 더듬는 것 같았다.

차츰차츰 침대 한쪽에서 꾸준히 웅얼거리는 소리가 들려오는 것을 알아차렸다. 불이 타닥거리는 소리에 거의 묻혀서 간신히 들려오는 그 소리는 뭐라는 건지 알아들을 수 없었다. 고개를 돌리자, 옆에 앉아 있는 납작얼굴이 보였다. 주름지고 거친 얼굴에 어깨가 넓은 남자였는데, 긴 회색 머리털을 뒤로 넘겨 땋은 뒤 그 끝을 밝은색 구슬과 깃털로 장식하고 있었다. 그의 손은 각이 지고 힘이 세 보였다. 왠지 그 납작얼굴이 낯설지 않았다. 잠시 후 어주락은 그가 다리를 다친 새끼 납작얼굴이 치료받으러 갔던 굴에서 나왔던 납작얼굴이란 걸 알아차렸다.

"깨어났구나."

납작얼굴은 이제 주름진 얼굴에 미소를 지으며 또렷하게 말하고 있었다.

"내 집에 온 걸 환영한다. 내 이름은 틴츄라고 한다."

"어떻게 된 거예요?"

어주락은 쉰 목소리로 물었다.

"제가 왜 여기에 있는 거예요?"

"넌 낚싯바늘을 삼켰어."

납작얼굴이 어주락에게 말했다.

"거의 죽을 뻔했지. 하지만 내가 토끼의 모습으로 네 영혼을 찾아가서 다시 데리고 왔다. 네 동물 영혼은 아주 강하더구나."

'이 납작얼굴이 내 영혼을 찾아왔다고······?'

어주락은 혼란스러웠다.

'이 납작얼굴도 나와 같은 존재인가? 토끼가 되기도 하고 납작얼굴이 되기도 하는?'

어주락은 억지로 일어나 앉았고, 자신이 지금 얼마나 약해진 상태인지 알 수 있었다. 치료사가 어주락의 어깨에 부드럽게 손을 올려 다시 침대에 눕혔고, 어주락은 전혀 저항할 수가 없었다.

"좀 더 누워 있는 게 좋아, 작은 곰."

틴츄가 말했다.

"곧 다시 강해질 수 있을 거야."

어주락은 정신을 차리려고 애썼지만, 연기 냄새가 너무 강해서 생각을 하기 힘들었다. 시야는 점점 흐려졌고, 마치 물속을 들여다보는 것처럼 주위의 공간이 일렁거렸다. 벽에 걸린 밝은색 가면이 어주락을 비웃는 것 같았지만 이내 안개 속으로 사라져 버렸다.

"말하려고 하지 마."

치료사가 말을 이었다.

"네 목구멍에서 낚싯바늘은 빼냈지만, 상처가 아무는 데는 시간이 필요해."

그림자 속으로 손을 뻗은 치료사가 어주락에게 작은 그릇을 보여주었다. 그 안에는 반투명한 낚싯줄이 담겨 있었고, 그 한쪽 끝에는 사악한 갈고리가 달려 있었다. 거기엔 아직도 핏덩어리가 조금 달라붙어 있었다. 목구멍의 통증과 숨을 쉬려고 안간힘을 쓰던 기억이 어주락의 머릿속으로 쏟아져 들어왔다.

"다 끝난 일이야."

틴츄가 어주락을 안심시켰다.

"피를 멈추기 위해 냉이를 먹였고, 감염을 막기 위해 에키네시아를 먹였다."

침대맡에서 일어난 틴츄가 어주락의 시야에서 사라졌다. 다시 돌아왔을 때는 또 다른 작은 그릇을 들고 있었는데, 그 그릇 바닥에 작은 흰색의 무언가가 담겨 있었다.

어주락은 움찔하며 베개 속으로 파고들었다.

"그게 뭐예요?"

"무서워할 필요 없어."

틴츄가 다시 미소를 지었다.

"치유하는 방법은 여러 가지가 있지. 이 알약이 약초와 함께 널 낫게 해 줄 거야."

틴츄는 어주락의 어깨를 부드럽게 팔로 감싸 일으켰다. 어주락은 이 납작얼굴이 자신에게 무언가 바라는 게 있다고 느꼈지만, 그게 무엇인지는 알 수 없었다.

"알약 하나를 혀에 올리렴."

잠시 후에 틴츄가 설명했다.

"그리고 이 물과 함께 삼키는 거야."

틴츄는 침대 옆 탁자에서 잔 하나를 집어 들었다.

어주락은 잔뜩 긴장한 채로 작고 하얀 알약 하나를 집어 들었다. 익숙하지 않은 납작얼굴의 손가락으로 집기가 쉽지 않았다.

"알약을 삼킬 때는 목구멍이 좀 아플 거야."

어주락이 알약을 바라보며 머뭇거리고 있자 틴츄가 말했다.

"하지만 넌 그걸 먹어야 하고, 먹고 나면 훨씬 좋아질 거야."

어주락은 틴츄에게 보일 듯 말 듯 고개를 끄덕인 뒤 알약을 혀 위에 올렸다. 틴츄가 잔을 들어 어주락의 입가에 대고 물을 마실 수 있게 도와주었다. 목구멍의 통증을 꾹 참고 어주락은 알약을 삼켰다.

"좋아, 지금은 그걸로 충분해. 나중에 더 먹도록 하자."

틴츄가 말했다.

어주락은 하얀 알약을 삼킨 뒤로 뭐가 달라졌는지 느낄 수 없었다. 하지만 틴츄가 말한 대로라면 이 알약은 치유 효과가 좋을 것이다. 어쩌면 이 하얀 무언가는 단단한 하얀 열매를 맺는 어떤 약초에서 나온 것일 수도 있었다. 어주락은 나중에 이 열매를 찾아봐야겠다고 다짐했다.

틴츄는 어주락을 다시 눕힌 뒤 침대맡에서 물러났다. 어주락은 틴츄가 굴 안에서 돌아다니는 소리를 들을 수 있었다. 그 소리는 마치 열기와 냉기가 몸속에서 서로 쫓고 쫓기며 돌아다니는 것처럼 어주락의 몸속에서 크고 부드럽게 고동쳤다.

'이제 어떻게 되는 거지?'

문득 의문이 들었다. 자신이 이곳에 속해 있다는 느낌은 들지 않았다. 바깥세상의 열린 하늘 아래에서, 곁을 지켜 주는 친구들과 함께 여행하고 싶었다.

'응……? 친구들? 그게 누구지?'

어렴풋하긴 하지만, 자신이 아주 중요한 일을 잊고 있다는 걸 깨달았다.

'나는…… 납작얼굴이 아니야. 나는…… 나는…….'

기억해 내려고 애를 썼지만, 기억은 물 위에 떨어진 눈송이처럼 녹아 버렸다. 어주락의 삶은 이 따뜻하고 향기 가득한 굴에서 깨어난 순간부터 시작된 게 아니었다. 하지만 그 전에는 어떤 일이 있었을까? 자신이 진정 누구인지에 대한 기억은 몰려오는 피로와 고통의 안개 속으로 사라졌다.

틴츄가 또 다른 잔을 손에 들고 나타났다. 잔에서는 향기로운 김이 모락모락 피어올랐다.

"이걸 마셔 보렴."

어주락의 침대 위로 걸터앉은 치료사가 말했다.

"노루발풀로 만든 차야. 통증을 가라앉히고 잠드는 걸 도와주지. 그 안에는 열을 내려 주는 딱총나무 열매도 들어 있어."

틴츄는 어주락의 머리를 받쳐 주며 찻잔을 입술 가까이 대 주었다.

그 따뜻한 액체는 정말 위로가 되었지만, 납작얼굴과 너무 가까이 붙어 있었기 때문에 긴장감은 더 커졌다.

"그래……."

어주락이 잔에 담긴 액체를 홀짝이고 있을 때 틴츄가 중얼거렸다. 그리고 잠시 후, 사려 깊게 덧붙였다.

"넌 여기 출신이 아닌 거야, 그렇지?"

어주락은 고개를 끄덕였다.

"그래, 그럴 것 같았어. 혹시 널 찾고 있는 사람이 있니? 부모님이라든지 아니면 친구 같은?"

어주락의 마음속으로 불안감이 밀려들었다. 그리고 다시 한 번 덮쳐오는 졸음과 실랑이를 해야 했다. 이 납작얼굴이 자신의 비밀에 너무 가깝게 다가온 것 같은 기분이 들었다.

'그게 뭐든지 간에.'

어주락은 무슨 말을 해야 할지도 모르는 채 입술을 달싹였지만, 틴츄가 말하지 말라는 듯 손을 들었다.

"좀 쉬렴, 말하지 말고."

틴츄가 명령했다.

"힘을 되찾으면 이야기할 시간도 많을 거야."

틴츄는 찻잔을 한쪽으로 치우고 어주락의 머리를 다시 베개 위로 눕힌 뒤 담요를 잘 덮어 주었다.

어주락은 몸속에 온기가 스며드는 걸 느꼈다. 눈꺼풀이 점점 무거워졌다.

"이제는 자야 해."

틴츄가 말했다.

"하지만 그 전에 이걸 너에게 주마. 회복을 도와주는 부적이야."

틴츄가 어주락의 손에 세 개의 작은 조각상을 쥐여 주었다. 어주락은 손을 펼쳐 그것들을 살펴보았다. 그건 세 마리의 곰이었다. 갈색, 흰색, 검은색 곰……. 작지만 마치 살아 있는 것처럼 생동감 넘치게 조각된 곰들이 걱정과 의문이 가득한 눈으로 어주락을 올려다보고 있었다. 그 작은 조각상들이 어주락의 머릿속에 자신들의 이름을 속삭이는 듯했다. 머릿속을 가득 채운 안개 사이로 기억이 실타래처럼 풀렸다. 앞에서 터벅터벅 걸어가는 셋의 윤곽이 지평선에 걸려 있었다. 산에는 온통 타는 냄새가 가득했다. 거센 물살이 털을 잡아당기는 거대한 검은 강을 헤엄쳤다. 잠들고, 사냥하고, 걷고 또 걷고, 불타는 듯 뜨거운 낮과 어둠이 일렁거리는 밤을 지났다.

'토클로…… 칼릭…… 루사…….'

그리고 어주락. 토클로처럼 갈색이고, 그들은 모두 곰이었다. 여정이 아직 끝나지 않았다고, 야생을 지키려면 더 많은 일을 해야 한다고 말하는 목소리에 이끌려 다른 곰들을 계속 앞으로 몰아붙이고 있었다.

'나는 곰이야.'

어주락은 치료사를 올려다보았다.

'이 납작얼굴이 어떻게 알았지?'

"아까…… 나를 작은 곰이라고 불렀죠."

어주락은 속삭이듯 말했다.

틴츄는 오두막 창문을 가리키며 재미있다는 듯 눈꼬리에 주름을 잡았다. 어주락은 세 개의 축축한 곰 주둥이가 창문에 눌려 있는 것을 볼 수 있었다.

"내 생각엔 네 친구들인 것 같구나."

틴츄가 말했다.

어주락은 루사와 토클로와 칼릭의 얼굴을 알아보고 미소를 지었다. 친구들이 이토록 가까이 있다는 사실이 말로 표현할 수 없을 만큼 기뻤다.

어주락은 세 개의 조각상을 꼭 쥐었다. 앞발이 아닌 가느다란 손가락이 주는 느낌이 낯설다고, 졸린 머리로 생각했다. 친구들이 있다는 사실에 마음이 놓인 어주락은 쉽게 잠에 빠져들었다.

13
토클로의 결심

"살아 있어! 어주락이 살아 있다고!"

칼릭은 환호성을 질렀다.

"엎드려!"

토클로가 재빨리 칼릭을 창문 밖으로 밀어냈다.

"납작얼굴이 우리를 봤어."

"걱정 마, 저 납작얼굴은 우리를 해치지 않아. 어주락을 도와줬잖아."

루사가 친구들 옆으로 몸을 낮추며 말했다.

"그래, 어주락은 괜찮을 것 같아."

토클로가 내키지 않는다는 듯 말을 이었다.

"어쩌면 모든 납작얼굴이 다 나쁜 건 아닐지도 모르지. 물론 저 치료사는 어주락이 납작얼굴이라고 생각할 테지만. 만약 어주락이 곰이라는 사실을 알게 되면 어떻게 할 것 같아?"

칼릭은 창문에서 조금 떨어져 주위를 둘러보았다. 이제 비는 완전히 멎었고, 하늘에 드문드문 걸려 있는 구름을 쫓아 버리려는 듯 바람이 거세게 불어왔다. 달빛은 구름 사이를 뚫고 은은하게 빛났다. 칼릭은 여전히 하늘에서 빛나고 있는 길잡이별을 찾아낼 수 있었다.

"여길 벗어나는 게 좋겠어."

칼릭은 루사와 토클로에게 중얼거렸다.

"다른 납작얼굴들이 우리를 발견하는 위험을 무릅쓰고 싶지 않아."

"난 여기 있는 납작얼굴들은 괜찮을 것 같은데……."

루사가 칼릭의 옆으로 다가오며 말했다.

"저 치료사는 어주락을 돕고 있어. 우리가 여기 있다는 걸 아는데도 걱정하지 않는 것 같아."

토클로가 콧방귀를 뀌었다.

"납작얼굴이 무슨 생각을 하는지 누가 알겠어?"

"모든 납작얼굴이 다 똑같지는 않잖아."

루사가 말했다.

하지만 루사가 뭐라고 말하든, 칼릭은 납작얼굴의 굴이 모여 있는 곳 한가운데 있는 것이 안전하다고는 믿기 어려웠다. 칼릭은 고개를 저었다.

"그래, 가자."

루사도 어쩔 수 없이 동의했다.

"그래도 너무 멀리 가지는 말자. 나중에 어주락을 확인하러 다시 와야 하니까."

칼릭은 루사를 따라 납작얼굴의 굴이 모여 있는 곳을 빠져나와 순록이 다니는 오솔길을 따라 좀 더 올라갔다. 칼릭은 다리가 아팠고, 어주락에 대한 걱정이 어느 정도 가시자 자신이 얼마나 지치고 배고픈지 깨달았다. 우선 쉴 곳을 찾고 나서 먹을 것을 더 구해야만 했다.

무성한 가시덤불을 터벅터벅 건너가는데, 북극땅다람쥐 한 마리가 나뭇가지 사이에서 튀어나와 칼릭의 발치를 스쳐 갔다. 칼릭은 재빨리 다람쥐를 쫓아가 머리를 빠르게 내리쳐 가까스로 쓰러뜨렸다.

"잘했어!"

토클로가 성큼성큼 걸어오며 소리쳤다.

"정령들에게 감사해. 정령들은 우리에게 필요한 것을 알고 있어."

칼릭은 토클로에게 대답한 뒤 다람쥐를 물고 길가 언덕에 툭 튀어나온 바위 아래로 가져갔다. 루사도 아직 열매가 달려 있는 가시나무 가지 두 개를 물고 눈을 반짝이며 칼릭을 따라왔다.

"진수성찬이네!"

루사가 나뭇가지를 다람쥐 옆에 내려놓으며 말했다.

"너한텐 그럴지도 모르지, 꼬마야."

칼릭은 친구에게 다정하게 몸을 부딪쳤다.

"토클로랑 나는 이제 덩치가 너무 커져서 배를 채우기가 더 힘들어졌어."

갈색곰을 찾아 주위를 두리번거리던 칼릭은 몇 곰 길이 떨어진 곳에서 나무로 뒤덮인 산비탈을 뚫어지게 바라보고 있는 토클로를 찾아냈다.

"야, 토클로! 배고프지 않아?"

칼릭은 큰 소리로 불렀다.

갈색곰이 펄쩍 뛰어오르더니, 쏜살같이 달려와 칼릭과 루사 곁에 몸을 웅크리고 앉아 먹이를 나눠 먹었다. 바위가 거센 바람을 막아 주긴 했지만 밤은 점점 더 추워지고 있었고, 칼릭은 여전히 바다에서 불어오는 얼음 냄새를 맡을 수 있었다.

자기 몫의 먹이를 먹는 동안 마음에 평화가 찾아왔다. 어주락은 안전했고, 칼릭은 자신이 곧 얼음으로 돌아갈 수 있다는 걸 알고 있었다.

"우리가 해낸 거야."

다람쥐를 먹어 치운 뒤 마지막 남은 열매를 조금씩 먹고 있을 때 루사가 말했다.

"우리가 함께 어주락을 구했어. 우린 훌륭한 팀이야."

칼릭은 작은 소리로 중얼거리며 동의했지만, 토클로는 아무 말이 없었다. 먼 곳을 향해 있는 토클로의 시선을 보고 칼릭은 마음속에 스며드는 불안감을 느꼈다.

"우린 이제 어주락을 책임지지 않아도 돼."

토클로가 말했다.

루사가 영문을 모르겠다는 표정을 지었다.

"하지만 어주락은 여전히 우리 친구야."

"나도 알아. 하지만……."

토클로의 목소리가 점점 잦아들더니, 심호흡을 했다.

"이제 어주락은 안전해. 목숨을 건졌어. 그리고 우리는 여정을 끝냈어. 이곳은 우리가 안전하게 살 수 있는 곳이고, 먹이도 풍부하고 쉴 곳도 있어. 이제 나만의 길을 떠날 시간이 된 것 같아."

"뭐라고?"

루사가 당황한 듯 눈을 동그랗게 뜨고 소리를 질렀다.

"지금 우리를 떠날 수는 없어, 토클로. 안 된다고!"

"난 떠나야 해."

토클로가 대답했다.

잠깐 망설이던 토클로는 앞으로 걸어 나와 칼릭과 루사에게 코를 가져다 댔다. 그리고 나서 순록이 한참 전에 지나간, 산속으로 구불구불 이어진 오솔길을 향해 몸을 돌렸다. 루사는 절망에 빠진 얼굴로 비명을 지르며 토클로의 앞으로 달려가 길을 막아섰다.

"토클로, 제발…… 제발 가지 마."

루사가 애원했다.

칼릭은 그 자리에 얼어붙은 채 그저 지켜보기만 했다. 칼릭도 토클로가 떠나는 건 바라지 않았지만, 무엇이 토클로를 움직이게 하는지 이해할 수 있었다. 칼릭이 얼음에 끌리는 것과 마찬가지로 토클로는 숲의 부름을 느낀 것이다.

'루사는 그걸 모르는 거야.'

칼릭은 슬픔에 잠긴 채 생각했다.

'우리가 서로 작별 인사를 해야 한다는 걸 루사는 받아들일 수 있을까?'

불안감이 칼릭의 마음을 할퀴었다.

'나는 얼음으로 돌아가야 한다는 말을 어떻게 하지?'

루사와 토클로는 여전히 길 위에 서서 서로를 마주 보고 있었다.

"제발 부탁이야. 어주락의 상태가 나아질지 아닐지도 모르잖아."

루사가 계속 애원했다.

토클로는 더 이상의 말다툼은 하기 싫다는 듯 몸을 빙글 돌렸다. 하지만 곧 어깨를 축 늘어뜨린 채 뒤로 돌아섰다.

"그래, 알았어. 조금 더 있을게."

토클로가 힘없이 대답했다.

"잘 생각했어!"

루사는 기뻐서 방방 뛰더니, 애정을 듬뿍 담아 주둥이로 토클로의
어깨를 꾹 눌렀다.

"고마워, 토클로."

'하지만 이게 끝이 아니야.'

칼릭은 생각했다. 셋은 바위 아래에 자리를 잡고 잠을 청하며, 온기
를 나누기 위해 서로 몸을 꼭 붙였다.

'토클로는 조만간 떠날 거고, 루사는 어떤 말로도 토클로를 막을 수
없을 거야.'

14
순록 부족의 마을

얼굴에 내려앉은 햇살이 어주락의 잠을 깨웠다. 한 손으로 자신의 몸을 덮고 있는 낯선 가죽을 더듬어 보던 어주락은 자신이 지금 어디 있는지 모른다는 사실을 깨닫고 깜짝 놀라 일어나 앉았다. 그러다가 여전히 타오르는 불과 그 위에서 보글거리는 단지, 벽에 걸려 있는 가면들을 보고 자신이 납작얼굴 치료사의 굴에 있다는 사실을 알게 되었다. 무슨 일이 있었는지도 기억났다. 기러기가 되어 날아다녔던 것과, 낚싯바늘을 삼켰을 때 죽을 것처럼 괴롭던 목구멍의 통증을. 그리고 납작얼굴의 모습으로 깨어났을 때 자신을 돌봐 줬던 치료사의 모습도 떠올랐다. 틴츄는 어주락이 곰이라는 사실을 처음부터 알고 있었다.

목은 여전히 아팠고, 숨을 깊이 들이마실 때면 고통으로 온몸이 떨려 왔다. 또 한기와 열기가 번갈아 찾아왔다. 어주락은 덮고 있던 이불을 잡아당겨 더 단단히 여미고 다시 몸을 눕혔다.

'여기서 나가서 루사와 칼릭과 토클로를 찾아야 해.'

불을 피워 놓은 곳의 맞은편에 있는 문이 열리고 납작얼굴 치료사가 굴 안으로 들어왔다. 치료사는 어주락을 보며 미소를 지었다.

"깨어났구나. 그래, 기분은 좀 어떠니?"

"나아졌어요. 고마워요."

목소리는 마치 발톱으로 바위를 긁는 소리 같았고, 말할 때마다 날카로운 걸로 목구멍을 찌르는 것 같은 통증이 밀려왔다.

"좋아, 노루발풀 차를 조금 더 만들어 왔다."

불 옆에 있는 탁자로 건너간 틴츄가 주전자에 담긴 액체를 잔에 따라 어주락에게 가지고 왔다. 틴츄는 능숙하게 어주락의 어깨에 손을 둘러 일어나 앉을 수 있도록 도와주었다.

"자……."

틴츄가 어주락의 입 가까이 찻잔을 들어 주며 중얼거렸다.

"조만간 열이 내리고 다시 일어나 걸을 수 있을 거야."

치료사의 눈빛은 다정했고, 손길은 강인하고 믿음직스러웠다. 차츰차츰 긴장이 풀리면서 이 납작얼굴은 자신을 해치지 않을 거라는 확신이 들었다.

"작은 곰, 네 이름은 뭐지?"

틴츄가 물었다.

"어주락."

"어쩌다가 여기까지 왔니?"

치료사는 어주락이 한 방울도 남김없이 차를 마실 수 있도록 잔을 기울여 준 뒤, 찻잔을 한쪽으로 치웠다. 그러고 나서 어주락이 기대앉을 수 있도록 베개를 다시 정돈해 주었다.

"네가 벌거벗은 채로 우리 집 문 앞에 쓰러져 있는 걸 봤을 땐 정말 놀랐어."

틴츄의 말이 계속 이어졌다.

"혹시 별에서 온 거니?"

어주락의 눈이 놀라움으로 휘둥그레졌다.

'진짜로 그렇게 생각하는 건가?'

틴츄의 눈에 담긴 장난기를 알아채고 어주락은 그제야 미소를 지을 수 있었다.

"넌 어디에서 왔지?"

치료사가 좀 더 진지하게 질문했다.

어주락은 머뭇거렸다.

"어디서 왔는지 몰라요. 저는…… 기억이 나지 않아요."

"흐음……."

틴츄는 잠시 자리를 비웠다가 신선한 냄새가 나는 액체에 적신 천을 가지고 돌아왔다. 틴츄는 침대 옆에 앉아서 그 천으로 어주락의 얼굴과 목을 닦아 주었다. 어주락은 시원한 감촉에 만족스러운 한숨을 내쉬었다.

"넌 사내아이가 아니야, 그렇지?"

치료사가 돌연 날카로운 표정으로 물었다.

어주락은 황금색 빛으로 채워졌던 어두운 동굴과, 그곳에서 자신을 끌어내 빛과 온기 속으로 이끌어 준 북극토끼를 떠올렸다. 그 토끼의 영혼이 지금 이곳에 있었다. 어주락은 곁에 앉아 있는 치료사에게서 토끼의 영혼을 느낄 수 있었다.

'이 치료사는 토끼이자 납작얼굴이야······.'

"맞아요, 저는 곰이에요."

어주락은 대답했다.

치료사가 겁에 질려 도망가든지, 아니면 거짓말하지 말라고 비난할 거라고 생각하며 기다렸지만, 틴츄는 그저 눈을 끔벅거리기만 했다.

"낚싯바늘을 삼켰을 때도 곰이었니?"

"아뇨, 그때는 기러기였어요."

틴츄의 눈이 놀라움으로 휘둥그레졌다.

"너는 하나가 아닌, 더 많은 동물의 영혼을 가지고 있는 거니?"

어주락은 고개를 끄덕였다.

"평소에는 곰의 모습을 하고 있어요. 하지만 저는 기러기였고, 독수리였고, 노새사슴일 때도······."

"그럼 넌 변신족이구나?"

어주락이 말하는 도중에 치료사가 끼어들었다. 치료사의 시선은 어주락의 얼굴에 고정되어 있었고, 검은 눈동자는 신비로움에 매료된 것 같았다.

"전······ 그런 것 같아요."

어주락은 고개를 한쪽으로 기울였다.

"당신은요? 동굴에 있던 토끼····· 그건 당신이었어요, 그렇죠?"

틴츄가 고개를 끄덕였다.

"넌 많은 형태를 가지고 있지만, 나는 딱 두 가지 형태밖에 없어. 네가 지금 보고 있는 인간 남자와 북극토끼. 대부분은 남자의 모습으로 살지만, 꿈속에서는 토끼가 되어 인간은 알 수 없는 많은 것들을 배운

단다.”

어주락은 이곳에서 느꼈던 평화로운 기운을 떠올렸다. 자신들이 사냥당하지 않을 거라는 강한 확신을 느낄 수 있었다.

“이곳에 사는 납작얼굴들은 다 그렇게 할 수 있어요?”

치료사가 미소를 지었다.

“납작얼굴? 그래, 꽤 그럴듯한 이름이구나. 그건 아니란다, 작은 곰. 이곳에서 동물의 영혼을 지닌 납작얼굴은 나뿐이야.”

틴츄는 뒤로 물러나 앉아 어주락의 얼굴을 살폈다.

“이곳에는 왜 왔지?”

어주락은 이 질문에 대답하기가 어려웠다. 스스로도 확신이 없었기 때문이다.

“전…… 가끔 목소리가 들려요.”

어주락은 더듬거리며 말했다. 치료사에게 그 목소리가 실라룩의 목소리라고 생각한다는 말을 할 수는 없었다. 아무리 틴츄라 할지라도 하늘에서 반짝이는 위대한 별이 어린 갈색곰에게 말을 건다는 것을 믿지 않을 것이다.

다행히도 틴츄는 그 목소리가 어디서 오는지 묻지 않았다. 대신 다시 일어나 불로 다가가서, 단지에 담긴 걸쭉하고 맛있는 냄새가 나는 액체를 국자로 퍼서 그릇에 담았다.

“그 목소리가 뭐라고 말하니?”

틴츄가 침대로 돌아오며 물었다.

“제가…… 제가 야생을 지켜야 한다고 했어요.”

틴츄가 고개를 저으며 긴 한숨을 내쉬었다.

"정말 어마어마한 임무로구나."

틴츄는 자리에 앉아서 그릇에 담긴 액체를 숟가락으로 떠서 어주락에게 먹여 주었다. 순록과 약초 냄새가 나는 그 액체는 뜨거웠고, 마음을 녹이는 맛이었다. 온기가 온몸으로 퍼지면서 다시 잠이 쏟아지기 시작했다. 하지만 어주락은 잠들고 싶지 않았다. 마음속에 품고 있는 질문을 꺼내고 싶었다. 지금 있는 곳에 대해, 그리고 자신을 돌봐 주는 남자에 대해 더 많이 알고 싶었다.

'어쩌면 나를 이곳으로 데려온 게 실라룩일지도 몰라.'

"여긴 어디예요?"

어주락은 한 입 더 삼킨 뒤 물어보았다.

"여기는 아크틱 빌리지라는 곳이야. 북극 마을이지."

틴츄가 어주락에게 먹이기 위해 다시 숟가락을 들고 대답했다.

"우리는 순록 부족이란다. 우리는 이 순록 계곡에서 동물들과 함께 살아가는 것을 좋아해. 이곳은 최후의 위대한 황야란다."

어주락은 힘이 좀 솟는 것 같았고, 말하기도 한결 편해졌다.

"그 이름은 들어 본 적 있어요. 전에 만났던…… 누군가가 말해 줬어요."

코푸크가 곰이라는 사실을 말할 필요는 없었다.

틴츄가 고개를 끄덕였다.

"이곳에 사는 우리 순록 부족 사람들은……."

틴츄가 말을 꺼내려는데 밖에서 달그락거리는 소리가 한참 동안 시끄럽게 들려왔다. 틴츄는 말을 멈췄다.

어주락은 다시 일어나 앉았다. 심장이 쿵쾅대기 시작했다.

'저게 뭐지? 불꽃야수보다 더 시끄럽잖아!'

틴츄가 어주락의 어깨에 가볍게 손을 올리며 진정시켰다.

"잠시 네 곁을 떠나야 할 것 같구나."

틴츄가 몸을 일으켰다.

"되도록 잠을 자려고 해 봐, 알았지?"

"어디 가는 거예요?"

"우리 마을은 오늘 먼 곳에서 오는 손님을 기다리고 있단다."

치료사가 대답했다.

"그리고 그들이 도착한 것 같구나. 난 그들을 만나야 해."

틴츄가 침울한 목소리로 말했다. 어주락은 틴츄가 그 만남을 고대하고 있지 않다는 것을 알 수 있었다.

"손님이라고요?"

어주락은 되물었다.

"우리의 방식을 존중해 주는 사람들도 있어. 하지만 야생이 야생답게 유지되는 걸 원하지 않는 이들도 있지."

설명을 하면서 틴츄의 검은 눈동자가 침울해졌다.

"그게 누군데요?"

어주락은 쉰 목소리로 물었다.

"우리 종족이 하는 것처럼 동물의 영혼을 존중하지 않는 사냥꾼들."

틴츄가 말했다.

"황야를 도로와 집으로 뒤덮고 싶어 하는 사람들과 또……."

틴츄가 눈살을 찌푸렸다.

"자신의 이익을 위해 이 땅에서 심장을 도려내는 자들."

어주락은 눈이 휘둥그레졌다. 틴츄의 말뜻을 다 이해하지는 못했지만, 그 말은 너무나도 무섭게 들렸다.

"걱정하지 마."

틴츄가 말했다.

"내 몸에 숨결이 담겨 있는 한, 나는 다가오는 변화에 맞설 거야. 그리고 나는 혼자가 아니야."

15
산의 부름

　꿈속에서 토클로는 울창한 숲속에 있는 자신을 발견했다. 머리 위로 나뭇가지들이 둥글게 휘어져 뻗어 있었고, 덤불이 바스락거리는 소리가 그곳에 먹잇감이 있다는 걸 알려 주었다. 토클로는 으르렁거리며 뒷발로 일어나 발톱으로 나무줄기를 할퀴었다.

　'여기는 내 영역이야! 아무도 건드리지 않는 게 좋을 거야!'

　노새사슴 한 마리가 덤불에서 걸어 나와 바로 앞 공터에 서 있었다. 토클로는 근육에 힘을 주며 사슴을 사냥할 준비를 했지만, 앞으로 달려 나가는 순간 발이 걸려 넘어질 뻔했다. 깜짝 놀라 잠에서 깨어났을 때 토클로는 루사와 칼릭과 함께 바위 아래에 웅크리고 있었다. 희미한 새벽빛이 하늘을 가로질러 스며들고 있었다.

　토클로는 일어나 앉아 하품을 하면서 한쪽 발로 몸을 벅벅 긁었다.

　'진짜 이상한 꿈이었어!'

　옆에서 칼릭이 숨을 몰아쉬며 눈을 떴다. 칼릭은 토클로를 보더니 벌떡 일어섰다.

"네가 아직 여기 있어서 다행이야."

칼릭이 중얼거렸다.

토클로는 고개를 끄덕였다.

"당분간은 있을 거야."

토클로는 자신이 영원히 머물 수 없다는 것을 칼릭이 이해하고 있는 것 같아서 마음이 놓였다. 머지않아 토클로는 갈색곰의 길을 따라 혼자서 숲으로 향해야 하겠지만, 설명하려고 해도 그게 자신이 내릴 수 있는 유일한 결정이라는 것을 루사는 이해하지 못할 것 같았다.

"배고프다. 사냥하자!"

토클로는 큰 소리로 외쳤다.

골짜기로 걸어가며 토클로는 먹잇감 냄새를 찾기 위해 코를 킁킁거렸고, 연못가에 자라는 긴 풀을 갉아 먹고 있던 토끼를 찾아냈다. 칼릭도 그걸 봤다. 칼릭은 살짝 고개를 끄덕인 뒤 다른 방향에서도 접근할 수 있도록 크게 원을 그리며 미끄러지듯 토끼에게 다가갔다.

적당한 위치에 자리를 잡은 칼릭은 무섭게 으르렁대며 앞으로 뛰어들었다. 벌떡 일어선 토끼는 칼릭을 보고는 곧장 토클로의 발로 뛰어들었다. 토클로는 그대로 토끼의 척추를 내리쳐 숨통을 끊었다.

"멋진 솜씨야!"

칼릭이 달려오며 말했다.

"나중에 또 이렇게 해 보자."

그렇게 말하다가 칼릭의 눈에 그늘이 드리워졌다. 그들이 함께 사냥할 기회가 앞으로는 많지 않다는 것을 떠올린 것 같았다.

토클로는 토끼를 물고 아직 자고 있는 루사 곁으로 돌아갔다. 가까이 다가가자 작은 흑곰은 끙끙거리며 몸을 꿈틀대더니 앞발로 얼굴을 가렸다.

"벌써 아침이라니!"

루사는 입을 쩍 벌려 하품을 하고는 서둘러 몸을 일으켰다.

"우리 납작얼굴의 굴로 돌아가서 어주락이 어떤지 살펴보자."

칼릭을 돌아보는 루사의 눈이 반짝거렸다.

"어쩌면 우리에게 돌아올 준비가 됐을지도 몰라."

"잠깐만."

토클로는 루사를 막았다.

"우선 먹이부터 먹어."

"와, 고마워. 진짜 배고팠는데!"

루사는 토끼 고기를 한입 가득 물어뜯으며 눈을 빛냈다. 토클로는 루사가 전날 밤에 있었던 말다툼을 머릿속에서 지워 버렸다는 것을 알 수 있었다. 토클로가 떠나려 한다는 사실을 가까스로 잊은 것 같았다.

식사를 마친 뒤, 루사는 납작얼굴의 굴이 모여 있는 곳을 향해 열심히 길을 되짚어 걸어갔고, 토클로와 칼릭은 그 뒤를 따라갔다. 납작얼굴들에게 들킬지도 모른다는 걱정 때문에 토클로는 무언가가 뱃속을 계속 휘저어 대는 것 같았다. 납작얼굴들의 굴에 가까워지며 루사가 서서히 걸음을 늦추자 그제야 마음이 좀 놓였다.

"우린 납작얼굴 치료사가 믿을 만하다는 걸 알고 있어."

루사가 중얼거렸다.

"하지만……."

"너는 치료사를 신뢰하겠지."

토클로가 끼어들었다.

"하지만 나는 확신할 수 없어."

"내 생각엔 토클로 말이 맞는 것 같아."

칼릭도 끼어들었다.

"어주락이 납작얼굴의 모습을 하고 있었기 때문에 치료사가 도와준 거야. 하지만 곰은 어떻게 생각할지 알 수 없지."

루사가 어깨를 으쓱했다.

"네 생각이 맞을 수도 있어. 어쨌든 다른 납작얼굴들은 확신할 수 없는 게 사실이니까. 납작얼굴한테 들키지 않도록 조심하자."

해가 뜬 지 얼마 지나지 않았지만, 이미 납작얼굴 한둘이 굴 사이를 지나다니고 있었다. 토클로와 루사와 칼릭은 튀어나온 지붕 아래 그림자 속으로 재빨리 몸을 숨겼고, 납작얼굴 하나가 크고 반짝이는 물건을 한쪽 앞발에 매단 채 빠르게 걸어갔다. 그 물건에서 아주 시끄러운 소리가 났고, 납작얼굴의 입에서도 찢어질 듯 높은 소리가 흘러나왔다. 그 납작얼굴이 또 다른 굴 앞을 지나갈 때 문이 열리고, 어주락이 기러기의 영혼을 가지고 있다고 했던 암컷이 나타나 그 납작얼굴을 불렀다.

그들이 이야기를 나누는 동안 토클로와 칼릭과 루사는 조용히 굴 뒤쪽으로 돌아가 치료사가 사는 곳으로 향했다. 토클로는 창문을 향해 살금살금 다가가, 앞발을 뻗어 몸을 지탱한 채 창문 안을 들여다보았다. 루사가 토클로의 옆으로 비집고 들어왔고, 칼릭도 그 반대편으로 다가왔다.

어주락이 납작얼굴의 가죽에 기대어 앉아 있는 모습이 보였다. 치료사는 어주락 옆에 걸터앉아 그릇에 담긴 무언가를 먹여 주고 있었다. 토클로는 납작얼굴의 말을 이해할 수는 없었지만, 그들이 서로 이야기를 나누고 있다는 걸 알 수 있었다.

"봐, 어주락이 더 나아졌어!"

루사가 소리쳤다.

"곧 우리에게 돌아올 수 있을 거야."

"그래, 이제 괜찮아."

토클로는 동의했다. 그리고 긴 한숨을 내쉬며 치료사의 굴 창문에서 물러나 네발로 땅을 짚었다.

"어주락은 안전해."

자신을 뒤따라오는 루사와 칼릭에게 토클로는 말했다.

"이제 어주락의 목숨은 위험하지 않아. 이제 나만의 길을 가야 할 시간이 되었어."

"뭐라고?"

루사의 눈이 휘둥그레졌다.

"어젯밤에 남겠다고 했잖아!"

"난 당분간이라고 말했어."

토클로는 루사에게 일깨워 주었다.

"하지만 이제 어주락이 괜찮다는 걸 알았으니까, 난 떠날 수 있어. 난 더 이상 어주락을 책임지지 않을 거야."

토클로는 다른 곰들을 이곳까지 데려온 것만으로도 자신이 해야 할 일을 충분히 했다고 생각했다. 이제는 엄마가 말한 대로 혼자서 살아

가야 할 때가 되었다.

"하지만⋯⋯."

루사가 숨이 막히는 듯한 목소리로 말했다.

"네가 보고 싶을 거야, 토클로."

칼릭이 작은 흑곰에게 다가가 어깨에 주둥이를 파묻었다.

"이별의 시간은 언제나 찾아오는구나."

칼릭이 중얼거렸다.

"타킥이 떠났을 때 그걸 배웠어야 했는데. 다른 곳으로 가고 싶은 누군가를 붙잡아 봐야 소용없다는 사실을 말이야."

칼릭은 루사의 눈을 뚫어지게 바라보며 말을 이었다.

"토클로를 보내 주자."

루사는 아무 말도 하지 않았다. 검은 눈은 여전히 슬픔으로 가득했지만, 뒤로 물러서서 칼릭 옆에 섰다.

"고마워, 칼릭."

토클로가 말했다. 친구들을 떠난다고 생각하니 가슴이 아팠지만, 자신이 꼭 해야만 하는 일이라는 걸 알고 있었다.

"정령들이 너희 둘과 함께할 거야."

"너와도 함께할 거야."

칼릭이 대답했다.

루사가 슬프게 고개를 끄덕였다.

"토클로, 잘 가."

토클로는 몸을 돌려 순록이 다니는 길을 따라 올라갔다. 납작얼굴의 굴이 있는 곳 반대편에서 토클로는 걸음을 멈추고 뒤를 돌아보았다.

154

루사의 검은 털가죽은 그림자에 삼켜졌지만, 칼릭이 여전히 자신을 가만히 지켜보고 있다는 걸 알 수 있었다.

　토클로는 마지막 작별 인사를 하기 위해 뒷다리로 몸을 일으킨 채 잠시 서 있었다. 그러고 나서 몸을 돌려 혼자 산속으로 들어갔다.

16
납작얼굴들의 모임

"토클로가 무사해야 할 텐데."

계곡 위로 사라지는 토클로를 보며 칼릭은 중얼거렸다.

"난 토클로가 걱정돼."

루사가 훌쩍였다.

"왜 토클로는 혼자 떠나야 했던 거야?"

칼릭은 어깨를 으쓱했다.

"갈색곰은 원래 그렇게 하는 거야. 그래도 난 토클로가 그리울 거야."

칼릭은 어주락을 다시 한 번 살펴보기 위해 치료사의 굴로 돌아섰다. 하지만 안을 더 잘 들여다보기 위해 반짝이는 투명한 물체에 코를 갖다 대는 순간, 끔찍하게 덜컹거리는 소리가 공기를 가르며 들려왔다.

칼릭은 창문에서 튕기듯 몸을 떼어 냈다. 소리가 나는 쪽으로 몸을 돌리자, 금속 새 한 마리가 저 멀리 계곡 아래쪽을 맴돌고 있는 게 보였다. 그 금속 새는 이곳, 납작얼굴의 굴이 모여 있는 곳을 향해 날아오고 있었다. 금속 새는 날개를 빙글빙글 돌리며 위에서 잠시 덜컹대는 소음을 뿌리더니, 이내 탁 트인 공터를 향해 급강하했다.

"저게 뭐야?"

루사가 공포에 질려 소리쳤다. 칼릭은 심장이 두근거리고, 숨이 거칠어졌다. 나누크와 함께 또 다른 금속 새에 매달려 하늘을 비행하다 추락했던 무시무시한 기억이 머릿속에서 폭발하는 것 같았다. 솟아오르던 불길과 쏟아지던 눈, 그리고 홀로 남아 죽어 가는 나누크를 지켜보던 슬픈 기억이 떠올랐다.

"금속 새는 곰을 데려가!"

칼릭은 공포에 떨며 루사에게 말했다.

금속 새가 땅에 내려앉고, 빙글빙글 돌아가는 날개가 점점 느려지다 멈추는 걸 보고 루사가 소리쳤다.

"숨어야 해!"

둘은 그늘에 몸을 숨긴 채로 굴이 모여 있는 곳 가장자리까지 살금살금 걸어가, 전날 밤 토클로와 함께 숨어 있었던 바위를 향해 온 힘을 다해 달려갔다. 그리고 그곳에 숨어서 금속 새를 바라보았다.

금속 새의 옆구리가 미끄러지듯 열리고 수컷 납작얼굴 셋이 밖으로 나왔다. 그들은 검은색 가죽을 몸에 걸치고, 얇고 네모난 물건을 들고 있었다. 코를 쿵쿵대던 칼릭은 거칠고 부자연스러운 강한 냄새를 맡았다. 털이 곤두설 정도로 역겨운 냄새였다.

"이런 냄새가 나는 납작얼굴은 처음이야."

칼릭은 루사에게 속삭였다. 그들에게서 점점 더 매캐한 냄새가 났고, 그건 야생에서는 한 번도 맡아 본 적이 없는 냄새였다.

"저들이 누구지?"

루사가 물었지만, 칼릭도 알 수 없었다.

납작얼굴 셋은 부드러운 목소리로 이야기하며 잠시 함께 서 있었다. 그들은 이곳에 사는 납작얼굴들과 전혀 다르게 생겼다. 가죽이 달랐고, 머리털은 짧고 잘 정돈되어 있었다. 칼릭은 금속 새가 그 납작얼굴들을 아주 먼 곳에서 데리고 왔는지 궁금했다. 그리고 금속 새가 그들을 다시 데려가 주기를 바랐다.

갑자기 굴 여러 개의 문이 활짝 열리더니 납작얼굴 몇몇이 밖으로 나왔다. 칼릭은 루사를 바위 뒤로 밀어 넣었다.

"아무한테도 들키면 안 돼."

칼릭은 작게 속삭였다.

"어쩌면 서로 싸우려는 걸지도 몰라."

루사가 말했다.

"낯선 곰이 자기 영역을 침범했을 때 갈색곰들이 싸우는 것처럼 말이야."

칼릭은 바위 뒤에서 주둥이를 내밀었고, 이곳에 사는 납작얼굴들이 낯선 이들에게 다가가 앞발을 내미는 모습을 볼 수 있었다. 그들이 침범해서 화가 난 것처럼 보이지는 않았다.

납작얼굴들은 방문자들을 가장 커다란 굴로 안내했다. 치료사가 자기 굴에서 나와 그들과 합류했다.

"이건 납작얼굴들의 모임 같아."

칼릭은 루사에게 말했다.

"무엇을 위한 모임인지 궁금한데."

칼릭은 납작얼굴들이 사라진 문에 시선을 고정했다. 치료사가 어주락이 진짜 납작얼굴이 아니라는 것을 알아채고, 금속 새를 타고 온 납작얼굴들에게 데려가라고 할 수도 있을까?

'어주락을 이곳으로 데려오지 말았어야 했어.'

칼릭은 초조하게 생각했다.

'하지만 어주락은 죽어 가고 있었어! 달리 뭘 할 수 있었겠어?'

"어주락을 저곳에서 빼내야 해."

루사가 선언하듯 말했다. 루사도 칼릭과 같은 걱정을 하고 있는 게 분명했다.

"어서! 납작얼굴들은 다들 이야기하느라 정신 팔려 있을 거야."

칼릭은 바깥에 남아 있는 납작얼굴이 있는지 살펴보았지만, 굴 사이의 공간은 텅 비어 있었다. 칼릭은 납작얼굴들이 거의 대부분 가장 커다란 굴에 모여 있으리라고 추측했다.

"가자."

칼릭은 속삭였다.

칼릭과 루사는 공터를 가로질러 달려가 치료사의 굴 문 앞에 멈춰 섰다. 루사가 문을 유심히 살펴보았다.

"얼른 해!"

칼릭은 루사를 재촉했다.

"망 좀 봐 줘."

루사가 문에서 눈을 떼지 않은 채 속삭였다. 잠시 후, 루사는 문과 문틀 사이 틈으로 한쪽 발을 쑤셔 넣더니 이리저리 꼼지락거렸다. 한참이 지났지만 아무 일도 일어나지 않았다. 루사는 숨을 몰아쉬며 뭐라고 중얼거리고 있었고, 칼릭은 납작얼굴 중 하나가 밖으로 나와서 자신들을 발견할까 봐 공포에 질렸다.

마침내 딸깍하는 소리를 들을 수 있었다.

"됐어!"

루사가 숨을 헐떡이며 문을 열었다.

루사의 뒤를 따라 문을 통과하면서, 칼릭은 털 한 올 한 올이 바짝 곤두섰다. 이건 완전히 잘못됐다. 곰들은 납작얼굴의 굴 안으로 절대 들어가지 않는다! 하지만 루사는 겁먹지 않고 조심스럽게 안으로 들어갔고, 칼릭은 루사 혼자서 어주락을 구출하게 놔둘 수는 없었다.

굴 안으로 들어서자 심장이 쿵쾅거리기 시작했다. 주위를 둘러싼 납작얼굴의 물건들에 갇힌 느낌이 싫었다. 하지만 약초와 순록의 톡 쏘는 냄새가 공기 중에 가득 차서 금속 새의 독한 냄새에 시달린 코를 진정시켜 주었다.

"서둘러야 해. 여기서 납작얼굴들에게 붙잡히고 싶지는 않으니까."

루사가 말했다.

칼릭은 열려 있는 문을 걱정스레 돌아보며, 밖을 지나가는 납작얼굴들이 이상한 점을 알아차리지 못하길 바랐다.

칼릭은 루사를 따라 어주락이 누워 있는 둥지로 갔다. 굴 안을 가득 채운 납작얼굴의 물건들 사이를 비집고 들어가기엔 공간이 충분하지 않았다. 가느다란 네 개의 다리로 서 있는 나무판을 살짝 스치자, 그 위에 있던 하얗고 동그란 물체가 떨어져 바닥에 부딪혔다. 작고 날카로운 조각들이 구석까지 튕겨 나갔다. 칼릭은 심장이 쿵 내려앉는 것 같았지만, 무슨 소리인지 알아보려고 뛰어 들어오는 납작얼굴은 아무도 없었다. 칼릭은 더 이상 아무것도 넘어뜨리지 않고 가까스로 어주락 곁에 도착했다.

'너무 작아 보이잖아!'

납작얼굴의 가죽에 반쯤 파묻혀 있는 깡마른 어린 납작얼굴의 모습을 보자, 마음속에 연민이 솟구쳐 올랐다. 어주락의 얼굴은 양쪽 광대뼈가 조금 붉어진 것을 빼면 하얗게 질려 있었고, 헝클어진 머리털은 이마에 찰싹 달라붙어 있었다. 하지만 고른 숨을 내쉬며 눈을 감고 잠든 얼굴은 꽤 평온해 보였다.

"어주락이 우리와 함께 갈 수 있을 만큼 회복했을까?"

칼릭은 루사에게 속삭여 물었다.

"그래야만 해."

루사가 발을 들어 어주락의 어깨를 흔들었다.

"어주락, 일어나! 우린 이곳에서 나가야 해!"

어주락은 뭐라고 중얼거리며 눈도 뜨지 않은 채 가죽 속으로 더 깊이 몸을 파묻었다.

"어주락!"

루사가 어주락을 한 번 더 흔들어 깨웠다.

"일어나!"

이번엔 어주락이 눈을 번쩍 떴다. 어주락은 깜짝 놀라며 마치 그들이 누구인지 모른다는 듯 루사와 칼릭을 멍하니 쳐다보았다.

'어주락이 우리를 잊었을 리 없어!'

칼릭은 불안한 마음이 들었다.

하지만 곧 어주락의 얼굴에 알아본 듯한 표정이 서서히 밀려들었다.

어주락은 앞발을 뻗어 루사의 털을 움켜잡고 납작얼굴의 말로 뭐라고 소리쳤다. 목소리는 잔뜩 쉬어 있었고, 말하는 게 고통스러워 보였다.

'어주락은 우리와 말이 통하지 않아!'

칼릭은 알아차렸다.

"네가 지금 어디에 있는지 기억나?"

루사가 다급히 물었다.

"여긴 순록이 다니는 길 옆에 있는 납작얼굴의 굴이야."

어주락은 어리둥절한 표정이었다. 루사는 실망스럽다는 듯 칼릭을 쳐다보더니, 비록 서로의 말을 이해할 수 없다고 해도 어떻게든 자신의 절망적인 심정을 전달하려는 듯 꿋꿋이 말을 이어 갔다.

"금속 새가 이곳에 내려앉았어. 새로운 납작얼굴들이 거기서 내렸고. 지금 그들은 가장 커다란 굴에서 모임을 하고 있어."

"지금 당장 떠나야 해."

칼릭이 덧붙였다. 납작얼굴의 굴 안에서 보내는 시간이 길어질수록 칼릭의 공포도 점점 커지고 있었다.

"무슨 일이 일어나고 있어. 이곳은 더 이상 안전하지 않아."

어주락이 일어나 앉았다. 루사를 향했던 시선이 칼릭에게로 옮겨 갔다가 다시 루사에게로 돌아갔다. 어주락의 얼굴이 밝아졌고, 다시 입을 열었을 땐 비록 거칠고 쉰 목소리에 알아듣기도 힘들었지만, 곰의 언어로 말하고 있었다.

"그래, 기억하고 있어."

어주락은 침대에서 일어나 비틀거리며 불 옆으로 걸어갔다. 그곳에는 납작얼굴이 걸치고 다니는 가죽 몇 개가 나무 틀에 걸려 있었다. 어주락은 천천히 그 가죽을 몸에 걸쳤다. 그것들은 어주락에게는 너무 커서, 깡마른 발에 걸리적거리지 않도록 가죽을 말아 올려야만 했다. 칼릭은 어주락이 가죽에 달린 주머니에 뭔가 작은 것을 집어넣는 것을 알아차렸다.

"왜 어주락한테 저런 납작얼굴의 물건이 필요한 거지?"

칼릭은 루사에게 물었다.

"다시 곰으로 변신하면 자기 가죽이 생길 텐데 말이야."

루사가 어깨를 으쓱했다.

"아직 변신할 수 있을 만큼 회복하지 못했을 수도 있어. 납작얼굴로 있는 동안은 저 가죽을 걸치고 몸을 따뜻하게 하는 게 나을 거야."

어주락은 다시 누워 있던 둥지 쪽으로 몸을 돌리더니 거기 놓여 있던 가죽 하나를 벗겨서 어깨에 걸쳤다. 그리고 아직 후들거리는 다리로 천천히 방을 가로질러 문으로 다가가 밖을 내다보았다.

어주락의 곁으로 다가간 칼릭은 금속 새를 보고 휘둥그레진 어주락의 눈을 볼 수 있었다. 커다란 굴에서 목소리가 흘러나왔다. 어주락은 그걸 가리킨 뒤 곰들을 쳐다보았다. 눈에는 질문이 담겨 있었다.

"저 안이야?"

"그래, 맞아."

루사가 초조하게 말했다.

"이제 얼른 가자. 저들이 나와서 우리를 잡기 전에 말이야."

루사는 어주락을 슬쩍 밀었다. 어주락은 분홍색 맨발로 땅을 살며시 디디며 굴 밖으로 나섰다.

"드디어 간다!"

루사가 중얼거리며 몸을 돌려 평원이 있는 쪽으로 가려고 했다.

"서두르자!"

하지만 어주락은 루사를 따라가지 않았다. 대신에 쭉 늘어선 굴을 따라 모임이 열리고 있는 커다란 굴까지 살금살금 다가갔다. 어주락은 문을 살짝 열고 잠시 귀를 기울였다.

"잠깐만 기다려 줘."

어주락이 속삭였다.

"안 돼!"

어주락이 슬며시 안으로 들어가 문을 닫는 모습을 지켜보면서 루사가 숨을 들이켰다. 칼릭은 공포에 질린 눈으로 루사를 쳐다보았다.

"대체 무슨 짓을 하려는 거지?"

"나도 몰라."

루사가 평소와 달리 짜증스럽게 으르렁거렸다.

"납작얼굴들이 저 녀석 머릿속에 솜털을 가득 채워 놨나 봐."

루사는 몸을 돌려 전날 숨어 있었던 바위를 향해 휘적휘적 움직였다. 칼릭은 허둥지둥 루사를 쫓아갔고, 납작얼굴들의 시야에서 벗어난 그늘에 도착한 뒤에야 안도의 숨을 내쉴 수 있었다.

"어주락을 저기 놔두고 갈 수는 없어."

칼릭이 속삭였다.

루사가 고개를 끄덕였다.

"나도 알아. 하지만 들키지 않고 어주락을 데리고 나올 수는 없어. 우리가 할 수 있는 건 그저 기다리는 것뿐이야."

17

현실을 마주할 시간

어주락은 큰 굴의 문을 닫고 어둠 속으로 미끄러지듯 들어섰다. 몸
에서는 계속 열이 올랐다가 오한이 들었다가를 반복했고, 어주락은 몸
이 다시 아플까 봐 걱정스러웠다. 맨발에 닿는 나무 바닥이 단단하고
차갑게 느껴져서 몸에 두르고 있던 담요를 목까지 끌어 올렸다.

이 굴은 하나의 커다란 방으로 되어 있었고, 한쪽 끝에는 높은 단상
이 자리 잡고 있었다. 검은 옷을 입은 납작얼굴 셋이 마을 사람 셋과
함께 그곳에 앉아 있었다. 치료사 틴츄도 그중 하나였다. 또 다른 수컷
둘은 어주락이 지금껏 본 적 없는 얼굴이었다.

단상 아래쪽, 방의 중심에는 기다란 의자들이 놓여 있었고, 더 많은
마을 사람이 그곳에 앉아 있었다. 몇몇 젊은 남자는 벽에 기댄 채 두
발로 서 있었다. 그들은 모두 단상에 집중하고 있었기 때문에 어주락
이 들어온 걸 아무도 알지 못했다. 어주락은 치료사의 눈빛이 반짝이
는 것을 알아차렸다. 어주락이 그곳에 숨어든 것을 눈치챈 것 같았지

165

만, 치료사는 아무에게도 그 사실을 알리지 않았다.

낯선 납작얼굴 중 하나가 한 손 가득 서류 뭉치를 들고 자리에서 일어섰다.

"이게 우리의 제안입니다."

납작얼굴이 말을 시작했다.

"아시다시피, 저 해안 평야 지하에는 엄청난 양의 석유가 매장되어 있습니다. 제가 대리하고 있는 회사는 석유 개발을 원합니다. 그리고 회사는 그 권리에 대해 합당한 가격을 제시할 준비가 되어 있습니다."

그 납작얼굴의 목소리는 나긋나긋했고, 또 말하는 내내 미소를 짓고 있었다. 어주락은 그 납작얼굴이 친절해 보인다고 생각했다. 마치 마을 사람들이 원하는 것을 제안하는 것처럼 들렸다. 그렇다면 왜 틴츄는 자기 굴을 떠나 이 모임에 올 때 그렇게 침울한 표정을 지었을까?

"여러분이 지금껏 살면서 한 번도 만져 보지 못한 큰돈을 드리겠습니다."

또 다른 방문객이 덧붙여 말했다.

마을 사람들은 서로를 힐끔힐끔 쳐다보면서 손으로 입을 가린 채 이웃들의 귀에 무언가를 속삭였다. 어주락은 그들 대부분이 그 제안을 반기지 않는다는 것을 알 수 있었다. 그들은 마치 그게 중요한 것인 양 '석유'라는 단어를 반복해서 말했다.

어주락은 혼란스러워서 얼굴을 찌푸렸다.

'돈이라는 게 뭐지? 또 석유라는 건? 그리고 저 낯선 방문객들은 왜 그걸 가지고 싶어 하는 거지?'

어주락은 몸이 덜덜 떨렸다. 딱따구리가 나무줄기를 쪼아 대는 것처럼, 고통이 머리를 쾅쾅 두드리기 시작했다. 납작얼굴들의 목소리가 귓가에 고동치는 것처럼 커졌다 작아졌다 반복했기 때문에 그다음으로 이어진 몇 마디는 알아듣지 못했다.

"……이곳에 사는 가난한 사람들에게 말이죠."

다시 소리가 들리기 시작했을 때는 검은 옷을 입은 남자가 말하고 있었다.

"여러분에겐 일자리가 필요합니다. 여러분은 병원과 현대적인 시설이 가져올 모든 혜택을 누릴 수 있습니다. 이 땅에 석유 회사가 들어올 수 있도록 허락해 주신다면, 이 모든 걸 다 얻을 수 있습니다."

꽉 쥔 주먹에 시선을 고정한 채로 앉아 있던 틴츄가 고개를 들었다.

"상원 의원님, 우리는 가난하지 않습니다."

틴츄는 침착하게 이야기했다.

"진정 중요한 것들에 있어서 우리는 가난하지 않습니다. 우리는 깨끗한 물을 마시고, 맑은 공기를 마십니다. 이 땅의 영혼은 강인합니다. 우리는……."

'상원 의원'이라고 불린 남자는 짜증 섞인 콧방귀를 뀌고는, 마치 파리를 쫓는 것처럼 손안에 가득 쥐고 있던 종이 뭉치를 휘둘렀다. 어주락은 이제 그 납작얼굴이 친절해 보인다는 생각은 전혀 들지 않았다.

"우리는 마음이 부유합니다."

틴츄가 방문객들의 반응을 무시한 채 말을 이었다.

"아무리 석유 회사라 할지라도 그것에 가격을 매길 수는 없습니다."

"잠시만요."

벽에 기대어 서 있던 젊은 남자 하나가 앞으로 나섰다.

"당신은 우리 모두를 대표해서 말하는 게 아니에요, 틴츄. 여기서 생계를 꾸리는 것은 꽤 힘든 일인 게 사실이에요. 그리고 우리 모두가 남은 생을 힘들게 살아가고 싶어 하는 것은 아닙니다."

"그 말이 맞아요."

맞은편에 있던 다른 젊은 남자가 일어서며 말했다.

"그리고 상원 의원님의 말씀도 맞습니다. 우리는 먹여 살려야 할 가족이 있어요. 나는 동부에 있는 석유 회사에서 일했었는데, 그곳에서의 삶이 지금보다 더 나았습니다."

"그렇다면 왜 돌아온 거야?"

누군가가 소리쳤다.

"저 사람이 왜 돌아왔는지 알잖아. 부모님을 모시려고 돌아온 거야."

다른 마을 사람이 짜증 섞인 목소리로 대답했다.

방 안 여기저기에서 의견이 쏟아지는 바람에 어주락은 마지막 몇 마디는 알아듣지 못했다. 누군가가 소리쳤다.

"자리에 앉아요!"

"우리에게는 발언할 권리가 있습니다!"

첫 번째 젊은이가 항의했다. 성난 목소리들이 점점 커지자, 어주락은 어둠 속으로 몸을 움츠렸다.

'싸움이 벌어지면 어쩌지? 혹시 불막대기를 꺼낼까?'

웅성거리는 소리가 점점 커졌고, 어주락은 납작얼굴들이 도대체 무슨 말을 하고 있는지 종잡을 수가 없었다. 하지만 분노와 두려움이 뒤섞인 흥분의 냄새는 분명히 맡을 수 있었다.

어주락은 마을 사람들의 언쟁을 듣고 있던 검은 옷을 입은 세 남자의 조바심이 점점 커지는 것을 느낄 수 있었다. 상원 의원이 다시 입을 열었지만, 또 한바탕 열기가 휩쓸고 지나가는 바람에 그 말을 놓쳤다. 어주락은 무릎에 힘이 빠졌고, 넘어지지 않기 위해서 벽에 등을 기댔다.

"당신은 위선자야!"

단상에 있던 마을 주민 여자가 벌떡 일어나 상원 의원과 마주 섰다. 그 여자는 상원 의원의 어깨에 머리가 겨우 닿을 정도였지만, 분노에 찬 눈빛으로 상원 의원을 노려봤다. 어주락은 토클로에게 맞서던 루사를 떠올렸다. 상원 의원은 마을 사람 중 누군가가 그렇게 맹렬하게 자신을 비난할 거라고는 예상하지 못한 듯 깜짝 놀란 표정을 지었다.

틴츄가 다른 사람들보다 더 침착하게 이야기했다.

"우리의 땅 밑에 묻혀 있는 석유는 영원한 게 아닙니다. 석유가 고갈되면 우리에게 무슨 일이 벌어질까요? 순록이 더 이상 우리 마을을 지나가지 않으면 우리는 무엇을 먹고 살아야 할까요? 우리의 전통과 생활 방식은 모조리 잊히고 말 겁니다."

"당신이 부족 전체를 대변하는 건 아닐 텐데요."

상원 의원이 말했다.

"시대가 바뀌었습니다."

틴츄는 고개를 저었다.

"내가 우리 부족 전체를 대변한다고 주장하는 게 아닙니다. 이곳에 있는 우리 한 명 한 명은 모두 자신의 목소리를 지니고 있고, 우리는 그 목소리를 들을 것입니다. 우리는 투표로 결정하겠습니다."

틴츄는 차분하게 말을 이어 갔다.

"석유 회사가 우리 땅을 개발하는 데 찬성하는 분은 손을 드십시오."

한동안 아무도 움직이지 않았다. 그리고 나서 석유에 대해 호의적으로 말했던 젊은 남자들이 다른 마을 주민 몇몇과 함께 손을 들었다. 그들은 자신들의 견해에 동의하는 이들이 얼마 없다는 것을 깨달은 듯 죄책감에 사로잡힌 눈으로 서로를 쳐다보았다.

틴츄가 고개를 끄덕였다.

"이번에는 석유 회사가 이곳으로 오는 걸 반대하는 분 손드십시오."

마치 이 방 안에서 숲이 싹을 틔우는 것처럼 마을 주민 대부분이 손을 들었다.

"이걸로 충분한 것 같군요."

틴츄가 낯선 사람들에게 말했다.

상원 의원의 입꼬리가 뒤틀리며 단단히 굳어졌다.

"이럴 줄 알았어. 당신들이 얼마나 고집이 센지 잘 알지. 전에 구멍을 뚫는 것조차 허락하지 않았으니까, 또다시 거절하는 것도 그다지 놀랍지는 않군. 미안하지만, 우리에게 이용할 권리를 주지 않는다면 우리가 가져가는 수밖에 없어요."

어주락은 주위에 있던 마을 주민들이 충격을 받아 몸이 굳어지는 것을 느낄 수 있었다.

틴츄의 눈썹이 치켜 올라갔다.

"그게 무슨 뜻입니까?"

"우리는 석유 때문에 이곳에 왔습니다. 그리고 우리는 석유를 가질 겁니다. 나라 전체의 이익이 걸려 있으니까요."

어주락은 마음속에서 공포가 밀려오는 것을 느꼈다. 최후의 위대한 황야는 더 이상 안전하지 않았다. 마을 사람들이 어떤 대책을 세우

더라도 자신들은 그것을 파괴할 힘을 가지고 있다고 이 납작얼굴들은
확신하고 있었다.

"야생을 지켜라!"

어주락이 쉰 목소리로 외쳤지만, 납작얼굴 중 누구도 그 말에 귀 기
울이지 않았다. 마을 주민들이 벌떡 일어나 단상에 있는 사람들에게
주먹을 흔들어 댔다.

"당신들은 그렇게 할 수 없을 거요!"

"이 땅은 우리 것이다!"

"이곳에서 당장 꺼져! 다시는 돌아오지 마!"

남자들은 항의하는 소리들을 그저 무시했다. 상원 의원은 종이 뭉치
를 네모난 주머니에 쑤셔 넣더니 다른 둘에게 자신을 따라 굴에서 나
가자고 손짓했다.

방문객들이 문을 향해 우르르 몰려갈 때, 어주락은 구석으로 몸을
숨겼다. 하지만 그곳에는 제대로 숨을 만한 곳이 없었다. 상원 의원이
멈춰 서더니 놀란 눈으로 어주락을 바라보았다. 차가운 회색 눈동자가
부드러워졌다.

"이 친구는 누굽니까?"

상원 의원이 어주락을 가리키며 물었다.

마을 주민 모두가 쳐다보자 어주락은 움찔했다.

"모르겠어요. 한 번도 본 적 없는 아이군요."

기러기의 영혼을 가진 여자가 목을 길게 빼고 어주락을 유심히 살
펴보며 대답했다.

틴츄가 군중을 뚫고 다가와 어주락의 어깨에 손을 올렸고, 어주락은

그제야 마음을 놓았다.

"정신을 잃은 채 문 앞에 쓰러져 있던 소년을 내가 발견했습니다."

틴츄가 낯선 이들에게 말했다.

"내가 상처를 치료했고, 점점 좋아지는 중입니다. 이제 다시 데려가서 쉬게 해야겠습니다."

틴츄가 어주락을 문 쪽으로 밀고 갔지만, 상원 의원이 틴츄를 옆으로 밀어냈다.

"이건 정말 끔찍하군요!"

상원 의원이 소리쳤다.

"이 소년은 지금 몹시 아픈 상태입니다. 보기만 해도 알 수 있습니다. 지금 당장 긴급한 치료가 필요합니다."

"이 아이는 필요한 모든 치료를 받고 있습니다."

틴츄의 목소리는 날이 서 있었다.

상원 의원이 한숨을 내쉬었다.

"내 말은, 당신에게는 없는 현대 의학 시설을 말하는 겁니다."

상원 의원이 앞으로 다가와 어주락을 번쩍 들어 올렸다. 어주락은 공포에 질려 비명을 질렀다. 틴츄가 재빨리 상원 의원의 팔을 잡았지만, 다른 남자가 치료사를 밀어냈다.

"이 소년이 필요한 도움을 받는지 제가 곁에서 지켜보겠습니다."

상원 의원은 한쪽 어깨로 문을 밀어젖히고 어주락을 밖으로 데리고 나갔다.

"나머지 분들에게 말씀드리죠. 여러분, 이제 깨어나서 현실을 마주할 시간입니다."

18
잡혀간 어주락

루사는 바위 뒤에서 다시 한 번 고개를 내밀었다.

"정말 끔찍할 정도로 오래 있네…… 저 안에서 말이야."

루사는 훌쩍이며 말했다.

"어주락이 무사해야 할 텐데."

어깨 너머로 보이는 칼릭의 눈동자에 불안에 떨고 있는 자신의 모습이 비쳤다.

"어주락을 납작얼굴에게 데려가지 말았어야 했는지도 몰라."

"안 그랬으면 어주락은 지금쯤 죽었을 거야."

루사는 적어도 그 점에 대해서는 확신했다.

"어주락이 이곳에 사는 납작얼굴들을 두려워할 필요가 없다는 건 알아. 내가 걱정하는 건 새로 온 납작얼굴들이야."

루사는 금속 새의 끔찍한 냄새에 코를 찡그렸다. 매끈한 검은색 가죽을 몸에 두른 낯선 방문객 셋을 떠올릴 때마다 몸이 떨려 왔다.

"가서 벽 틈으로 안을 들여다볼까?"

칼릭이 커다란 굴 쪽으로 고개를 휙 돌리며 제안했다.

루사도 솔깃했지만, 굴 안에 너무 많은 납작얼굴들이 있어서 눈에 띌 게 분명했다.

"그것보다는……."

쾅 소리가 루사의 말을 끊으며 울려 퍼졌다. 굴에 달려 있던 문이 활짝 열리며 바깥쪽 벽에 세게 부딪혔다. 그리고 납작얼굴 방문객 셋이 밖으로 성큼성큼 걸어 나왔다. 그중 하나가 어주락을 앞발로 안고 있는 것을 보고 루사는 치솟는 두려움에 속이 울렁거렸다.

어주락은 납작얼굴의 가느다란 목소리로 뭐라고 외치면서 힘겹게 발버둥 치고 있었다. 루사는 어주락이 무슨 말을 하는지 알 수 없었다. 그러다가 어주락의 눈길이 루사와 칼릭에게 향했고, 친구들을 향해 한쪽 앞다리를 뻗었다.

"루사! 칼릭! 도와줘!"

"어주락이 우리를 부르고 있어!"

루사는 소리쳤다.

"놈들이 어주락을 데려가려는 게 틀림없어. 칼릭, 어주락을 다시는 볼 수 없을지도 몰라!"

루사는 이제 납작얼굴의 눈에 띄는 것도 신경 쓰지 않았다. 숨어 있던 바위 뒤에서 뛰쳐나가 사납게 울부짖으며 납작얼굴들을 향해 돌진했다.

"멈춰! 어주락을 데려가지 마! 놔두라고!"

납작얼굴들은 공포에 질린 얼굴로 루사를 쳐다보더니, 금속 새를 향해 달려갔다.

"멈추라고! 어주락은 우리 친구야!"

루사는 다시 소리쳤다.

납작얼굴들은 루사를 무시했다. 그들은 금속 새에게 달려가 그 위에 올라타더니, 어주락을 함께 태웠다. 금속 새는 불꽃야수처럼 큰 소리로 으르렁거렸다. 등에 달린 금속 날개가 쉭쉭 소리를 내며 돌아가기 시작했다. 금속 새가 천천히 공중으로 떠오르자, 날개가 일으킨 바람이 루사를 휩쓸고 지나가며 털을 마구 흩날렸다.

루사는 있는 힘을 다해 금속 새의 뒤를 쫓았다.

"돌아와! 돌아오란 말이야!"

루사의 외침은 금속 새의 날개가 내는 덜커덕거리는 소리에 묻혀 버렸다.

"어주락은 우리 친구야!"

금속 새가 하늘 높이 떠오르자 뒤에서 고함치는 소리가 들렸다. 루사는 마을 사람들이 커다란 굴에서 쏟아져 나와 자신을 둘러싸고 있다는 걸 알게 됐다. 마치 소음과 납작얼굴의 냄새에 갇힌 것 같았다. 공포가 머리끝까지 차오른 루사는 으르렁거리기 시작했다.

"물러서! 날 내버려두라고!"

루사는 사납게 으르렁거리며 앞발을 휘둘렀다. 납작얼굴들이 겁을 집어먹고 물러서기를 바랐다.

그때 납작얼굴들 사이에서 경고의 외침이 터져 나왔다. 루사는 칼릭이 부르는 소리를 들을 수 있었다.

"루사! 루사!"

하지만 몰려든 납작얼굴들 때문에 친구를 볼 수가 없었다.

루사는 탈출할 통로를 찾아 필사적으로 두리번거렸다. 그러던 중에 어주락을 도와준 치료사를 알아보았다. 치료사는 다른 납작얼굴들을 헤치고 앞으로 나오며 틈을 벌려 주었다. 그 틈을 뚫고 나간 루사는 바위 근처에서 기다리고 있는 칼릭을 발견했다.

"서둘러! 어서 이곳을 떠나야 해!"

흰곰이 소리쳤다.

친구를 향해 달려가던 루사는 다시 한 번 금속 새를 확인했다. 금속 새는 산비탈을 넘어 해안선과 나란히 뻗어 있는 산등성이를 따라 날아가며 점점 작아지고 있었다. 루사는 금속 새를 쫓아 정신없이 달려갔다. 토클로를 찾으러 곰터를 떠났지만 이미 토클로를 잃었고, 이제는 어주락마저 잃기 직전이었다. 루사는 숲속에서 홀로 야생 곰으로 살아가는 삶을 상상해 보긴 했지만, 그게 무엇을 의미하는지 진지하게 고민해 본 적은 없다는 것을 깨달았다. 지금 이 순간 확실히 알 수 있는 것은, 친구를 잃고 싶지 않다는 것뿐이었다. 루사의 심장이 두려움으로 쿵쾅쿵쾅 뛰었다.

"서둘러, 칼릭. 저들을 쫓아가야 해."

루사는 애원했다. 그리고 칼릭의 대답을 기다리지도 않고 서둘러 계곡을 가로질러 비탈을 뛰어 올라가기 시작했다. 금속 새를 절대 시야에서 놓치지 않기로 결심하고, 끊어질 듯 숨을 헐떡이면서도 쉬지 않고 달려 가파른 비탈을 꾸역꾸역 올라갔다.

"루사! 속도를 줄여! 소용없는 일이야!"

뒤따라오던 칼릭이 소리쳤다.

근육이 비명을 질러 대고 발은 온통 거친 바닥에 쓸리면서도 루사는 온 힘을 다해 산비탈을 올라갔다. 금속 새는 아직 루사 앞에 있었다. 루사는 협곡 안쪽으로 뛰어들었다가 바위와 무성한 덤불을 이리저리 피하며 반대쪽 비탈을 오르기 시작했다. 뒤에서 칼릭이 힘겹게 따라오는 소리를 들을 수 있었다.

가쁜 숨을 몰아쉬며 잠시 멈춰 선 루사는 점점 희미해지는 금속 새를 바라보았다. 그 모든 노력에도 불구하고 어주락은 점점 멀어져 갔다.

"안 돼!"

루사는 목이 메었다.

다시 산비탈을 오르기 시작한 루사는 낮은 관목들을 지나 꼭대기에서 얼마 떨어지지 않은 고원에 이를 때까지 계속 달려 올라갔다. 이제 금속 새는 구름 사이에 찍힌 작은 점처럼 보였다. 새들이 무리를 지어 루사의 시야를 가로지르며 날아갔다. 다시 시야가 트였을 땐 그 작은 점마저 사라져 버렸다.

"가 버렸어!"

루사는 바닥에 털썩 주저앉으며 울부짖었다.

"우린 어주락을 잃었어! 오, 칼릭! 이렇게 끝나면 안 돼!"

칼릭이 루사 옆으로 쓰러지듯 주저앉았다. 턱 끝까지 차오른 숨 때문에 가슴이 들썩거렸다. 칼릭은 너무 지친 나머지 말을 할 기운도 없어 보였다. 루사는 칼릭의 눈에서 체념의 빛을 볼 수 있었다.

'나는 실패했어! 실패했다고!'

루사는 흐느껴 울고 싶었다.

'어제까지만 해도 우린 넷이었어. 그런데 지금은 둘뿐이야.'

19

수수께끼의 젊은이

어주락은 금속 새의 뱃속에 있는 침대같이 생긴 것에 등을 대고 누웠다. 금속 새가 하늘로 날아오르자 속이 울렁거렸다. 다시 루사를 부르려고 했지만 목이 여전히 아팠고, 목소리는 루사에게 닿기에는 너무 약했다.

'이제 루사와 칼릭은 어떻게 될까? 마을 사람들이 둘을 해치려고 할까? 토클로는 어디 있는 거지?'

어주락은 일어나 앉아 금속 새의 창문 밖으로 내다보려 했지만, 너무 어지러워서 몸을 똑바로 세울 수가 없었다. 목구멍은 불이 붙은 것처럼 화끈거렸고, 피부 위로는 개미들이 스멀스멀 기어다니는 것 같았다.

팔 하나가 어깨를 감싸 몸을 들어 올려 주었다. 어주락은 상원 의원이 옆에 앉아 있는 것을 알아차리고, 비명을 지르며 몸을 움츠렸다.

'커다란 굴에서 마을 사람들과 이야기할 때처럼 소리를 지르려는 걸까?'

하지만 상원 의원이 입을 열었을 때 목소리는 부드러웠다.

"진정해, 젊은이. 곧 괜찮아질 거야. 여기 이걸 좀 마셔 봐."

상원 의원이 어주락의 입가에 물병을 대 주었다. 차가운 액체를 꿀꺽꿀꺽 마시자 목구멍에서 타오르던 불길이 조금은 사그라지는 것 같았다.

상원 의원의 어깨에 기대앉은 채로 어주락은 겨우 창문 밖을 볼 수 있었지만, 보이는 것은 구름과 하늘뿐이었다. 루사와 칼릭은 분명 저 멀리 뒤처져서 마을에 남아 있을 거라는 걸 깨달았다.

"이제 편히 누우렴."

어주락이 물을 다 마시자 상원 의원이 말했다. 그리고 어주락을 뒤로 살며시 밀어 다시 의자에 몸을 눕힐 수 있게 도와주었다. 그러고 나서 담요로 어주락의 몸을 단단히 감싸 준 뒤 머리 밑에 작은 베개를 받쳐 주었다.

"자, 다 됐다."

금속 새가 공중에서 위아래로 흔들리자 속이 울렁거렸다. 어주락은 틴츄가 준 세 개의 곰 조각을 더듬더듬 찾아내서 손에 꽉 쥐었다. 연약한 손가락에 조각의 모서리가 단단하게 느껴졌다.

'나는 곰이야!'

어주락은 밀려오는 공포를 억누르며 생각을 이어 갔다.

'곰은 날지 않아…… 곰은 날지 않아……. 다른 곰들이 나를 어떻게 찾을 수 있지?'

기러기나 독수리로 변했을 때, 이유는 모르겠지만 언제나 땅이 잡아끄는 힘을 느꼈다. 하지만 금속 새 안에서는 그 힘을 느낄 수 없었다.

'금속 새가 다시 땅으로 내려가지 않으면 어쩌지?'

어주락은 차츰 두려움을 다스리기 시작했다. 금속 새는 이미 한 번 땅에 내려앉았다. 그리고 조만간 반드시 다시 땅에 내려앉을 것이다.

'정신 똑바로 차리고 있어야 해. 그래야 도망칠 기회가 생겼을 때 바로 도망칠 수 있으니까.'

주위를 둘러보니 상원 의원과 함께 큰 굴로 들어갔던 납작얼굴 둘이 자신의 바로 뒤, 금속 새의 뒤쪽 부분에 앉아 있었다. 앞자리에도 다른 납작얼굴 둘이 더 있었다. 그들은 두툼한 밝은색 가죽을 걸치고 있었고 머리에는 단단한 검은색 물체가 튀어나와 있었다. 그들은 계속 손을 뻗어 앞쪽에 있는 무언가를 눌러 댔고, 불빛이 깜빡거리는 금속 새의 앞부분에 불룩 나온 반짝이는 부분을 밀고 당겼다.

"좀 쉬도록 해."

상원 의원이 말했다.

어주락은 금속 새의 몸속 깊은 곳에서 흘러나오는 으르렁대는 소리와 머리 위의 날개가 규칙적으로 돌아가는 소리를 들을 수 있었다. 전에도 갈매기와 기러기 심지어 독수리로도 변해서 하늘을 날아 봤지만, 지금 느끼는 감각은 완전히 새로웠다. 몸을 감싸는 바람을 전혀 느낄 수 없었고, 하늘을 나는 데 필요한 어떤 움직임도 할 필요가 없었다. 급강하도, 활공도 할 필요 없고 공기의 흐름을 찾을 필요도, 그 흐름이 자신을 더 높이 띄울 수 있도록 몸을 기울일 필요도 없었다.

대신, 주변의 모든 것이 고요했다. 어주락은 이 금속 새가 하늘 높이 날거나, 산을 넘거나, 혹은 바다를 건너는 장면을 상상해 보려고 애썼다. 금속 새가 불꽃야수와 마찬가지로 정말로 살아 있는 건 아니라고 짐작했지만, 불꽃야수가 검은길에서 솟아올라 공중을 날아가는 것은 본 적이 없었다.

'나를 어디로 데려가는 걸까?'

상원 의원이 앞에 있던 납작얼굴들과 이야기하기 위해 몸을 앞으로 숙였다.

"의료 센터에 우리가 가는 중이라는 걸 알리는 게 좋겠어."

두 남자 중 하나가 뒤를 돌아보며 엄지를 위로 향하게 한 채 상원 의원에게 손을 들어 보였다. 그러고 나서 뭐라고 말을 하기 시작했지만, 너무 조용히 말해서 어주락은 알아들을 수 없었다. 또 다른 목소리도 말을 하기 시작했는데, 지직거리고 멀리서 들리는 것 같았다.

어주락은 그 목소리가 어디서 나오는지 보려고 몸을 앞으로 숙였다. 하지만 금속 새의 앞부분에는 아무도 숨어 있지 않았다. 아무도 없는 곳에서 목소리가 들려왔지만, 납작얼굴들은 아무도 이상하게 생각하지 않았다.

상원 의원이 미소를 지으며 어주락을 내려다보았다.

"젊은이, 이름이 어떻게 되지?"

상원 의원이 물었다.

"어주락."

"어디 출신이지?"

어주락은 상원 의원을 빤히 쳐다보았다. 이 질문에 대해 상원 의원이 납득할 수 있을 만한 어떠한 대답도 할 수 없었다.

이제 상원 의원은 어리둥절한 표정을 짓고 있었다.

"부모님은 어디 사시니? 어머니와 아버지 말이야."

자신이 옳은 대답을 하는지 확신할 순 없었지만, 적어도 어주락은 그 질문이 무슨 뜻인지는 이해했다.

"죽은 것 같아요."

"부모님이 안 계신다고?"

상원 의원이 머리를 긁적거렸다.

"너는 미국 사람이니?"

상원 의원이 다시 물었다.

"말투가 미국인 같지 않아서 말이야."

이 질문도 어주락이 이해하지 못하는 것이었다. 어주락은 다시 말이 없어졌다.

상원 의원은 미소를 지으며 고개를 설레설레 저었다.

"정말 수수께끼 같은 젊은이로군."

상원 의원은 계속 말을 이었다.

"몸이 아프고, 부모님은 안 계시고, 그런데도 전혀 무서워하지 않아, 그렇지? 조금도 겁먹지 않았어."

상원 의원은 다시 고개를 저으며 어주락에게서 시선을 돌렸다.

"무슨 애가……."

상원 의원이 중얼거렸다.

그 말이 끝나자마자, 금속 새가 아래로 내려가기 시작했다. 으르렁 거리는 소리가 조금 다르게 변했다.

"어디로 가는 거예요?"

어주락은 잔뜩 쉰 목소리로 물었다.

"우리가 널 고쳐 주려고 하는 거야."

상원 의원이 다시 미소를 지으며 말했다.

'그건 대답이 아니야.'

어주락은 생각했다. 금속 새가 빠르게 땅으로 내려앉는 동안 어주락은 창밖으로 높고 하얀 건물들을 볼 수 있었다. 얼마 지나지 않아 금속 새가 땅에 내려앉는 충격이 전해졌다.

'그래, 도착했어. 여기가 어디든 간에.'

20

새 영역의 침입자

토클로는 시원한 솔잎이 깔려 있는 숲길을 걸어갔다. 산들바람이 불어와 나무 꼭대기를 살랑살랑 흔들고, 저 멀리 어디쯤에서 냇물이 졸졸졸 흘러가는 소리가 들려왔다. 토클로는 신선한 숲의 향기가 가득한 공기를 깊이 들이마셨다가 만족스럽게 긴 한숨을 내뱉었다.

'이런 곳이 바로 곰이 있어야 하는 곳이야.'

어디로 갈지 방향도 정하지 않고 걸어가면서 토클로는 혼자라는 느낌을 즐겼다. 더 이상 루사의 재잘거림을 들을 필요가 없었다. 또 어디로 가야 할지 알려 줄 징조를 찾는답시고 어주락이 돌멩이를 살펴보는 동안 기다리고 있을 필요도 없었다. 칼릭의 눈을 들여다보며 흰곰이 고대하는 그 공허하고 얼음만 가득한 황야를 흘끔거릴 필요도 물론 없었다.

그 대신 토클로는 자신만의 영역을 개척하는 일에 몰두했다. 나무에 다른 갈색곰이 새겨 둔 흔적이 있는지 계속해서 주의 깊게 살폈지만,

184

할퀸 자국은 전혀 보이지 않았다. 토클로는 덤불에서 열매를 따 먹으며 생각을 이어 갔다.

'적당한 장소를 찾기만 하면 곧장 내 발톱 자국을 새겨야겠어.'

숲속으로 깊이 들어갈수록 탐험을 하고 있다는 느낌은 점차 사라졌다. 대신 주변이 묘하게 친숙하다는 느낌이 들었다.

'바로 이거야!'

토클로는 놀라워하며 걸음을 멈췄다.

'꼭 집에 돌아온 느낌이 들잖아.'

"머리에 솜털이라도 들어간 거야, 뭐야?"

편안함과 안정감이 온몸을 타고 흐르는데도 토클로는 혼잣말을 중얼거렸다. 엄마와 토비와 함께 너무나도 많은 곳을 옮겨 다녔기 때문에 예전에는 집에 있다는 느낌을 받아 본 적이 없었다. 토클로의 가족은 언제나 길 위에 있었다. 다른 곰들은 토클로의 가족이 자신의 영역에 들어오는 것을 원치 않았기 때문에, 덩치 큰 곰들에게 위협받지 않을 장소를 찾아 언제나 이 굴에서 저 굴로 쉼 없이 움직여야만 했다.

이곳은 토클로가 오랫동안 머물렀던 그 어떤 곳보다 더 친숙하고 마음이 놓이는 장소였다.

'저 덤불…… 기억나.'

토클로는 어둡고 광택이 나는 울창한 관목 옆을 느릿느릿 지나가며 생각했다.

'엄마가 저건 먹으면 안 된다고 알려 줬지.'

머리 위 나뭇가지에서 새가 총총거리며 뛰어다니는 소리에 토클로는 귀를 쫑긋거렸다.

"저기 저 새를 보렴, 토클로. 저건 나무 아래에 즙이 많은 애벌레가 있다는 뜻이야."

머릿속에서 엄마의 목소리가 들려오는 것 같았다.

토클로는 나무로 다가가 냄새를 맡으며 바닥에 어지럽게 흩어진 나무껍질과 잔가지를 뒤집어엎었다. 얼마 지나지 않아 밝은 빛 속에서 꿈틀대고 있는 하얗고 통통한 애벌레가 잔뜩 드러났다. 토클로는 그것들을 혀로 핥아서 입에 넣고 씹어 먹었다.

'정말 맛있다!'

조금 멀리서 졸졸 흐르는 개울물 소리가 들렸다. 토클로는 툭 튀어나온 회색 바위 위에 서서 토탄 때문에 갈색으로 변한 물을 내려다보았다. 엄마가 자신과 동생에게 녹색 이끼가 낀 바위 위에는 올라서지 말라고 가르쳤던 게 기억났다.

'그런 바위는 너무 미끄러워서 넘어질 수도 있다고 했지.'

토클로는 물을 마신 뒤 개울을 뛰어넘어 계속해서 앞으로 나아갔다. 이제 머릿속은 추억으로 가득 찼다. 근육이 늘었다 줄었다 하는 격렬한 움직임 가운데 느껴지는 순수한 즐거움과, 털 사이로 파고드는 바람의 감각을 한껏 느끼며 달리기 시작했다.

덤불이 털가죽을 가볍게 때리고, 숲의 노래가 귓속을 가득 채웠다. 마치 곰 두 마리가 곁에서 함께 달리는 것 같았다. 하나는 커다랗고, 하나는 훨씬 작은…….

'엄마! 토비! 나 집에 왔어요!'

새 한 마리가 토클로의 발치에서 날아올라 나뭇가지 위에 앉더니, 토클로를 향해 불만스럽게 짹짹거렸다. 토클로는 급히 걸음을 멈추고 숨을 헐떡이며, 혹시라도 다른 곰들이 자신의 바보 같은 행동을 보지는 않았는지 이쪽저쪽을 살폈다.

'엄마와 토비는 죽었어. 이젠 나뿐이야.'

토클로는 깊은 한숨을 내쉬며 발톱으로 땅을 움켜쥐었다.

'난 괜찮아⋯⋯. 혼자 있는 게 좋아.'

지금까지 숲에서 본 모든 것이 만족스러웠다. 연어를 잡을 수 있는 큰 강은 아직 찾지 못했지만, 물을 마실 수 있는 개울이 있고 먹잇감의 흔적도 무수히 많았다. 땅다람쥐 냄새를 맡은 토클로는 살이 통통하게 올랐을 먹잇감 생각에 입이 침으로 흥건해졌다.

산중턱에 있는 작은 공터에 들어섰을 때, 나무 위에서 탕탕탕탕 두드리는 소리가 들려왔다. 조심스레 하늘로 눈길을 돌린 토클로는 나무 위를 스치듯 날아가는 금속 새를 발견하고 온몸의 털이 쭈뼛 곤두섰다. 금속 새의 소리가 잦아들고 숲이 다시 평화를 되찾고 나서야 긴장을 풀 수 있었다. 금속 새에 대한 생각을 머릿속에서 훌훌 털어 버린 뒤 풀이 무성한 초원을 둘러싸고 있는 숲을 바라보았다.

'이 모든 게 내 영역이 될 수도 있어, 내 집이.'

생각에 빠져 있던 토클로는 뒤에서 들려오는 귀에 거슬리는 울음소리에 깜짝 놀라 정신을 차렸다. 몸을 돌리자 몇 곰 길이 떨어진 곳에서 딱따구리 한 마리가 나무줄기에 매달려 있었다. 연한 색 머리와 알록달록한 깃털이 거친 나무껍질 위에서 또렷하게 눈에 띄었다.

"어⋯⋯ 안녕?"

토클로는 새에게 말을 거는 것이 좀 부끄럽다는 생각이 들어 쭈뼛쭈뼛 말했다.

"네가 내 영역 안에 있다는 걸 알고 있어?"

"삐애액!"

딱따구리가 대답했다.

"내 생각엔 네가 그 사실을 모르거나, 아니면 아예 신경 쓰지 않는 것 같은데……."

토클로는 천천히 말을 이었다.

"하지만 그게 사실이야."

굶주림과 고난의 연속이었던 여러 달 동안의 힘든 여정을 거쳐, 토클로는 마침내 진정한 갈색곰이 될 수 있는 이곳까지 왔다.

"흑곰도 아니고, 흰곰도 아니야."

토클로는 계속해서 새에게 알려 주었다.

"갈색곰. 그게 바로 내 운명이야."

"삐애액!"

딱따구리가 대답했다.

거친 울음소리가 잦아들자, 주위를 둘러싼 숲이 여전히 자라고 있는 느낌이 들었다. 침묵 속에서, 짜릿한 전율이 온몸을 훑고 지나갔다.

'숲은 정말 거대해. 탐험하려면 오랜 시간이 걸릴 거야…….'

"하지만 괜찮아. 난 시간이 많으니까."

토클로는 자신감 있게 들리려고 애쓰며 일부러 큰 소리로 말했다.

가장 먼저 굴을 만들어야 한다는 걸 깨달았다. 덤불 밑이나 바위 근처처럼 잠시 쉴 수 있는 곳이 아니라 적당한 굴을 만들어야 했다. 엄마가 가족을 위해 굴을 만들 때 어떤 일을 했는지 떠올려 보려고 애썼다. 토비가 딱정벌레를 쫓아다녀도 된다고 허락받고 실컷 노는 동안, 토클로는 엄마 곁에서 뭘 해야 하는지 배워야만 했다. 그때는 그게 너무나 원망스러웠는데…….

엄마와 동생에게 화가 나 있었던 토클로는 그다지 주의를 기울여 배우지 않았다. 그 당시에는 엄마가 그렇게 빨리 자신을 떠날 거라고는 상상도 하지 못했다.

'엄마가 일부러 그런 건 아니었어. 엄마는 나를 사랑했어. 루사가 그렇게 말했어.'

토클로는 토비가 자신만의 굴을 만들 때까지 살지 못할 거라는 사실을 엄마가 그때도 알고 있었는지 궁금했다. 온몸을 힘껏 털며, 토클로는 자신이 굴을 만드는 방법을 알고 있다는 것을 깨달았다. 토비의 즐거운 비명에 온통 정신이 팔려 마지못해 귀를 기울이긴 했지만, 그럼에도 엄마가 가르쳐 준 내용을 다 듣고 있었다.

토클로는 공터 한쪽에 있는 나무뿌리 주위를 킁킁거리며 냄새를 맡았다. 딱따구리는 고개를 삐딱하게 기울인 채 그 모습을 지켜보았다.

'이 나무는 적당하지 않아.'

토클로는 생각했다.

'엄마는 추운 계절에도 잎을 떨구지 않는 나무를 찾으라고 했어. 그래야 비와 눈을 피할 수 있다고 했지.'

토클로는 경사진 개울둑을 따라 숲속으로 몇 곰 길이를 더 들어갔다. 그곳에는 잎이 어둡고 뾰족한 소나무가 줄지어 있었다. 딱따구리는 마치 토클로가 뭘 하려는지 보고 싶은 듯 토클로의 뒤를 쫓아 쏜살같이 날아왔다.

'여기가 좋겠는데.'

토클로는 결정을 내렸다.

'개울 근처에 덤불이 있어서 사냥하기 좋을 거야. 어쩌면 공터에 산양이 있을지도 몰라.'

비가 많이 내리면 개울물이 불어나 굴 안으로 넘칠 수 있다는 걸 알기 때문에, 비탈 아래쪽 나무는 제외했다. 좀 더 위쪽에서 굵고 튼실한 나무를 찾아냈지만, 뿌리가 너무 심하게 엉켜 있어서 충분한 크기의 구멍을 만들 수 없을 것 같았다. 마침내 토클로는 비탈 꼭대기 근처에서 완벽한 나무를 찾아냈다. 땅에 닿을 듯 낮게 자란 가지가 안락한 공간을 만들어 주고 있었다. 토클로는 불어오는 바람을 피할 수 있는 곳은 어디인지, 그리고 낮 동안 따뜻한 햇볕을 가장 많이 받을 수 있는 곳은 어디인지 알아내기 위해 나무 주위를 돌아다녔다.

'고려해야 할 게 너무 많아! 하지만 괜찮아, 굴을 만드는 거야말로 곰이 하는 일이니까.'

여전히 딱따구리가 지켜보는 가운데 토클로는 땅을 파기 시작했다. 발톱에 힘을 줘서 나무뿌리와 딱딱하게 굳은 땅을 억지로 뚫는 일이 어찌나 힘든지 토클로는 깜짝 놀랐다.

'엄마는 커다란 발과 날카로운 발톱으로 아주 쉽게 파는 것처럼 보였었는데……. 내 발톱은 너무 무뎌.'

토클로는 파던 구멍에서 물러나 자기 발톱을 살펴보았다.

'엄마는 종종 사슴이 껍질을 벗겨 놓은 나무에 대고 발톱을 날카롭게 갈곤 했는데. 나도 그렇게 해 보는 게 좋을 것 같아.'

토클로는 길을 나섰다. 숲속으로 여러 곰 길이를 들어간 끝에, 껍질이 벗겨져서 그 아래로 회색빛 줄기를 드러낸 나무를 찾아냈다. 토클로는 할 수 있는 한 가장 높은 곳까지 앞발을 쭉 뻗은 뒤, 발이 쓸리고 발톱이 쑤실 때까지 긁고 또 긁었다.

"꼭 필요한 일이었어."

토클로는 숨을 헐떡이며 중얼거렸다. 나무를 올려다보던 토클로는 어느새 발이 욱신거리는 것마저 잊어버렸다.

'내가 나무에 표시를 남겼어! 이제 이곳은 정말로 내 영역이야.'

발톱으로 할퀸 자국들을 살펴보는 동안, 우묵한 나뭇잎에 고이는 빗물처럼 자부심이 마음을 채웠다.

높은 곳에 있는 그 표시는 토클로가 얼마나 큰지 보여 주었고, 깊게 파인 모양은 발톱이 얼마나 강하고 날카로운지 알려 주고 있었다.

'이제는 그 어떤 곰도 나를 건드리지 못해!'

굴을 파던 장소로 돌아오는 길에 토클로는 나무 몇 그루에 추가로 표시를 남겼다. 물론 앞발이 닿을 수 있는 가장 높은 곳에. 딱따구리는 마치 토클로가 남긴 표시가 맘에 들지 않는다는 듯 성가시게 지저귀며 계속 토클로를 따라왔다.

"힘들다!"

토클로는 큰 소리로 말했다.

"이제 이곳이 내 영역이고 내 숲이야."

토클로는 골라 놓은 나무로 돌아와서 다시 땅을 파기 시작했다. 이제 처음보다 속도가 빨라졌지만, 여전히 고된 작업이었다. 다리는 아팠고, 발톱은 떨어져 나갈 것 같았다. 사방으로 흙이 쏟아져서 눈에는 눈물이 흐르고 털가죽은 근질거렸다.

어느덧 숲의 빛이 붉게 변하고 있다는 것을 깨달았다. 해가 지고 있

191

었다. 굴은 여전히 한 발 길이 정도밖에 파내지 못한 것 같았다.

'배고파!'

토클로는 구멍에서 나와 흙을 뱉으며 생각했다.

'땅 파는 일은 잠시 멈추고 먹잇감을 찾아봐야겠어.'

욱신거리는 발이 땅에 닿자 몸이 저절로 움찔했다. 토클로는 개울을 향해 휘청거리며 내려가, 바위에서 바위로 건너뛰며 작은 웅덩이를 찾았다.

물속으로 풍덩 뛰어들자 차가운 물이 기분 좋게 털을 씻어 주었다. 작은 은빛 형체들이 쏜살같이 멀어져 가는 게 보였다. 물 덕분에 생기를 되찾은 토클로는 와락 달려들어 발로 물고기를 내리쳤고, 물고기가 발바닥 밑에서 꿈틀대는 것을 느꼈다. 토클로는 개울에 주둥이를 찔러 넣어 물고기를 깨물어 삼켰다.

크기가 작은 물고기였지만, 입안에서 톡 터지는 강렬한 맛이 났다. 토클로는 웅덩이 속으로 더 깊숙이 들어가서, 물고기들이 전부 바위틈으로 숨어 버릴 때까지 계속해서 사냥을 했다.

결국 잔뜩 지친 토클로는 일어나 웅덩이 밖으로 나왔다. 그리고 다시 비탈을 올라가, 아직 완성되지 않은 자신의 굴에 몸을 웅크렸다. 만족감이 온몸을 휘감았다. 굴이 아직 완성되지 않았지만, 그건 아무래도 상관없었다. 이 굴은 자신의 영역 안에 있는 자신만의 굴이었고, 먹이도 직접 잡은 것이었다.

칼릭과 루사와 어주락이 곁에 없어서 추웠지만, 토클로는 쌀쌀한 밤바람을 피해 꿈틀거리며 구멍 깊숙이 파고들었고, 흙과 나무와 반쯤 드러난 나무뿌리의 익숙한 냄새 속에서 위안을 찾을 수 있었다. 얼마

지나지 않아 눈이 스스로 감기며 잠에 빠져들었다.

다음 날 아침, 토클로는 계속 땅을 파야겠다고 결심하고 굴에서 뛰쳐나왔다. 하지만 발이 너무 쑤셨고, 어깨 근육은 마치 불이 붙은 것처럼 화끈거렸다. 다시 흙을 긁어 내기 시작했을 때, 굴을 파는 게 훨씬 더 힘들어졌다는 것을 알 수 있었다. 계속해서 나무뿌리에 발이 부딪혔고, 주둥이를 구멍 속으로 밀어 넣어서 물어뜯어야 했다.

'정말 못 해 먹겠네!'

토클로는 길고 울퉁불퉁한 나무뿌리를 입으로 물고 나오며 생각했다. 나무뿌리를 내려놓고, 주둥이에 묻어 있는 흙을 털기 위해 발로 탁탁 두드렸다.

'잠시 쉬면서 주위를 좀 더 둘러봐야겠어.'

토클로는 산을 오르기 시작했다. 나무 사이로 스며든 아침 햇살이 털을 따뜻하게 덥혀 주었다. 얼마 지나지 않아 토클로는 사슴의 흔적을 찾아냈다. 냄새가 강하고 오래되지 않은 흔적이었다. 조금 더 올라가서는 땅다람쥐의 흔적을 찾아냈다.

산꼭대기에 도착하자 숲은 더 울창해졌다. 그곳의 나무들은 대부분 토클로가 굴을 만든 곳과 같은 짙은 색 소나무였다. 때때로 덤불을 헤치고 들어가 스스로 길을 만들어야 했다. 새가 지저귀는 소리가 가끔 들릴 뿐, 고요한 정적이 흐르고 있었다. 토클로는 어느새 자신이 딱따구리를 찾아 주위를 두리번거리고 있다는 걸 알아차렸다.

'이런 꿀벌 대가리! 새를 찾아서 뭘 하겠다고!'

토클로는 스스로를 꾸짖었다.

따뜻한 햇볕이 내리쬐는데도 공기 중에는 한기가 감돌았고, 발아래 볕이 들지 않는 땅에는 서리가 바스락거렸다. 갈증이 느껴져서 개울을 찾아보았지만 근처 어디에도 개울은 보이지 않았고 물이 흐르는 소리도 들을 수가 없었다.

'이 부분은 내 영역에 넣지 말아야지.'

토클로는 결심했다.

나무 몇 그루에 발톱 자국을 남긴 뒤 자신의 굴을 향해 방향을 돌려 산등성이를 따라 다른 길을 통해 내려왔다. 풀과 신선한 공기 냄새를 쫓아 걷다 보니 탁 트인 초원이 눈앞에 펼쳐졌다. 몇 곰 길이 떨어진 곳에서 토끼 몇 마리가 풀을 뜯고 있었다.

토끼에게 몰래 다가가려 했지만 아픈 발 때문에 제대로 해낼 수가 없었다. 토끼들은 하얀 꼬리를 까딱거리며 풀밭 사이로 달아나 버렸다. 허둥지둥 토끼를 쫓아갔지만 근육의 통증이 너무 심했다. 토끼들은 쉽게 토클로를 따돌렸다.

화가 나서 씩씩대던 토클로는 추격을 포기하고 돌아서서 다시 숲을 향해 걷기 시작했다. 그런데 숲에 도착하기도 전에 죽은 땅다람쥐에 발이 걸려 넘어질 뻔했다. 마치 매가 죽인 다음 떨어뜨려 놓은 것처럼 땅다람쥐의 가죽이 찢어져 있었다. 조심스럽게 냄새를 맡아 보았다. 신선한 냄새가 났다. 토클로는 고기를 조각조각 찢었다.

"내가 직접 잡은 것만큼 맛있진 않지만 아예 없는 것보단 낫지."

토클로는 한 입 먹다 말고 중얼거렸다.

'그리고 이곳이 좋은 영역이라는 증거이기도 해. 여기서 살면 굶주리진 않을 거야.'

적당히 배를 채운 뒤 숲 가장자리의 그늘에 자리를 잡고 발로 주둥이를 감싼 채 꾸벅꾸벅 졸았다.

얼마나 지났을까, 쿵쿵대는 소리가 잠을 깨웠다. 눈을 깜박이며 고개를 들어 보니 몇 곰 길이 떨어진 곳에서 다른 갈색곰이 코를 쿵쿵거리며 나무 사이로 빠져나오는 모습이 보였다. 토클로보다 조금 작고 어려 보이는 수곰이었는데, 근육에는 힘이 넘치고 털은 금빛으로 반짝거렸다. 그 곰은 아직 토클로를 발견하지 못하고 있었다.

"야!"

토클로는 몸을 일으키며 으르렁거렸다.

"여기서 뭐 하는 거야?"

갈색곰이 털을 곤두세우며 휙 돌아섰다.

"그건 왜 묻는데?"

"여긴 내 영역이야. 발톱 자국 못 봤어?"

토클로는 으르렁거리며 말했다.

갈색곰이 콧방귀를 뀌었다.

"뭐야, 그 조그만 자국 말이야? 난 또 땅다람쥐가 긁어 놓은 줄 알았지."

토클로의 마음속에서 분노의 물결이 일기 시작했다.

'내 발톱은 누구보다 강력해!'

"눈이 멀었나 보군."

토클로는 으르렁거렸다.

"자기 주둥이 앞에 뭐가 있는지 제대로 보지도 못하다니 말이야."

"네 발톱 자국으로 날 겁줄 수 있을 거라고 생각했다면, 그건 네 눈이 먼 거야!"

갈색곰이 받아쳤다.

"조심해!"

토클로는 한 걸음 성큼 다가갔다.

"당장 여기서 꺼져! 안 그러면 네 볼품없는 가죽을 홀라당 벗겨 줄 테니까!"

"어디 해보시지."

다른 곰이 이빨을 드러냈다.

"그나저나, 넌 어디서 왔냐?"

"그딴 건 상관없어. 난 지금 여기 있으니까."

토클로는 낯선 곰과 서로 코가 맞닿을 정도로 바짝 다가갔다.

"그건 나도 마찬가지야. 어떤 땅다람쥐가 시키는 대로 돌아가려고 이 산등성이를 끝까지 기어 올라온 게 아니라고."

토클로는 낯선 곰의 털이 휘날릴 정도로 가까운 곳에 대고 허공에 발을 휘둘렀다.

"여긴 내 영역이야."

토클로는 으르렁거렸다.

"아, 그러셔?"

새로 나타난 곰의 눈에서 분노가 타올랐다.

"어쩌지? 나는 내 영역이라고 생각하는데."

분노에 찬 포효와 함께 토클로는 뒷다리로 벌떡 일어나 다른 곰을 덮쳐 풀밭으로 굴려 버렸다. 그 곰은 토클로의 어깨에 이빨을 박고 사납게 반격했고, 토클로는 헐떡이며 도망쳐야 했다.

두 마리의 갈색곰은 낮은 소리로 으르렁거리며 서로의 주위를 맴돌았다. 그러다가 어린 갈색곰이 달려들어 토클로의 다리를 물어뜯더니, 미처 반응하기도 전에 홀쩍 뛰어 뒤로 물러났다.

토클로는 다시 한 번 포효하며 상대에게 달려들었다. 위대한 곰의 호수에서 있었던 쇼테카와의 싸움을 떠올렸다. 이 어린 갈색곰은 쇼테카보다 덩치가 훨씬 작기 때문에 물리치기 더 쉬울 것이다. 대신에 토클로만큼 빠르기 때문에, 민첩함과 속도를 이용한 공격은 통하지 않을 것이다.

토클로는 자신이 이 침입자와 깨물고 할퀴는 공격을 주고받으며, 이빨과 발톱으로 필사적으로 싸우고 있다는 걸 깨달았다. 토클로는 뒷발 아래에서 굴러다니는 돌에 미끄러지지 않고 땅을 디디려고 애를 썼다.

'언제까지 이렇게 싸울 수는 없어.'

다시 한 번 발을 휘둘러 상대의 옆구리를 할퀴며 생각했다. 그러자 마음속에서 새로운 결심이 솟구쳤다.

'이곳은 내가 여러 달 동안 찾아 헤매던 집이야. 이 녀석이 나를 쫓아내게 놔둘 순 없어!'

토클로는 온 힘을 끌어모아 다시 한 번 상대에게 몸을 날렸다. 어린 갈색곰은 뒤로 물러서서 토클로를 노려보았다.

"이게 끝이라고 생각하지 마."

어린 갈색곰은 숨을 고르기 위해 옆구리를 들썩이며 내뱉었다.

"넌 딴 데서 굴러든 놈이잖아. 네 냄새로 알 수 있어. 털 색깔도 너무 어둡고. 이 산은 결코 네 것이 될 수 없어."

그 곰은 걸음을 옮기기 시작했다. 그러다 잠시 멈춰 서서 어깨 너머를 돌아보았다.

"곧 다시 만나게 될 거야."

갈색곰이 경고했다.

"정신이 제대로 박힌 녀석이라면 그런 짓은 안 할걸!"

토클로는 갈색곰의 뒤통수에 대고 소리쳤다.

그 곰이 산등성이 반대편으로 물러가다가 나무에 가려 사라질 때까지 토클로는 눈을 떼지 않고 지켜보았다. 그러고 나서 몸을 돌려 굴을 향해 절뚝거리며 걷기 시작했다. 온몸에 멍이 들고 피가 흐르고 있었다. 얕게 파 놓은 구덩이 안으로 들어간 토클로는 상처를 핥으며, 어주락이 이럴 때 어떤 약초를 썼는지 떠올려 보았다.

'노란 꽃이 달린 거였는데……'

하지만 약초를 찾으러 가기에는 너무 지쳐 있었다. 토클로는 구덩이 안에 몸을 웅크린 채 잠에 빠져들었다.

21
아이젠하워 의료 센터

금속 새가 날개를 퍼덕이는 소리가 점점 느려지다가 결국 멈췄다. 앞자리에 앉아 있던 남자 중 한 명이 금속 새의 옆구리에 난 문을 밀어 열고 땅으로 뛰어내렸다. 그 틈으로 차가운 바람이 한바탕 불어 들어와 특유의 냄새를 풍겼고, 어주락은 코를 찡그렸다.

"자, 어주락, 여기가 바로 우리가 내려야 할 곳이다."

상원 의원이 말했다.

어주락은 창밖을 내다보았다. 금속 새는 넓게 펼쳐진 평지에 서 있었고, 한쪽에는 납작얼굴의 커다란 굴이 우뚝 서 있었다. 땅은 검은길과 같은 종류로 보이는 단단한 것으로 덮여 있었다. 몇 개의 검은길이 이곳에서부터 길게 뻗어나가고 있었고, 그중 하나를 따라 멀리서부터 하얀 불꽃야수 하나가 으르렁거리며 다가오고 있었다.

낯선 냄새 때문에 어주락은 머리가 어질어질했다. 금속 새의 쇠 냄새가 났고, 불꽃야수를 떠올리게 하는 매캐한 냄새가 바람을 타고 날아왔다. 아직 옆에 앉아 있는 상원 의원에게서는 몸에 걸친 가죽에서 나는 부드러운 향기와 얼굴에서 풍기는 찌릿한 냄새가 났다. 하지만 흙냄새나 물 냄새 아니면 초록 식물이 자라면서 풍기는 냄새 같은 건 전혀 나지 않았다.

'날 어디로 데려가려는 거지?'

토클로를 앞세워 친구들이 자신을 찾으러 오기 위해 산을 가로지르는 모습을 상상해 보았다. 새삼스레 느껴지는 자신의 나약함과 목에서 느껴지는 통증을 무시하려 애쓰며 어주락은 가까스로 미소를 지었다.

'어서 와 줘, 친구들아.'

담요를 덮은 채로 주머니에 손을 넣어 북극 마을에서 치료사가 준 부적 중 하나를 꺼냈다. 으르렁거리며 달려오던 하얀 불꽃야수가 검은 길과 이어져 있는 평지에 급하게 멈춰 섰다. 금속 새에게서 얼마 멀지 않은 곳이었다. 납작얼굴 남자 둘이 하얀 불꽃야수에서 뛰어내렸고, 그중 하나가 하얀 불꽃야수 뒤쪽에 난 문을 잡아당겼다. 다른 하나는 금속 새 쪽으로 성큼성큼 다가와 안을 들여다보았다.

"네가 어주락 맞지?"

납작얼굴이 물었다.

어주락은 고개를 끄덕였다. 그 남자는 꽤나 친절해 보였다. 키가 크고 몸이 호리호리했고, 머리에는 빨간 털이 잔뜩 나 있었다.

"안녕, 어주락? 내 이름은 톰이야."

남자가 말했다.

"여기서부턴 우리가 너를 돌봐 줄 거야, 괜찮지?"

상원 의원의 도움을 받아 어주락을 조심스레 문밖으로 옮긴 톰은 어주락을 하얀 불꽃야수로 데려갔다. 어주락은 가는 도중에 손을 펼쳐 작은 곰 조각상을 바닥에 떨어뜨렸다.

'정령들이시여, 제발 친구들을 제가 있는 곳까지 인도해 주세요.'

톰이 하얀 불꽃야수 뒤쪽에 난 문 너머로 어주락을 들어 올려, 그 안에 있는 침대에 눕혔다. 어주락은 담요를 꽉 그러쥔 채로 두려움에 떨고 있었다. 이곳에는 창문도 없어서, 잠시 후에 문이 닫히면 그대로 그 안에 갇힐 것이 분명했다.

'날 불꽃야수에게 먹이로 주려는 건가?'

상원 의원이 열린 문 사이로 몸을 기울이며 어주락을 향해 미소를 지었다.

"이제 제대로 보살핌을 받게 되겠구나."

상원 의원의 목소리는 북극 마을의 큰 굴에서 썼던 거친 말투와는 다르게 너무도 친절했다.

"아무것도 걱정하지 마라. 우리가 널 낫게 해 줄 테니 맘 편히 먹고."

어주락은 조금 안심이 되어 작은 목소리로 대답했다.

"그럴게요."

상원 의원은 손을 뻗어 어주락의 머리털을 헝클어뜨렸다.

"그래, 또 보자."

어주락은 미소를 지으려고 노력했다. 상원 의원이 자신을 북극 마을에서 데려온 걸 잘한 일이라고 여겨야 할 것 같다는 생각이 들었다. 상원 의원이 또다시 화를 내는 걸 보고 싶진 않았다.

상원 의원은 뒤로 물러서며 톰이라고 불린 납작얼굴을 바라보았다.

"아직 어린애야."

상원 의원이 말했다.

톰이 고개를 끄덕이고 어주락과 함께 불꽃야수의 뒤쪽에 올라탔다. 두 번째 납작얼굴이 문을 밀어서 닫았다. 잠시 후에 불꽃야수가 으르 렁거리며 살아났고, 어주락은 불꽃야수가 움직이기 시작했다는 것을 알 수 있었다.

그 여정이 얼마나 오래 걸렸는지는 알 수 없었다. 일단 불꽃야수의 소리와 움직임에 익숙해지자 마음이 차분해졌고, 너무 지쳐 있었기 때 문에 깜빡 잠이 들었다.

불꽃야수가 멈췄을 때 다시 깨어난 어주락은 문이 열리고 차가운 공기가 밀려들자 완전히 정신을 차렸다.

"다 왔다, 꼬마야."

톰이 알려 주었다.

어주락이 억지로 몸을 일으키려 하자, 톰은 조심스레 어주락을 다시 침대에 눕혔다.

"그냥 누워 있어도 돼. 넌 가만히 있기만 하면 된단다."

톰과 다른 납작얼굴 하나가 침대를 통째로 들어서 불꽃야수 밖으로 꺼냈다. 침대가 덜덜거리며 굴러가기 시작하자 어주락은 놀라움에 휩 싸였다. 그러다 곧 침대에 불꽃야수의 거대한 검은 발과 비슷하게 생 긴 작고 둥근 발이 달려 있다는 것을 알아차렸다.

'발이 달린 침대라니! 친구들한테 얼른 말해 주고 싶어!'

잠시 후, 톰은 흰색 돌로 만들어진 거대한 굴의 문을 열고 안으로 침 대를 밀어 넣었다. 어주락은 목을 길게 빼고 쳐다보았다. 이건 지금껏 봤던 그 어떤 굴보다 거대했다. 벽은 옅은 회색 하늘을 반사하고 있는 반짝이고 네모난 것들로 가득 채워져 있었다.

"아이젠하워 의료 센터에 온 걸 환영한다."

톰이 말했다.

어주락은 공포에 질려 배가 요동쳤다. 납작얼굴들이 저 안으로 데리고 들어가면, 친구들과는 다시는 못 만날 게 분명했다. 어주락은 몸에 걸친 가죽에 달린 주머니를 뒤적여 또 다른 곰 조각상 하나를 바닥에 떨어뜨렸다. 어주락이 굴 안으로 들어가자, 뒤에서 문이 쉬익 소리를 내며 닫혔다.

톰이 침대를 멈추자 따스한 온기와 빛이 온몸을 감쌌다. 쿵쿵대며 냄새를 맡아 보니 온통 낯선 냄새들이 뒤섞여 있었다. 그 속에서 피와 공포, 심지어 죽음의 흔적까지 찾아낼 수 있었다. 어주락은 자신의 깡마른 앞발을 꽉 움켜쥐며 침착함을 유지하려고 애썼다.

하얀 가죽을 걸친 납작얼굴 여자 둘이 어주락을 향해 다가오더니, 침대 옆에 서서 내려다보았다.

"어서 오렴."

둘 중 하나가 말했다.

"걱정할 필요 없어. 우리가 널 돌봐 줄 테니까."

잠시 여자들과 톰이 이야기를 나누었다. 어주락이 알아듣기에는 목소리가 너무 조곤조곤했다. 어주락은 기다리는 동안 주위를 둘러보았다. 거대한 굴의 벽은 바깥쪽과 마찬가지로 흰색이었다. 한쪽에는 더 많은 납작얼굴들이 투명한 벽으로 둘러싸인 우리처럼 생긴 공간에서 일하고 있었다. 벽에는 의자가 줄지어 놓여 있었고, 커다란 꽃다발이 놓인 탁자도 있었다. 꽃의 머리는 어주락이 지금껏 본 것 중 가장 컸고, 야생에서 알던 것보다 훨씬 더 밝은색을 띠고 있었다.

'납작얼굴은 특별한 종류의 꽃을 가지고 있구나!'

누군가가 어깨를 톡 건드리며 주의를 끌었다. 고개를 든 어주락은 톰의 웃는 얼굴을 볼 수 있었다.

"난 이만 가 봐야 해, 어주락. 다음에 보자."

톰은 어주락의 어깨를 한 번 꽉 쥐더니 성큼성큼 멀어져 갔다. 톰이 걸어갈 때마다 바닥에서 작게 삑삑거리는 소리가 났다.

납작얼굴 여자 하나가 어주락을 향해 몸을 숙이고 담요를 다시 덮어 주었다.

"그래, 네가 바로 그 수수께끼의 소년이구나."

여자가 미소를 지으며 말했다.

또 다른 여자도 미소를 지으며 다정하게 인사했다.

"안녕, 어주락?"

여자 하나가 어주락의 침대를 잡고 긴 통로를 따라 밀고 갔다. 다른 여자는 그 옆에서 따라왔다. 둘은 계속 두런두런 이야기를 주고받았는데, 목소리가 가볍고 빨랐다. 대화를 알아들을 수 없었던 어주락은 굴러가는 침대 위에서 주위를 둘러보았다. 다른 납작얼굴들이 하얀 담요를 덮은 채 누워 있는 모습이 열린 문 사이로 얼핏 보였다.

'이곳은 평화로워. 두려워할 거 없어.'

어주락은 마지막 남은 두려움의 흔적을 밀어내려고 애썼다.

통로 끝자락에 다다랐을 때, 여자가 금속 벽으로 둘러싸인 좁은 방 안으로 침대를 밀고 들어갔다. 어주락이 들어간 뒤로 문이 미끄러지듯 닫히며 어주락과 납작얼굴들을 방에 가둬 버렸다. 평화로웠던 느낌은 순식간에 사라지고, 놀라서 심장이 쿵쾅거리기 시작했다. 어주락은 몸을 일으켜 일어나 앉으려 했다.

'날 이곳에 가두려는 걸까?'

"진정해, 어주락. 이건 그냥 엘리베이터일 뿐이야."

여자가 벽에 달린 무언가를 건드리자 아무것도 볼 수 없었지만 어떤 움직임을 느낄 수 있었다. 그러고 나서 문이 다시 미끄러지듯 열렸고, 여자가 어주락을 다시 통로로 밀어냈다. 하지만 그곳은 다른 통로였다! 어주락의 눈이 휘둥그레졌다.

'이 납작얼굴들은 정말 놀라워!'

새로운 통로를 따라서 한참을 걸어가던 여자가 어주락을 작은 방안으로 밀어 넣었다. 방 안에는 침대 하나와 밝은색 가죽이 걸려 있는 창문이 하나 있었다.

"다 왔어. 이제 우리가 너를 제대로 보살필 수 있어."

두 여자는 마을에서부터 걸치고 온 어주락의 가죽을 벗기고, 아주 곱고 부드러운 천으로 만든 어린 잎처럼 옅은 녹색의 다른 가죽을 입혔다. 그러고 나서 어주락을 침대에 눕히고 하얀 담요를 덮어 주었다.

어주락이 자리를 잡자, 한 여자가 방을 떠났다.

"다음에 보자, 어주락."

그 여자는 손을 흔들며 약속했다.

남아 있던 여자가 어주락을 향해 몸을 숙이더니 손목을 잡았다. 그 여자는 자신의 가죽에 달린 어떤 물건을 들여다보는 동안 계속해서 어주락의 손목을 잡고 있었다.

"흠……."

여자가 어주락의 손목을 놓으며 중얼거렸다.

어주락은 납작얼굴이 납작한 뱀처럼 생긴 검고 기다란 물건을 집어 들어 팔에 감는 것을 신기한 눈으로 바라보았다. 어주락은 치료에 대해 어느 정도 알고 있었고, 마을의 치료사가 납작얼굴의 방식으로 치료하는 것도 조금 봤지만, 이건 처음 맞닥뜨리는 일이었다.

'이 뱀처럼 생긴 물건이 날 어떻게 도와줄 수 있다는 거지?'

여자는 뱀이 어주락의 팔을 더 꽉 조이도록 무언가를 하고 있었다. 어주락의 심장이 놀라서 쿵쾅쿵쾅 뛰었다.

'나를 터뜨리려고 하는 건가?'

"괜찮아, 어주락. 금방 끝날 거야."

여자가 안심하라는 듯 말했다.

말이 끝나자마자 뱀이 긴 한숨을 토해 내면서 팔에서 느껴지던 압박도 느슨해졌다. 여자가 다시 뱀을 치우자 어주락은 혼란스러워서 눈을 깜빡였다.

'이게 다 뭐 하는 거지?'

"이제 입을 벌려 봐."

여자가 다시 어주락을 향해 몸을 숙이며 말했다.

"어디 보자……."

어주락은 순순히 입을 크게 벌렸다.

"무슨 일이 있었던 거니?"

여자가 물었다.

"낚싯바늘을 삼켰어요."

어주락은 거친 목소리로 말했다.

여자의 눈이 놀라서 휘둥그레졌다.

"그러니까 네가…… 뭘 했다고? 잠깐만 있어 봐."

여자가 방을 나가더니 잠시 후에 납작얼굴 남자와 함께 돌아왔다. 그 남자는 납작얼굴 치고는 키가 작았고, 회색 머리털이 듬성듬성 나 있었다.

"자, 어주락, 목구멍을 좀 보자."

납작얼굴 남자가 말했다.

어주락은 다시 입을 벌렸고, 남자는 막대기 끝에 달린 작고 밝은 빛 으로 목구멍을 들여다보았다.

"잘 아물고 있네."

잠시 후 납작얼굴 남자가 말했다.

"북극 마을 사람들이 너한테 약을 줬니?"

"네, 아주 많이 줬어요."

어주락은 치료사가 자신을 얼마나 잘 보살펴 줬는지를 확실히 알리 고 싶었다.

"저는 아주 오랫동안 잠들어 있었기 때문에 틴츄가 한 일을 전부 알 지는 못하지만, 감염되지 말라고 에키네시아를 줬고, 열이 내리라고 딱총나무 열매를 준 건 알아요."

남자는 고개를 끄덕이며 흥미로운 듯 눈을 빛냈다.

"좋아, 아주 좋아. 다른 건 없었니?"

"알약이라고 하는 작고 하얀 것도 줬어요. 그걸 물과 함께 삼켜야 했 어요."

남자는 다시 고개를 끄덕였다.

"우리가 그 알약이란 걸 좀 더 많이 줄 거야."

남자가 말했다. 그리고 여자에게 몸을 돌리고서 어주락이 알아듣지 못할 말을 몇 마디 했다.

'무슨 뜻이지?'

어주락은 자신을 혼자 남겨 두고 납작얼굴들이 모두 방에서 나가자 어리둥절했다. 하지만 그걸 계속 고민하기엔 너무 지쳐 있었다. 눈을 감지 않으려고 한동안 노력했지만, 침대가 너무 편안한 탓에 점점 긴장이 풀리고 잠에 빠져들었다.

22
둘이 아닌 넷

칼릭은 눈을 뜨고 산비탈 너머를 멍하니 바라보았다. 칼릭은 여전히 지쳐 있었다. 몸을 움직이려고 할 때마다 온몸의 근육이 비명을 질렀고, 주린 배에서는 경련이 일어났다. 공포가 털가죽을 찌르고 있었지만, 근처에 있는 거라고는 텅 빈 산등성이와 새들의 울음소리뿐, 위협이 될 만한 것은 아무것도 없었다.

칼릭은 일어나 앉아 주위를 둘러보았다. 루사가 검은 털가죽에 진흙을 잔뜩 뒤집어쓴 채 곁에 누워 있었다. 루사가 꼼짝도 하지 않았기 때문에 칼릭의 심장은 공포에 질려 쿵쾅거렸다. 친구의 가슴이 부드럽게 오르내리는 걸 확인하고 그제야 마음이 놓였다.

루사를 보면서 칼릭은 전날의 공포를 떠올렸다. 납작얼굴들이 어주락을 금속 새에 태워서 데려가려고 할 때, 루사는 그들을 막으려고 했다. 칼릭은 차마 앞으로 나서지 못했다.

"넌 정말 용감했어, 친구."

칼릭은 루사의 어깨를 코로 꾹 누르며 속삭였다.

"하지만 아무 소용이 없었어."

어제의 미친 듯한 추격전을 떠올렸다. 하늘 높이 떠 있는 금속 새를 쫓아 산비탈을 기어 올라갔고, 한 발 한 발 필사적으로 내디뎠지만, 그때마다 점점 더 멀어져서 결국 시야에서 사라졌다.

"어주락……."

칼릭은 중얼거렸다.

"도대체 그들이 네게 무슨 짓을 하려는 걸까? 우리가 널 다시 볼 수는 있을까?"

루사가 몸을 뒤척이더니 숨을 헐떡이며 일어나 앉았다.

"루사, 괜찮아?"

칼릭은 걱정스레 물었다.

루사는 마치 칼릭을 알아보지 못하는 것처럼 한동안 멍하니 바라보고만 있었다. 그러다가 다시 눈빛이 맑아지면서 긴장을 풀었다.

"난 괜찮아, 칼릭."

루사가 대답했다.

"근데 좀 이상한 꿈을 꾸었어. 우리가 금속 새를 쫓아가려고 하는데, 그 금속 새가 어주락으로 변해 버렸어."

루사는 머뭇거리며 습지 풀밭에서 발을 움직였다.

"우린 어주락을 잃었어, 그렇지?"

"그런 것 같아."

칼릭이 속삭였다.

어주락에 대해서는 이야기하고 싶지 않았다. 루사는 등을 웅크리고 앉아 먼 곳을 바라보았다. 칼릭은 루사의 처량한 표정을 차마 볼 수가 없었다.

"저기 있잖아……."

칼릭은 작은 흑곰을 쿡 찌르며 말했다.

"우린 뭘 좀 먹어야 해. 먹을 걸 찾으러 가자."

루사가 거절할 거라는 생각이 잠깐 들었다. 하지만 흑곰은 한숨을 내쉬며 맥없이 동의했다.

"그러자."

산등성이를 따라 거센 바람이 불고 있었지만, 햇살이 눈앞에 보이는 계곡 비탈을 비추었다.

"조금 내려가 보자."

칼릭이 제안했다.

"아래쪽은 좀 더 따뜻할 거고, 바람도 피할 수 있을 거야."

칼릭이 비탈길을 따라 다음 계곡까지 길을 인도했고, 루사는 뒤를 따라왔다. 바닥에 있는 호수에는 하늘이 비치고 있었고, 호숫가를 따라 나무와 긴 풀이 자라고 있어서 덤불 사이에서 열매를 찾을 수 있었다.

칼릭은 루사를 이끌고 가장 좋은 열매를 찾아다녔다. 둘은 예전에도 수없이 이런 식으로 함께 먹잇감을 찾아다녔지만, 이제 무언가가 빠진 듯한 느낌을 지울 수가 없었다. 열매는 맛이 없어 보였지만, 다른 먹잇감을 사냥하러 가야겠다는 열정도 생기지 않았다.

'우리에겐 토클로와 어주락이 필요해.'

칼릭은 생각했다.

'우린 넷이어야만 해, 둘이 아니라.'

호수 한쪽에는 자갈로 뒤덮인 땅이 호수 안쪽을 향해 삐죽 튀어나와 있었다. 칼릭은 물고기를 잡을 수 있을지 궁금해하며 그 끝까지 걸어가 물속을 들여다보았다. 하지만 은빛 반짝임은 전혀 보이지 않았다. 물은 맑고 텅 비어 있었다.

주둥이를 담그고 물을 마시던 칼릭이 뒤를 돌아보니, 호숫가에 쓸쓸하게 서 있는 루사가 보였다. 칼릭은 걸음을 재촉해 어린 흑곰에게 돌아갔다.

"물고기는 안 보여."

칼릭은 루사에게 말했다.

"아직 배고파? 저 돌 아래에서 애벌레를 찾아 볼까?"

칼릭은 호숫가에서 조금 떨어진 곳에 흩어져 있는 납작한 바위를 가리켰다.

루사는 어깨를 으쓱했다.

"네가 원한다면."

암곰 두 마리가 반신반의하며 애벌레를 찾는 동안, 하늘 위로 떠올랐던 해가 다시 가라앉기 시작했다. 잔뜩 배를 채운 칼릭과 루사는 호숫가에 앉아서 점점 길어지는 그림자를 지켜보았다.

"오늘 밤 쉴 곳을 찾아보자."

칼릭이 제안했다.

"나무 사이에 적당한 곳이 있을 거야."

"그래, 찾을 수 있을 거야."

루사가 대답했다.

루사를 이끌고 근처 숲으로 들어간 칼릭은 나무뿌리 아래 있는 작은 구멍을 발견했다. 칼릭과 루사는 함께 그 안으로 비집고 들어갔다.

"조금이라도 자려고 노력해 봐."

칼릭은 루사에게 권했다.

"어쩌면…… 내일이면 모든 게 좋아질 수도 있잖아."

하지만 칼릭은 자기가 한 말이 얼마나 덧없는 말인지 잘 알고 있었고, 그건 루사도 마찬가지였다.

칼릭은 지금 이 황야에 있는 모든 날카로운 자갈과 뾰족한 나뭇가지를 모아 놓고 그 위에 누워 있는 것 같았다. 도저히 잠들 수가 없었다. 루사가 코 위에 앞발을 얹고 바로 옆에 웅크리고 있었지만, 이 작은 흑곰 역시 잠들지 못하고 있다는 걸 알고 있었다. 머리 위 나뭇가지 사이로 별들이 모습을 드러내기 시작하더니, 반쯤 감긴 눈에 하늘이 하얗게 보일 정도로 빽빽하게 모여들었다.

"칼릭?"

루사가 갑자기 일어나 앉자 반쯤 졸고 있던 칼릭은 깜짝 놀라 잠에서 깼다.

"칼릭, 나 결심했어. 난 어주락을 찾으러 갈 거야. 금속 새가 어주락을 데려가게 놔둘 수는 없어. 아무리 새라고 해도 영원히 날 수는 없을 테니까, 금속 새가 사라진 방향으로 쫓아가서 어디가 됐든 내려앉은 곳을 찾아낼 거야."

루사는 머뭇거리며 칼릭의 눈치를 보았다.

"나랑 같이 가고 싶지 않다고 해도 이해해. 네가 얼음으로 돌아가고 싶어 하는 걸 아니까. 그리고…… 행운을 빌어 줄게."

루사의 목소리가 점점 잦아들었다.

"뭐야, 너 또 머리에 솜털이 들어간 거야?"

칼릭은 코로 루사의 어깨를 툭 건드렸다.

"난 당연히 너랑 같이 갈 거야."

루사는 기쁨이 흘러넘치는 눈으로 벌떡 일어섰다.

"정말? 진심이야?"

"지금껏 그랬던 것처럼 이번에도 진심이야."

"그럼 가자!"

칼릭은 루사를 따라 호수로 향하면서, 자기가 어주락을 찾으러 가겠다고 얼마나 빠르게 결심했는지 생각해 보았다. 칼릭은 얼음이 자신을 부르는 걸 오래전부터 아주 강하게 느꼈고, 얼음 위에서 다른 곰들의 도움 없이 자신만의 길을 찾을 준비가 되어 있었다. 하지만 어주락이 부상을 당한 뒤로는 친구들과의 유대감이 얼음의 유혹보다 더 강하다는 것을 알 수 있었다.

'어주락에겐 우리 도움이 필요하고, 지금 루사한테는 내가 필요해.'

칼릭과 루사는 나란히 터벅터벅 어둠 속을 걸었다. 바람의 한숨 소리와 이따금 들리는 밤새의 울음소리를 제외하면 사방은 온통 고요했다. 결국 기진맥진한 칼릭과 루사는 언덕 꼭대기에서 쉬어 가기 위해 멈춰 섰다. 새벽이 찾아오면서 지평선에는 옅은 은빛 선이 그어졌다.

"우리가 옳은 길로 가고 있어야 할 텐데."

루사가 중얼거렸다.

"이쪽이 금속 새가 날아간 방향이야."

칼릭은 확신했다.

"금속 새도 언젠가는 땅으로 내려와야 해."

루사가 희미하게 한숨을 쉬었다.

"칼릭…… 너한테 말하고 싶은 게 있는데…….."

"응? 뭔데?"

"연기 나는 산에서…… 내가 다쳤던 거 기억나지? 불꽃야수에 치였을 때 말이야."

칼릭은 고개를 끄덕였다.

"그 뒤에 꿈을 꿨어. 엄마가 나를 찾아와서 잘 알아들을 수 없는 말을 했는데…… 난 아직도 그 말이 무슨 뜻인지 잘 모르겠어."

"무슨 말이었는데?"

칼릭은 재촉했다. 루사가 왜 지금 이런 얘기를 꺼내는지 알 수 없었지만, 호기심이 발동했다.

"엄마가 나한테…… 내가 야생을 지켜야 한다고 했어."

칼릭은 루사를 빤히 쳐다보았다.

"그게 무슨 뜻인지 알아?"

"아니."

루사가 고개를 저으며 대답했다.

"하지만 어주락하고 관련이 있다는 것은 알아. 어주락도 꿈에서 같은 소리를 들었대. 어주락이 우리 여정이 끝나지 않았다고 한 거 기억나지? 음…… 근데 가만히 생각해 보면, 나도 그렇게 느껴져."

루사는 어쩔 줄 몰라 하며 숨을 몰아쉬었다.

"하지만 어주락 없이는 내가 뭘 어떻게 해야 할지 모르겠어."

"우린 어주락을 찾을 거야."

칼릭은 루사를 안심시켰다. 그들의 여정이 아직 끝나지 않았다는 친구의 생각에 아직은 완전히 동의할 수 없었다. 칼릭은 자신의 여정이 얼음 위에서 끝날 거라는 믿음을 가지고 있었다. 하지만 칼릭은 친구들을 되찾기 위해서라면 뭐든 할 생각이었고, 절대로 루사와 어주락을 포기하지 않을 작정이었다.

루사와 칼릭은 언덕 꼭대기에서 서로 몸을 맞대고 해가 지평선 위로 솟아오를 때까지 꾸벅꾸벅 졸았다. 창백했던 하늘이 점점 파랗게 물들고, 흰 구름이 여기저기 점점이 흩뿌려졌다. 바람도 잔잔해졌다.

다시 길을 떠나면서 칼릭은 기분이 한결 가벼워진 느낌이 들었다. 루사는 어주락을 찾을 거라고 확신하는 것 같았고, 즐겁게 재잘대는 루사의 모습은 긍정적인 기운을 불러일으켰다.

"난 우리가 어주락을 찾았을 때, 어주락이 어떤 모습을 하고 있을지 궁금해."

칼릭이 말했다.

"발톱 없는 동물들이 혹시라도 어주락이 갈색곰으로 변하는 모습을 본다면, 무서워하지 않을까?"

루사가 재미있다는 듯 콧방귀를 뀌었다.

"아니면 기러기라든가! 날아갈 수 있게 말이야!"

"그거 좋겠는데."

칼릭이 대답했다.

"그러면 어주락이 우릴 찾아올 수도 있어!"

"난 토클로가 지금 뭘 하고 있는지 궁금해."

루사가 중얼거렸다.

"그야 먹이를 쫓고, 나무에 발톱 자국을 내고, 뭐 그렇게 갈색곰처럼 살고 있겠지."

칼릭이 말했다.

"너도 알다시피 그게 토클로가 항상 원하던 거잖아."

"흑곰을 모조리 쫓아내고 말이지."

루사는 재밌다는 듯 말을 이었다.

"어쩌면 토클로가 드디어 순록을 잡았을지도 몰라!"

"그리고 지금은 굴 안에 앉아서 지나가는 다람쥐들에게 으르렁대고 있겠지."

칼릭이 덧붙였다.

칼릭과 루사는 개울을 건넌 뒤, 개울을 따라 질기고 폭신한 풀로 덮여 있는 긴 비탈을 내려갔다. 해는 머리 위로 높이 떠올라 물 위에서 눈부시게 빛나고 있었다. 칼릭의 배에서 배고픔을 알리는 소리가 들렸다. 어제 열매를 먹었던 게 정말 오래전 일인 것 같았다. 어제는 너무 피곤하고 낙심해서 제대로 먹이를 구할 수 없었다. 루사와 단둘이 있는 것은 정답이 아닌 것 같았다. 단지 사냥이나 어주락에 대한 이야기를 하는 것만으로는 채울 수 없는 공허함이 칼릭과 루사를 에워싸고 있었다.

"토클로가 지금 우리와 함께 있었으면 좋겠어."

칼릭이 속삭였다.

"나도 그래."

루사가 대답했다.

23
아르크투루스의 신호

개울을 따라 언덕을 돌아 나간 루사와 칼릭은 훨씬 더 가파른 비탈에 이르렀다. 개울은 여러 개의 작은 폭포로 나뉘어 쏟아져 내렸다가 계곡의 더 넓은 강으로 다시 모여들었다.

좀 더 가까이 다가가자, 루사는 강이 얼마나 깊고 빠른지 볼 수 있었다. 물살을 뚫고 나온 커다란 바위 주위로 강물이 거품을 일으키며 흘러갔다. 가파른 바위로 이루어진 반대편 강둑은 아주 멀게 느껴졌다.

"건너기엔 위험해 보여."

칼릭이 강둑에 멈춰 선 채 말했다.

"강을 거슬러 올라가야 할까, 아니면 아래쪽으로 내려가야 할까?"

루사는 머뭇거리며 바람의 냄새를 맡아 보았다. 그러고 나서 마음을 정하지 못한 채로 상류와 하류 쪽을 번갈아 쳐다보았다.

"이런 건 어주락이 잘했는데."

루사는 중얼거렸다.

"어주락은 언제나 어디로 가야 하는지 알고 있는 것 같았어."

루사는 앞으로 조금 걸어 나가 강둑 끄트머리에 섰다. 강물이 발을 스치며 빠르게 흘러갔다.

"어주락이 어떻게 했는지 기억나?"

루사는 계속 말을 이었다.

"모든 가능성을 살펴보고, 어떤 느낌이 드는지를 확인해야 한다고 했어."

칼릭이 여기저기 훑어보는 동안 루사는 두 방향을 모두 주의 깊게 살폈다. 강의 상류는 폭이 좁고 사나운 급류가 바위 주위로 거품을 일으키며 흐르고 있었고, 물가에는 가시덤불이 무성했다. 루사와 칼릭이 서 있는 곳에서는 물이 조용히 미끄러지듯 흘렀지만, 하류로 좀 더 내려가면 물길이 바위 주위로 갈라졌다. 마치 곰의 발바닥처럼 보이는 검은 바위가 물 밖으로 날카롭게 튀어나와 있었고, 강물은 하얀 거품을 일으키며 그 주위로 솟구쳐 올라 물보라를 튀기고 있었다.

루사는 발이 따끔거렸다. 이곳에 징조가 있는 게 틀림없었지만, 그게 뭔지 알 수가 없었다.

"나는 잘 모르겠어."

칼릭의 고백이 꼬리를 물고 이어지던 루사의 생각을 끊어 놓았다.

"네 생각은 어때? 어느 쪽이 금속 새와 어주락이 있는 곳으로 우리를 이끌어 줄까?"

칼릭이 물었다.

루사는 생각에 잠긴 채 주둥이로 강 상류를 가리켰다.

"저쪽 길은 좁고 어두워 보여. 그리고 바위 주위를 흐르는 물살

이 너무 거세. 그래서 옳은 길이 아니라는 느낌이 들어. 그리고 저쪽
은……."

루사는 고개를 돌려 강 하류를 가리켰다.

"저 바위를 봐! 마치 길을 막고 있는 것처럼 보여. 그러니까…… 우
리는 위로도, 아래로도 가지 말아야 해."

칼릭이 두 눈에 의심을 가득 담고 루사를 바라보았다.

"설마 여길 헤엄쳐서 건너자는 말을 하려는 건 아니지? 그렇지?"

"바로 그거야!"

루사는 갑자기 자신감이 솟구치는 걸 느꼈다.

'내가 맞았어! 그게 바로 우리가 해야 할 일이야.'

"완벽하지 않다는 건 알지만, 만약 여길 건너가지 않으면 더 나은
장소를 찾기 위해 하늘 길이만큼 돌아다녀야 할지도 몰라. 그리고 저
길 좀 봐, 햇빛이 물 위를 비추면서 반짝거리는 길을 만들고 있잖아.
저건 정령들이 우리가 가야 하는 길을 보여 주는 거라고!"

칼릭이 숨을 헐떡였다.

"그래, 나도 보여! 넌 정말 똑똑해, 루사."

루사는 조금 부끄러워서 어깨를 으쓱였다.

"난 그저 어주락이었다면 어떻게 했을지 생각해 본 거야. 자, 가자!"

루사는 근육에 힘을 주고 강물에 뛰어들려다가 멈칫했다. 전에 토클
로와 어주락과 함께 건넜던 거대한 강이 생각났다. 그때 루사는 거의
물에 빠져 죽을 뻔했다……. 루사는 긴장한 채로 침을 꿀꺽 삼켰다.

'나는 흑곰이야. 우리 흑곰들은 모든 곰 중에서 가장 헤엄을 잘 쳐.
그리고 이 강은 전에 건넜던 강만큼 넓지도 않아.'

하지만 검은 물이 머리 위를 덮치던 느낌을 잊을 수가 없었다. 귀에서 거품이 부글거리고, 코와 입에 물이 가득 차서 숨을 쉴 수 없었던……. 루사는 몸을 부르르 떨었다.

"무슨 일이야?"

칼릭이 물었다.

"네가 원한다면, 다른 방법을 찾아볼 수도 있어."

루사는 억지로 고개를 저으며 우기듯 말했다.

"난 괜찮아. 우리는 징조를 봤어. 그러니 이 길이 옳다는 걸 알아."

어주락에게 징조를 보내 준 이가 누구든, 자신에게도 그 징조를 보냈을 거라고 확신했다. 루사는 그 힘을 믿고, 그 인도를 받아들여야만 했다.

"가자!"

루사는 힘차게 외쳤다.

"잠깐만!"

칼릭이 루사를 밀어서 강가에서 떨어뜨려 놓았다.

"왜 그러는데? 난 정말로 괜찮다니까."

루사는 혼란스러운 얼굴로 물었다.

"나도 알아."

칼릭이 루사와 강 사이에 서서 말했다.

"그리고 난 기꺼이 강을 건널 마음이 있어. 다만…… 저 물살을 한번 봐. 강을 건너려면, 똑바로 헤엄치면 안 돼. 우리는 강을 거슬러 올라가듯 헤엄쳐야 해. 그럼 물살이 우리를 반대 방향으로 끌어당길 거고, 그러면 결국 원하는 곳에 도착할 수 있는 거지."

"하지만 그렇게 건너면 시간이 더 오래 걸리지 않아?"

루사는 얼른 출발하고 싶어서 조바심이 났다.

"맞아, 그리고 엄청나게 피곤할 거야. 하지만 적어도 물살에 휩쓸려 가지는 않을 거야."

루사는 빠르게 흐르는 물을 유심히 살폈다. 강둑에서 떠내려간 나뭇가지가 물살이 가장 거센 강 한복판에 다다르자마자 하류 쪽으로 쏜살같이 떠내려가는 상상을 했다. 정확히 반대편에 도착하려면 나뭇가지는 훨씬 더 상류에서 출발해서 점차 하류로 떠내려가야 한다는 걸 깨달았다.

"좋아, 네 말대로 하자."

루사는 마침내 동의했다.

강으로 뛰어든 루사는 물살을 거스르며 힘차게 발을 저었다. 그 즉시 강한 물살이 몸을 잡아당기고 다리를 끌어당기는 것을 느낄 수 있었다. 하지만 마음을 굳게 먹고 계속해서 발을 저었고, 칼릭이 옆에서 함께 헤엄치며 상류 쪽으로 떠밀어 주었다. 루사는 숨을 헐떡이며 강물의 흐름에 맞서 싸웠고, 휩쓸려 가지 않으려고 거의 옆을 향해 헤엄쳤다. 루사와 칼릭은 반대편 강둑에 조금씩 가까워졌다.

이제 위험이 지나갔다고 생각했을 때, 칼릭의 고함 소리가 들렸다.

"루사! 조심해!"

어깨 너머를 힐끗 보니, 나뭇가지 한 개가 아래로 떠내려오는 게 보였다. 나뭇가지는 하얀 물거품 속에서 계속 빙글빙글 회전하고 있었고, 루사는 떠내려오는 나뭇가지를 향해 똑바로 헤엄치고 있었다.

필사적으로 다리를 움직여 나뭇가지를 피하려고 했지만, 이미 너무 늦었다. 나뭇가지는 루사에게 그대로 부딪혔고, 루사는 발을 허우적거리며 똑바로 서려고 애쓰다가 강물에 잠기고 말았다. 소용돌이치는 물 속으로 머리가 가라앉았다. 다시 물 밖으로 나오려고 안간힘을 썼지만, 이미 물속에서 방향 감각을 잃은 뒤였다. 눈에 보이는 거라고는 주둥이에서 부글부글 끓어오르는 물거품밖에 없었다.

잠시 후, 물살에 밀려 단단한 어딘가에 던져진 루사는 몸에서 숨이 모조리 빠져나가는 걸 느꼈다. 루사는 반쯤 멍해진 정신으로, 자신이 강을 건너기 전에 봤던 커다란 바위에 걸려서 꼼짝 못 하고 있다는 것을 알아차렸다.

"칼릭! 도와줘!"

루사는 숨 막힌 비명을 질렀다.

물살에 맞서 싸우며 바위에서 벗어나려고 발버둥 쳤지만, 강물이 무시무시한 힘으로 루사를 가두고 있었다. 압도적인 물의 무게를 피할 방법이 없었다. 강물이 귀와 코와 입에 마구 들이쳤다. 순간적으로 온몸에 힘이 빠지는 것을 느낄 수 있었다. 숨을 쉬려고 했지만 그러다가 도리어 물만 한 모금 들이켰다.

'물에 빠져 죽을 거야!'

그때, 강인한 발톱이 털가죽을 붙들었다. 밀려드는 물살 사이로 흠뻑 젖은 칼릭의 하얀 형체가 보였다. 흰곰은 루사를 평평한 바위에서 멀리 밀어내려고 애쓰고 있었다. 루사는 물살이 자신을 덮치면서 옆으로 흘러가는 것을 느꼈다. 칼릭은 루사를 붙들고 그 물살에 몸을 맡겼고, 결국 둘은 하류로 떠내려가기 시작했다.

"헤엄쳐!"

칼릭이 숨을 헐떡이며 외쳤다.

잠시 동안 루사는 너무 지쳐서 그 말에 따를 수가 없었다. 발은 수면 위에서 힘없이 허우적거렸고, 칼릭의 발톱이 가라앉지 않게 붙들어 주었다. 거품을 일으키는 물살이 주위를 에워싸고 계속해서 얼굴과 등을 때렸다. 루사는 지금 당장이라도 칼릭과 자신이 물속으로 가라앉아 다시는 올라오지 못할 거라고 확신했다.

그때 강둑의 나무 한 그루가 시야에 들어왔다. 나뭇가지는 황금빛 햇살로 물들어 있었다. 마치 위대한 곰이 머리 위에 부드러운 발을 올려놓은 것처럼, 갑자기 평온함이 밀려들었다. 루사는 아픈 발을 움직여 억지로 다시 헤엄치기 시작했고, 힘겹게 물살을 헤치며 반대편 강둑을 시야에서 놓치지 않으려고 노력했다.

'강을 건너라면서요.'

루사는 속으로 생각했다.

'우리가 물에 빠져 죽게 놔두진 않을 거죠?'

마침내 발밑으로 바위가 긁히는 걸 느낄 수 있었다. 루사는 어깨를 휘감으며 밀려드는 강물 속에서 몸을 일으켰다. 칼릭이 루사를 강가로 떠밀어 가파른 바위 둑 위로 기어 올라갈 수 있도록 도와주었다.

강에서 기어 나온 루사는 마치 몸이 하나의 커다란 멍 덩어리가 된 느낌이 들었다. 털이 옆구리에 찰싹 달라붙은 채 숨을 헐떡이며 물을 토해 낸 루사는 밝은 햇살 아래에서 몸을 덜덜 떨었다.

"고맙습니다, 고맙습니다……."

루사는 고개를 숙이고 속삭였다.

"이제 괜찮아."

칼릭이 루사의 어깨에 주둥이를 밀어 넣으며 말했다.

"넌 결국 해냈어."

"위대한 곰 아르크투루스에게 감사해야 해."

루사는 비틀대며 덤불 그늘 속으로 들어가 그대로 털썩 쓰러졌다. 숨을 쉴 때마다 옆구리가 크게 들썩였다.

"아르크투루스가 우리에게 강을 건너야 한다고 신호를 준 거야. 나는 그가 우릴 올바른 길로 이끌어 줄 징조를 보내 준 거라고 믿어. 절대 물에 빠져 죽게 놔두지 않았을 거야."

칼릭은 그저 혼란스러운 표정으로 고개를 끄덕였다.

"물론 너한테도 고마워, 칼릭. 네가 없었다면 난 강을 건너지 못했을 거야."

칼릭이 비틀거리며 옆으로 다가와 몸을 웅크렸다.

"난 언제까지나 네 곁에 있을 거야, 루사."

칼릭이 중얼거렸다.

루사는 일어나서 계속 어주락을 찾으러 가야 한다는 걸 알고 있었다. 하지만 털 위로 내리쬐는 햇볕은 따뜻했고, 강물의 포효도 마음을 달래는 듯한 속삭임으로 잦아들었다. 칼릭은 루사 옆에서 꾸벅꾸벅 졸기 시작했다. 마침내 루사는 깨어 있으려는 몸부림을 포기하고 어둠 속으로 가라앉았다.

24
한 걸음의 영역과 한 입의 먹이

나무 사이로 들어온 햇살이 토클로의 잠을 깨웠다. 토클로는 졸린 눈을 깜빡이다가 깜짝 놀라 비명을 지르며 눈을 크게 떴다. 토클로는 어주락의 얼굴을 들여다보고 있었다!

"이런 바보 같으니라고!"

잠시 후 토클로는 혼잣말로 중얼거렸다. 토클로가 본 것은 어주락의 주둥이가 아니라 근처에 있던 나무의 옹이였다.

'저건 어주락을 닮지도 않았잖아!'

토클로는 쓴웃음을 지으며 굴 밖으로 기어 나와 몸에 묻은 흙을 털어 냈다.

'이런 건 루사 같은 꿀벌 대가리들이나 생각할 일이라고!'

루사는 곰이 죽으면 영혼이 나무에 깃든다고 믿었다. 토클로는 속이 울렁거렸다.

'어주락은 죽지 않았어. 그 납작얼굴이 어주락을 치료하고 있었잖아,

안 그래?'

마음속에서 불길한 생각을 떨쳐 버리기 위해 토클로는 옹이가 있는 나무껍질에 몸을 문질러 털가죽을 잘 긁어 주었다. 전날 전투에서 입은 상처가 여전히 욱신거렸다. 온몸의 근육이 아픔을 호소했고, 배는 먹을 걸 달라고 으르렁댔다. 토클로는 조심스레 냄새를 맡았다.

'그놈 흔적은 없군. 좋아! 내가 그 녀석한테 평생 잊지 못할 교훈을 준 거야!'

한결 기운이 솟은 토클로는 주위를 둘러보았다. 숲은 너무나도 고요했다. 문득 딱따구리가 어디로 갔는지 궁금해졌다.

"그 녀석이 돌아오면 좋겠는데."

중얼거리자마자, 자신이 어리석다는 생각이 들었다.

'완전 다람쥐 대가리 같잖아. 새를 그리워하다니 말이야!'

하지만 곧 머릿속에서 작은 목소리가 속삭였다.

'어쨌든 딱따구리는 칼릭과 루사와 어주락을 그리워하는 걸 멈추게 해 주잖아.'

토클로는 귀찮은 파리를 쫓아내듯 그 생각을 떨쳐 버리려고 애썼다. 어제까지만 해도 숲은 흥미로운 탐험 장소였고, 자신만의 영역을 가진 곰이 된 것이 자랑스러웠다. 그때의 감정을 되찾기 위해서 발버둥 쳤지만 어쩐 일인지 오늘은 더 이상 탐험을 하고 싶지 않았다.

'남아서 굴이나 마저 파야겠다.'

토클로는 결심했다.

하지만 다시 구덩이를 파내기 시작했을 때, 단단하게 굳은 흙을 계속 파기에는 발톱이 너무 아프다는 걸 깨달았다. 좌절한 토클로는 구덩이 위아래를 서성이며 어떻게 해야 할지 고민했다. 배는 이제 더 큰 소리로 울부짖고 있었지만, 근처에는 사냥감이 없는 것 같았다.

"이쪽으로 가 보자."

결국 토클로는 혼잣말을 하며 다른 곰을 만났던 초원 반대 방향으로 걸음을 옮기기 시작했다.

해가 하늘 높이 떠올랐을 때 토클로는 나무가 울창한 언덕을 지나쳐 숲속으로 더 깊이 들어갔다. 시냇물이 계곡 아래로 흐르고 있었다. 갈증을 풀기 위해 멈춰 선 토클로는 쓰라린 발톱을 차갑게 식혀 주는 냉기에 감사하며 첨벙첨벙 시냇물을 건너갔다. 근육에 힘이 돌아오기 시작했다. 토클로는 바위를 기어오르고 울창한 덤불로 뒤덮인 비탈을 뛰어 내려갔다. 나무가 그늘을 드리워 주었고, 나뭇잎의 속삭임이 허공을 가득 채웠다.

토클로는 여전히 먹잇감을 찾지 못한 채 또 다른 시냇가에 도착했다. 건너편 물가에 산딸기 덤불이 자라고 있었다. 시냇물을 건너가는데 덤불 속에서 바스락거리는 소리가 들렸다.

'내 영역에 또 다른 녀석이 있잖아!'

"저리 꺼져!"

토클로는 포효하며 그 곰에게 돌진했다.

작은 흑곰 한 마리가 덤불에서 허둥지둥 뛰쳐나와 공포에 질린 눈으로 바라보자, 토클로는 급히 멈춰 섰다. 그 흑곰은 겁에 질려 낑낑거리며 뒤로 물러섰고 토클로도 한 걸음 물러났다. 흑곰의 겁에 질린 검은 눈동자 속에서 자신을 뚫어지게 바라보고 있는 루사의 모습을 볼 수 있었다. 공격하지 않을 거라는 것을 알아차린 흑곰은 몸을 휙 돌려서 달아났다.

작은 곰이 황급히 도망치자, 토클로의 뒤에서 비웃는 소리가 들렸다.

"오오! 정말로 용감하네! 이제 네 영역에 흑곰은 없어!"

토클로는 몸을 휙 돌렸다. 전날 싸웠던 갈색곰이 근처에 있는 나무 뒤에서 모습을 드러냈다.

속으로는 움찔했지만, 토클로는 으르렁거리며 한발 앞으로 나섰다.

"뭘 원하는 거지?"

토클로는 이빨을 드러냈다.

'또 한 번 싸우자고 하면, 기꺼이 상대해 주지!'

하지만 그 갈색곰은 토클로를 향해 다가오지 않았다.

"난 그저 돌아다니는 중이야."

갈색곰이 말했다.

"사냥도 하고…… 감시도 하고……."

"하지만 여기는 내 영역이야."

갈색곰이 코웃음을 쳤다.

"아니, 그렇지 않아. 넌 여기서 태어나지도 않았잖아."

토클로는 분노가 치밀어 올랐다.

"난 굴을 만들었어!"

"응? 저쪽에 땅바닥을 조금 긁어 놓은 거? 난 또 땅다람쥐 구멍인 줄 알았네."

갈색곰의 눈에는 토클로를 조롱하는 기색이 가득했다.

"거기에 네 귀가 들어가기는 해? 홍수가 나면 적어도 네 머리통은 물 위에 둥둥 떠 있을 것 같은데."

그 순간 분노가 폭발했다. 토클로는 정면으로 뛰어들었고, 갈색곰은 토클로를 향해 발을 휘둘러 옆통수를 갈겼다. 자기보다 덩치가 작은 곰의 힘에 놀란 토클로는 뒤로 물러섰다. 귀에서 윙윙거리는 소리가 났다.

"그걸로 끝이라고 생각하지 마."

갈색곰이 으르렁댔다.

토클로는 침입자를 빤히 바라보았다. 자신이 또 다른 싸움을 꺼리고 있다는 사실을 인정하고 싶지 않았다.

"영역을 나눠 가질 수는 없어?"

토클로는 불쑥 물었다.

"먹잇감은 얼마든지 있잖아."

"넌 아무것도 모르는군, 안 그래?"

갈색곰이 비아냥거리듯 숨을 헐떡였다.

"계절이 바뀔 때마다 먹잇감이 줄어들고, 영역도 줄어들고 있어. 남은 걸 가지고 싸우는 곰들도 늘어나고 있지. 납작얼굴은 점점 더 많은 것을 빼앗아 가고 있고. 우리 곰들이 맞서 싸우려고 해도 이기는 건 항상 납작얼굴들이야. 이 산은 굴러든 곰들은 물론이고 여기서 태어난 곰들을 먹여 살리기에도 벅차단 말이야."

토클로는 혼란스러운 눈으로 갈색곰을 바라보았다.

'하지만 이곳은 최후의 위대한 황야잖아! 먹잇감이 셀 수 없이 많을 텐데.'

갈색곰이 다가와 토클로의 얼굴에 주둥이를 들이밀었다.

"이 산조차도 네가 이곳에 있는 걸 원하지 않아."

갈색곰이 으르렁댔다. 그러고는 몸을 획 돌리더니 뒤도 돌아보지 않고 덤불 속으로 뛰어들었다.

분노로 이글거리는 눈으로 그 모습을 노려보던 토클로는 갈색곰이 시야에서 사라지자 자신의 굴을 향해 발을 옮겼다. 해가 저물고 있었고, 몰려드는 생각만큼이나 어두운 구름이 하늘을 뒤덮었다.

자신의 굴에 도착한 토클로는 구덩이 가장자리에 서서 아래를 내려다보았다.

'그 녀석 말이 맞아.'

갑자기 비참한 생각이 들었다.

'이 비루하게 긁어 놓은 자국은 굴이 아니야. 이건 땅다람쥐한테도 충분한 깊이가 아니야.'

하지만 자신을 정말로 괴롭히는 것은 굴이 아니라는 걸 알고 있었다. 혼자 살아가는 게 상상했던 것보다 훨씬 외롭긴 했지만, 그 때문도 아니었다. 마치 벌들이 머릿속에서 윙윙대는 것처럼 토클로의 생각을 혼란에 빠뜨린 것은 그 갈색곰이 산에 대해 한 말 때문이었다.

'그 녀석은 납작얼굴 때문에 영역이 줄어들고 있다고 했어. 그리고 그건 어주락이 줄곧 우리에게 하던 말이었어.'

친구들과 함께했던 여정을 돌아보면서, 토클로는 공동의 운명을 가진 곰들, 즉 싸우기만 하는 게 아니라 함께 무언가를 할 준비가 된 곰들과의 우정을 자신이 그리워한다는 걸 깨달았다.

'난 루사가 귀찮게 재잘거리는 것도, 아무 데서나 징조를 찾던 어주락도 그리워!'

토클로는 다른 갈색곰이 불쌍하다는 생각이 들었다. 그 곰은 그저 한 걸음의 영역과 한 입의 먹이를 차지하기 위해 싸우는 것밖에는 다른 선택이 없었다.

'하지만 너도 이제 마찬가지잖아.'

토클로는 자신이 잃어버린 것을 깨닫고 스스로에게 말했다. 마치 몸 안의 장기 한 조각이 뜯겨 나간 것 같았다.

'어주락은 모든 걸 바꿀 기회가 있다고 확신했어.'

토클로는 부족하기만 한 자신의 굴로 기어들며 생각했다.

'하지만 난 그 일부가 될 기회를 스스로 차 버렸지.'

날이 저물자 토클로는 숲의 그림자 속을 멍하니 들여다보았다.

"오, 어주락."

토클로는 중얼거렸다.

"내가 너를 너무 일찍 떠난 걸까?"

25

땅 위의 얼음 구멍

루사는 곰터를 내려다보고 있었다. 아빠인 킹이 햇볕을 쬐며 잠들어 있었고, 요기가 곰 나무를 기어오르는 것을 볼 수 있었다. 루사의 엄마와 스텔라는 납작얼굴들이 가져다준 과일에 코를 파묻고 있었다.

'이건 이상해.'

루사는 생각했다.

'왜 나는 저들과 함께 있지 않은 거지?'

슬픈 충격과 함께 자신의 질문에 대한 답을 얻었다.

'나는 더 이상 저곳에 속해 있지 않기 때문이야……. 그럼 나는 어디에 있는 거지?'

주위를 둘러보던 루사는 자신이 납작얼굴들에게 둘러싸인 채 곰터 위에 서 있는 것을 발견했다.

'납작얼굴들이 나를 잡아다가 다시 곰터에 데려다 놓을 거야!'

그제야 루사는 자신이 납작얼굴들을 볼 수는 있지만, 그들의 말을 들을 수는 없다는 것을 깨달았다. 납작얼굴들은 마치 말을 하고 기쁨을 표현하는 소리를 내뱉는 것처럼 입을 벌렸지만, 루사의 귀에는 아무 소리도 들리지 않았다. 게다가 납작얼굴들 중 누구도 루사를 볼 수 없는 것 같았다.

'이거 재미있겠는데!'

루사는 생각했다.

'내가 하고 싶은 건 뭐든 할 수 있는데, 저들은 절대 모른단 말이지!'

하지만 루사가 원하는 건 그저 곰터에 있는 자신의 가족을 내려다보는 것뿐이었다. 루사는 스텔라의 곁을 떠난 엄마가 난간 아래 그늘로 느릿느릿 걸어가 자리를 잡는 모습을 지켜보았다. 엄마는 앞발을 코 위에 올려놓고 눈을 감았다.

"안녕, 엄마."

루사는 속삭였다.

"저예요, 루사. 제가 엄마 꿈을 꾸는 것처럼 엄마도 제 꿈을 꾸고 있나요?"

아쉬아가 마치 루사의 말을 들은 것처럼 귀를 씰룩거렸다.

"엄마도 알다시피 저는 잘 지내요."

루사는 계속 말을 이었다.

"이젠 친구들도 생겼고, 야생에서 사는 법도 배웠어요. 그러니 제 걱정은 하지 않아도 돼요."

루사가 엄마를 내려다보고 있을 때, 아쉬아가 갑자기 점점 멀어지더니 곰터 전체가 다른 모든 걸 집어삼킨 햇살 속에서 작은 점으로 변했다. 루사는 자신이 아래로 떨어지고 있다는 것을 깨닫고 겁에 질려 비명을 질렀다.

루사는 온몸의 뼈가 뒤틀릴 정도로 세게 충돌하며 땅 위로 떨어졌다. 눈을 번쩍 뜬 루사는 자신이 여전히 전날 강에서 탈출한 뒤 기어들었던 덤불 아래 누워 있다는 걸 깨달았다. 정말로 하늘에서 뚝 떨어진 것처럼 몸 여기저기가 아팠다. 빗방울이 부드러운 소리를 내며 떨어져 내렸고, 덤불은 비를 막아 줄 만큼 빽빽하지 않았다. 빗방울이 털가죽을 뚫고 피부까지 흘러들면서 추위가 마치 거대한 갈색곰의 발톱처럼 온몸을 움켜쥐었다.

칼릭은 옆에서 몸을 웅크리고 누워 코를 골고 있었다. 루사는 친구의 단잠을 방해하고 싶지 않아서 잠시 지켜보고 있다가 한쪽 발로 슬쩍 찔러 보았다. 루사와 칼릭은 이미 시간을 허비했다. 덤불 속에서 밤을 지새웠고 이제 새로운 날이 밝았다. 어주락을 찾기 위해 다시 움직여야만 했다. 칼릭은 끙끙거리며 눈을 떴다.

"괜찮아?"

칼릭이 루사에게 물었다.

"난 괜찮아."

'아프고 지치고 무서웠지만, 지금은 괜찮아.'

"고마워, 칼릭."

칼릭은 귀찮은 파리를 쫓아내듯 고개를 흔들었다.

"위대한 정령이시여!"

칼릭이 중얼거렸다.

"난 갈색곰에게 흠씬 두들겨 맞은 것 같아."

칼릭은 덜덜 떨면서 몸을 일으켰고, 루사도 마찬가지였다. 다리가 버텨 주는 게 신기할 정도였다. 강물 속에서 힘겹게 싸운 탓에 둘 다 쇠약해졌다는 걸 루사는 깨달았다.

'우리가 정말로 어주락을 구할 수 있을까?'

루사는 확신할 수 없었다.

'납작얼굴들이 어주락을 데려간 곳까지 계속 갈 수는 있을까?'

루사와 칼릭은 나란히 강가로 걸어가 물을 몇 모금 마셨다.

"이제 어느 쪽으로 가야 하지?"

칼릭이 물었다.

"금속 새가 여기서 어디로 갔는지 알겠어?"

루사는 한숨을 쉬었다.

"확실하진 않지만, 이쪽인 것 같아."

루사는 주둥이로 한쪽 방향을 가리켰다.

"그렇지 않다면 왜 정령들이 우리에게 강을 건너라고 했겠어?"

"말이 되네."

칼릭이 동의하며 루사가 일러 준 방향을 향해 터벅터벅 걷기 시작했다.

루사는 칼릭을 따라 진흙탕을 첨벙첨벙 헤치며 계곡 끝자락에 있는 언덕을 기어 올라갔다가, 다시 반대편으로 내려가기 시작했다. 텅 빈 뱃속에서 울부짖는 소리가 들려왔지만, 황량한 풍경 속에서 먹을 것은 아무것도 찾을 수 없었다.

"나 배고파."

루사는 반쯤 혼잣말하듯 중얼거렸다.

"나도. 그런데 먹잇감 냄새조차 안 나."

칼릭이 말했다.

루사는 코웃음을 쳤다.

"내 생각엔 이렇게 비 오는 날에 밖으로 나오기엔 먹잇감들이 다 너무 똑똑하기 때문인 것 같아. 굴속에 다들 잘 숨어 있겠지."

"우리도 그랬으면 좋았겠지만, 어쩔 수 없지 뭐."

칼릭이 한숨을 내쉬었다.

"비라도 그쳤으면 좋겠네."

비가 그치기는커녕 점점 거세지더니, 은회색 가림막처럼 쏟아져 내려 코앞도 볼 수 없을 정도가 되었다. 칼릭과 루사의 배털은 진흙으로 범벅이 되었고, 털가죽은 흠뻑 젖어서 물이 뚝뚝 떨어지며 몸에 달라붙었다. 루사는 살면서 이토록 춥고 힘들었던 적이 있었는지 기억이 나지 않았다.

'먹을 걸 찾아야 해. 안 그러면 더 이상 걸을 수 없어.'

빗속을 뚫어지게 들여다보던 루사는 땅에서 솟아오른 바위 몇 개를 발견했다. 힘겹게 끙끙거리며 바위 하나를 뒤집었다. 드러난 흙 속에서 벌레와 애벌레가 꿈틀거리며 돌아다니는 게 보이자, 뱃속에서 으르렁거리는 소리가 났다.

"여기야, 칼릭! 이리로 와 봐!"

흰곰이 철벅거리면서 루사에게 달려왔고, 둘은 함께 움직일 수 있는 바위들은 죄다 뒤집어 가며 애벌레를 찾아 핥아 먹었다. 둘 다 배가 부르다고 느끼기에는 애벌레가 턱없이 부족했지만, 뱃속에 뭔가가 들어가니 기분이 한결 나아졌다.

다 먹고 나서는 열매를 조금 찾을 수 있었다. 루사는 다른 곰들이 이

237

미 덤불을 샅샅이 뒤져서 작고 쭈글쭈글한 열매만 남아 있는 거라고 짐작했다.

"우린 고기가 필요해."

칼릭이 중얼거렸다.

"토클로는 대체 어디 있는 거야? 우리가 이렇게 필요로 하는데."

'이젠 정말 먼 곳에 있겠지.'

루사는 속으로 대답했다.

"맞아, 토클로였다면 뭔가를 잡았을 거야."

루사는 큰 소리로 말했다.

"토클로는 항상 우리보다 먹잇감 냄새를 잘 맡았으니까."

우중충한 햇빛도 결국 사라졌다. 루사와 칼릭은 튀어나온 바위 아래에서 불편하게 뒤엉킨 채 밤을 보냈다. 다음 날 아침이 되자 하늘에는 아직도 구름이 가득했지만 비는 더 이상 내리지 않았다.

"오늘은 어제보다 더 수월할 거야."

루사는 바위 아래에서 기어 나와 털가죽에 붙어 있던 찌꺼기를 털어 내며 말했다.

여전히 몸이 뻣뻣하고 피곤했지만, 욱신거리는 통증은 사라지기 시작했고, 다리에는 다시 힘이 돌아왔다.

"적어도 축축하지는 않잖아."

"그리고 우리가 어디로 가야 하는지도 볼 수 있지."

칼릭이 루사의 곁에서 공기 냄새를 맡으며 동의했다.

하지만 눈앞에 드러난 풍경을 보자 먹이를 찾을 수 있을 거라는 희망은 사라졌다. 눈앞에는 거칠고 탁 트인 땅이 펼쳐져 있었고, 갈대에 둘러싸인 웅덩이들이 여기저기 흩어져 있었다. 그리고 비가 내리지는 않았지만, 발아래 땅은 여전히 진창이어서 걸을 때마다 발이 진흙 속으로 빠져들었다.

"이곳엔 먹잇감이 하나도 없을 거야."

루사는 실망한 목소리로 중얼거렸다.

"아마 개구리 한두 마리는 찾을 수 있을걸."

칼릭이 코를 킁킁거리며 혐오스럽다는 듯 말했다.

말이 채 끝나기도 전에 웅덩이 주위의 갈대숲에서 토끼 한 마리가 뛰어나와 풀밭을 가로질러 달려갔다. 루사는 고함을 지르며 토끼를 뒤쫓아 달려갔고, 칼릭도 한 발짝 뒤에서 쫓아왔다. 하지만 루사의 다리는 여전히 힘없이 떨리고 있었기 때문에 토끼는 곰들을 쉽게 따돌릴 수 있었다. 토끼가 구멍 속으로 뛰어들자 루사는 좌절해서 으르렁거리며 멈춰 섰다.

"우리는 희망이 없어!"

루사는 소리를 질렀다.

하루하루 지날수록 먹잇감을 찾기가 더 힘들어졌다. 땅은 여전히 축축했고 작은 생물들을 밖으로 유인하는 햇빛도 없었다. 다리는 점점 더 아파 왔다. 루사는 얼마나 더 버틸 수 있을지 의문이 들었다.

'나는 포기하지 않아! 칼릭이 할 수 있다면 나도 할 수 있어!'

거센 바람이 불기 시작하면서 구름을 흐트러뜨렸고, 그 사이로 물기 어린 햇살이 희미하게 새어 들어오기 시작했다. 바람은 토끼 냄새를 싣고 왔다. 루사는 배가 고파서 킁킁대며 냄새를 맡았지만, 눈에 보이는 거라고는 그들이 지나가는 모래 둑에 이리저리 흩어져 있는 구멍

들뿐이었다. 다른 먹잇감들과 마찬가지로 토끼들도 따뜻한 굴에 숨어 있었다.

"여기가 얼음 위라면 좋겠어."

칼릭이 들쭉날쭉한 바위 능선 뒤로 숨어 있을 바다에 시선을 둔 채로 중얼거렸다.

"난 땅에서보다 얼음 위에서 사냥을 더 잘할 수 있는데."

루사는 멈춰 서서 토끼 구멍을 노려보았다.

"보여 줘 봐."

루사가 제안했다.

"뭐라고?"

칼릭이 어리둥절한 표정을 지었다.

"저 토끼 구멍이 바다표범 구멍이라고 생각해 봐."

루사는 주둥이로 모래 둑을 가리키며 말했다.

"네가 뭘 할 수 있는지 보여 줘."

"알았어."

칼릭이 눈을 깜빡였다. 목소리에는 흥분이 서서히 차오르고 있었다. 루사는 칼릭이 자신의 얼음 사냥 기술을 땅 위에서 쓰리라고는 전혀 예상하지 못했으리라 짐작했다.

다른 굴과 조금 떨어져 있는 토끼 굴 하나를 목표로 삼은 뒤 칼릭이 설명했다.

"저건 얼음 구멍이야, 그렇지? 우린 살금살금 다가가서 그 옆에 쭈그리고 앉아 기다리는 거야. 반드시 아주아주 조용히 해야 하고, 절대로 움직이면 안 돼. 안 그러면 바다표범이…… 아, 아니지, 토끼가 우

240

리가 있다는 걸 알아차릴 거야."

"좋아, 한번 해 보자."

루사는 속삭였다.

흰곰이 먼저 구멍을 향해 살금살금 기어가 주둥이를 땅에 대고 엎드렸고, 루사도 칼릭을 따라 했다. 칼릭처럼 덩치가 커다란 곰이 이토록 조용히 움직일 수 있다는 것을 믿기 힘들었다. 루사는 친구를 따라하려고 최선을 다했고, 아무런 소리가 나지 않자 기뻐하며 구멍 반대쪽 바닥에 엎드렸다.

"이거 재미있는데!"

루사는 편한 자세를 잡으려고 몸을 꿈틀거리며 소리쳤다.

"곰터에서 요기랑 같이 노는 것 같아!"

"쉿!"

칼릭이 조용히 하라는 신호를 보냈다.

루사는 입 모양으로만 '미안해!'라고 말하고 자리를 잡고 기다렸다.

얼마 지나지 않아 루사는 순간순간이 질질 늘어지는 것처럼 지루하게 느껴졌다.

'이렇게 오래 걸릴 줄은 몰랐어. 그리고 칼릭이 이렇게나 인내심이 강할 줄이야.'

루사는 벌레가 털 속을 기어다니고 있는 게 틀림없다고 확신했다. 하지만 가려운 곳을 긁으려고 발을 들어 올렸을 때 칼릭이 사나운 눈빛을 보냈고, 루사는 그대로 얼어붙었다. 차가운 바람이 털가죽을 뚫고 들어왔고, 풀잎이 코를 간지럽혀서 재채기가 나오려고 했다. 루사는 이만 포기하고 싶었지만, 칼릭이 토끼 구멍에 너무 집중하고 있었기 때문에 감히 말을 꺼낼 수가 없었다.

구멍 안에서 아주 조그맣게 긁는 소리가 들렸을 때, 루사는 자기 발을 내려다보고 있었다. 토끼가 구멍 밖으로 머리를 내밀었을 때도 그저 멍하니 바라보는 것 말고는 할 수 있는 게 없었다. 아무것도 하지 않고 너무 오래 기다렸기 때문에, 뭘 해야 하는지를 까먹어 버렸다.

루사가 그저 빤히 쳐다보는 동안 칼릭이 토끼에게 달려들었다. 커다란 흰색 발이 잽싸게 토끼의 목을 쓸어 구멍 밖으로 끌어냈다.

"정말 멋지다!"

루사는 벌떡 일어나며 소리쳤다.

"대단한 솜씨야!"

"이건 네 생각이었어."

칼릭이 겸손하게 대답했다. 하지만 칼릭의 목소리에도 기쁨이 묻어났다.

토끼를 입에 문 칼릭은 둑을 따라 동굴이 있는 곳까지 걸어갔다. 둘이서 간신히 바람을 피하고 먹이를 먹을 수 있을 만한 크기의 작은 동굴이었다. 루사는 칼릭을 쫓아가서 옆에 바짝 붙어 앉았다. 육즙이 풍부하고 따뜻한 토끼의 향기를 들이마시자 주둥이에 침이 고여 흐르기 시작했다. 루사는 자신의 몫을 한꺼번에 삼키지 않으려고 애썼다. 이 토끼 고기를 먹고 아주 오랫동안 버텨야 할지도 모른다는 걸 잘 알고 있었다.

"토클로가 놀라지 않을까?"

루사는 입안 가득 토끼 고기를 씹으며 말했다.

"우리가 이렇게 사냥하는 걸 토클로에게 보여 줄 수 있으면 좋겠다."

242

"나도."

칼릭이 슬픈 목소리로 대답했다.

"하지만 어주락에게는 보여 줄 수 있어."

루사가 말했다.

"우리는 어주락을 곧 따라잡을 수 있을 거야. 그리고 납작얼굴들에게서 구해 낼 거야."

26

산등성이 너머

한밤중에 흩뿌려진 빗방울이 토클로의 잠을 깨웠다. 숲은 어두웠고 하늘은 온통 구름으로 뒤덮여 있었다. 나뭇가지를 뚫고 들어오는 희미한 달빛이나 별빛조차 없었다. 바람에 나뭇잎이 흔들리고 나뭇가지가 삐걱대는 소리가 들렸다.

처음엔 단지 몇 방울씩 내리던 비가 점점 폭우로 변하면서 바람에 휩쓸린 빗줄기가 엉성한 굴 안으로 들이쳤다. 토클로는 바닥에 몸을 웅크리고 있었지만 등은 여전히 드러나 있었고, 나뭇가지들은 비를 거의 막아 주지 못했다. 빗물이 털가죽을 흠뻑 적시고, 작은 물줄기가 굴 안으로 흘러 들어와 웅덩이를 만들었다.

'여기는 어쨌든 안 되겠네.'

토클로는 치미는 짜증을 억누르며 생각했다.

'내일 아예 처음부터 다시 찾아봐야겠어.'

희끄무레한 새벽빛이 숲으로 스며들 무렵 토클로는 그토록 공들여

파낸 굴을 떠났다. 비는 점점 더 거세졌다. 물먹은 털이 온몸을 짓눌렀고, 걸음걸음마다 묻어 나오는 진흙 덩이 때문에 발을 떼기 힘들었다. 흠뻑 젖은 땅에서 발은 이리저리 휘청거리며 진흙 구덩이 속으로 빨려 들어갔다. 쉴 곳을 찾으려 애썼지만, 얼굴을 타고 흐르는 빗물 때문에 앞이 잘 보이지도 않았다.

"이럴 때 밖을 돌아다니다니, 내 머릿속도 벌집이 됐나 보네."

토클로는 투덜거리며, 머리를 마구 흔들어 눈에 들어간 빗물을 빼내려는 헛된 시도를 했다.

"나도 다른 정상적인 곰들처럼 굴속에서 비를 피해야 해."

하지만 지금 새로 굴을 파기엔 이미 너무 젖었고 또 피곤했다. 게다가 더 급하게 해야 할 일이 있었다. 토클로는 언제 제대로 된 음식을 먹었는지 기억이 나지 않았고, 배고픔은 날카로운 발톱처럼 뱃속을 찢어발기고 있었다.

'이 비가 내리는 동안에는 아무것도 잡지 못할 거야.'

토클로는 비참한 기분이 들었다.

'먹잇감들은 전부 다 자기 굴에 숨어 있을 거고, 냄새는 다 씻겨 나가겠지.'

토클로는 자신의 생각을 증명하려는 듯 냄새를 맡았다. 과연 맡을 수 있는 냄새라고는 물 냄새와 뿌리를 뒤덮은 낙엽이 썩어 가는 퀴퀴한 냄새뿐이었다.

토클로는 꼭대기로 갈수록 나무가 듬성듬성해지는 비탈길을 따라 걸어가고 있었다. 비탈 아래쪽은 숲이 더 울창해서 비를 피하기 더 적합해 보였지만, 비탈을 내려가다가 진흙탕으로 곧장 뛰어들고 말았다.

245

몰아치는 비 때문에 미처 보지 못했던 것이다. 그 즉시 발이 쭉 미끄러졌고, 토클로는 땅을 움켜쥐려고 허우적거리며 비탈길을 굴러 내려갔다. 진흙이 털을 뒤덮고 코와 입을 가득 채웠다. 토클로는 질척거리는 땅을 무력하게 긁어 대다가, 나무줄기에 쿵 소리가 날 정도로 세게 부딪히며 멈췄다.

토클로는 반쯤 정신이 나간 채로 쓰러진 자리에 그대로 누워 있었다. 빗물이 털 사이로 줄줄 흘러내렸다. 포기하고 그대로 누워 있고 싶다는 생각이 들었지만, 그건 큰 실수가 될 거라는 걸 알고 있었다. 산에서 더 많은 진흙이 쏟아져 내린다면 산 채로 묻혀 버릴 수도 있었다. 토클로는 신음을 내뱉으며 비틀비틀 나무 그늘 속으로 들어갔다.

머리 위의 울창한 나뭇잎이 비를 어느 정도 막아 주었지만, 발밑의 땅은 질척거렸고 덤불을 스쳐 지나갈 때마다 빗물이 몸 위로 쏟아졌다. 여전히 먹잇감의 냄새는 전혀 맡을 수 없었다. 그러다 마침내 줄기에 틈이 벌어진 거대한 고목을 발견하고, 지친 발을 억지로 끌며 그 나무로 다가갔다.

'여기서 쉬자! 굴을 만들 만큼 크진 않지만 비를 피할 순 있겠지.'

하지만 속이 빈 나무에 도착하기도 전에 등 뒤에서 화가 나서 으르렁거리는 소리가 들려왔다. 묵직한 무언가가 머리를 강타했고, 토클로는 숲 바닥에 층층이 쌓여 썩어 가는 낙엽에 얼굴을 처박고 쓰러졌다. 목을 비틀어 입안 가득 들어찬 썩은 나뭇잎을 뱉어 내다가, 위에서 내려다보고 있는 거대한 갈색곰을 발견했다.

"이게······."

토클로는 정신이 반쯤 나간 채로 숨을 헐떡였다.

"여긴 내 영역이야!"

갈색곰이 으르렁거렸다. 그리고 토클로의 어깨를 발로 짓밟아 땅에 짓누르며 이빨을 드러냈다.

"어떤 녀석도 여길 침입할 수 없어."

"미안해, 나는 그저……."

토클로는 말을 꺼냈지만, 그 곰이 머리 옆으로 날카로운 발톱을 휘두르자 말을 끝맺을 수가 없었다. 토클로는 엄청난 노력 끝에 그 곰을 밀어낼 수 있었고, 등 위에 또 다른 일격을 맞으면서 간신히 일어났다. 머리가 빙글빙글 돌고 눈앞이 깜깜해졌다. 발을 휘두르며 방어해 보려고 했지만, 너무 어지러워서 힘이 실리지 않았다.

"당장 꺼져!"

으르렁거리며 화를 내던 갈색곰이 토클로를 덮쳐 산비탈 아래로 밀쳤다.

"알았어, 알았다고! 갈게!"

토클로는 진흙투성이 비탈길에서 줄줄 미끄러지면서, 발로 움켜쥘 곳을 찾으려고 애썼다.

"너무 열 내지 말라고!"

반쯤 달리고 반쯤 미끄러지면서 토클로는 나무 사이로 도망쳤다. 어깨 너머로 흘끗 돌아보자 커다란 갈색곰이 뒷발로 서서 토클로가 떠나는 모습을 지켜보고 있었다. 갈색곰이 내지른 분노의 포효가 숲에 울려 퍼졌다. 갈색곰이 시야에서 사라진 뒤에도 소리는 여전히 계속 들려왔다.

토클로는 갈색곰의 영역을 벗어났다는 확신이 들 때까지 달리는 속도를 늦추지 않았다. 한참을 달린 뒤 숨을 헐떡이며 멈춰 서서 주위를 둘러보았고, 발톱 자국이 있는 나무가 보이지 않자 그제야 비로소 긴장이 풀렸다.

공기 냄새를 맡던 토클로는 검은길의 냄새를 찾아냈다. 멀리서 불꽃야수가 으르렁거리는 소리가 들리고, 앞쪽에 있는 나무 사이로 반짝이는 불빛도 언뜻 보였다. 토클로는 고사리와 가시덤불을 조심스레 뚫고 나가, 곧 숲을 곧게 가로지르는 검은길에 도착했다. 이제 주위는 아주 조용해졌다. 귀를 기울여 보았지만 빗소리와 나무가 바람에 흔들리는 소리밖에 들리지 않았다.

그때 또 다른 불꽃야수의 소리가 빠르게 커지는 걸 들을 수 있었다. 길가에서 허둥지둥 달아나자마자 불꽃야수가 으르렁거리며 토클로가 있던 곳을 스쳐 지나갔다. 불꽃야수의 거대한 발이 작은 돌멩이들을 흩뿌려 토클로를 공격했다.

"으악!"

토클로는 비명을 질렀다.

검은길을 따라 은회색 관이 길게 이어져 있었다. 토클로는 의심스러운 관의 냄새를 조심스럽게 맡았다. 그것은 불꽃야수의 냄새를 강하게 풍기고 있었다. 문득 불꽃야수와 납작얼굴이 땅을 파헤치고 있던 거대한 강 근처에 있는 관이 생각났지만, 이 관은 토클로의 어깨 높이 정도로 좀 더 작았다.

커다란 갈색곰에게 맞은 머리와 어깨는 아직도 깨질 듯이 아팠고, 털가죽은 젖은 흙과 부스러기로 뒤덮여 있었다.

철벅거리는 진흙탕을 헤치고 덤불과 씨름하며 걷는 데 신물이 난 토클로는 단단한 땅을 디딜 수 있다는 사실에 안도하며 검은길 가장 자리를 따라 걷기 시작했다. 다음 불꽃야수가 으르렁거리며 지나쳐 가자 요란한 소리를 내며 굴러가는 둥근 발에 짓밟힐까 두려워 뒤로 펄쩍 뛰어 물러났다. 다행히 불꽃야수는 토클로를 향해 돌아서진 않았지만, 토클로는 이번에도 날아온 돌을 맞고 땅에서 튄 물에 흠뻑 젖었다.

'이 정도면 충분히 당했어!'

빗발치듯 날아온 돌이 금속관에 부딪히며 달그락거리는 소리를 냈고, 그게 시선을 끌었다. 토클로는 다시 한 번 조심스럽게 냄새를 맡았다. 꼭대기는 둥글게 휘어져 있었지만, 위에 올라서서 균형을 잡을 수 있을 만큼 충분히 넓어 보였다. 또 진흙탕 위로 훨씬 높이 솟아 있었다.

'안 될 게 뭐 있겠어? 한번 시도해 볼 만해.'

토클로는 앞다리를 들어 금속관을 붙들고 가까스로 기어 올라가, 균형을 잡을 수 있다는 확신이 들 때까지 잠시 그대로 서 있었다. 그러고 나서 비에 젖은 표면에서 미끄러지지 않도록 조심스럽게 걸음을 옮기기 시작했다. 납작얼굴의 물건에 너무 가까이 있다는 사실이 불안했고 불꽃야수의 강한 냄새에 숨이 턱턱 막혔지만, 적어도 더 이상 진흙탕 속에서 허우적대진 않았다. 그리고 이 관은 아주 어린 시절에 토비와 함께 쓰러진 통나무 위에서 균형 잡기를 하며 놀던 기억을 떠올려 주었다.

불꽃야수는 단 한 마리도 토클로에게 관심을 기울이지 않았고, 토클로는 자기가 검은길보다 높은 곳에 올라서 있는 동안에는 불꽃야수가 덤벼들지 못한다는 것을 깨닫고 더욱 자신감을 얻었다. 그때 앞쪽에서 어느 때보다 더 크게 포효하는 소리가 들리더니, 지금껏 본 적이 없는 거대한 불꽃야수 하나가 시야에 들어왔다. 토클로는 그 불꽃야수가 자신을 짓밟으려는 듯 다가오는 것을 보고 그 자리에 얼어붙었다. 으르렁 거리며 달려오는 거대한 발이 빗물을 파도처럼 옆으로 밀어냈다. 불꽃 야수는 토클로를 지나쳐 가며 발로 돌멩이를 튕겨 냈고, 돌멩이들은 달그락거리며 관에 부딪히거나 말벌 떼처럼 토클로의 옆구리를 찔렀다.

토클로는 뒤로 물러나다가 미끄러운 관 위에서 앞발이 쭉 미끄러졌다. 비틀거리던 토클로는 충격과 공포에 휩싸인 비명을 지르면서 덤불 속으로 곤두박질쳤다.

"이 벌 대가리야!"

멀어지는 불꽃야수를 보며 토클로는 씩씩거렸다.

"앞 좀 제대로 보고 다니라고!"

일어나려고 발버둥 치는데 불꽃야수보다도 더 지독한 악취에 숨이 턱 막혔다. 토클로는 자신이 끈적끈적한 검은색 웅덩이에 빠졌다는 것을 알게 되었다. 그 끈적한 액체는 관에서 방울방울 새어 나와 땅 위로 떨어져서 검은길 옆 우묵한 곳에 웅덩이를 만들고 있었다. 그 액체가 털 전체에 묻어 있었기 때문에 웅덩이에서 물러났을 때도 역겨운 냄새가 계속 따라왔다.

'너무 지독하잖아!'

토클로는 화가 나서 으르렁거리며 털을 닦아 내려고 발로 쓸었지만, 그 끈적한 액체는 오히려 발로 옮겨졌을 뿐이었다.

'으웩! 도대체 이게 뭐야? 끈적거리고 역겹고 기분이 더러워! 이걸 없애려면 어떻게 해야 하지?'

숨을 쉴 때마다 속이 울렁거렸다. 토클로는 검은길을 뒤로하고 비탈을 따라 내려와 숲으로 들어갔다. 그리고 그 끔찍한 걸 닦아 내기 위해 옆구리를 나무줄기에 대고 문질렀다. 한쪽 앞다리에 몸무게를 싣자마자 찌르는 듯한 고통이 느껴졌다. 토클로는 관에서 떨어졌을 때 상처를 입었다는 것을 깨달았다.

나무마다 할퀸 자국이 있는지 계속 살피면서, 정처 없이 절뚝거리며 걸어갔다. 하루 종일 아무것도 먹지 못했지만 먹잇감의 냄새를 맡으려고 할 때마다 털가죽에 묻어 있는 검은 물질의 악취 때문에 아무것도 찾을 수가 없었다. 토클로는 점점 지쳐 가고 있었다. 한쪽 발을 다른 발 앞으로 내딛는 게 점점 더 힘들어졌다. 다친 다리의 통증은 더 심해졌다.

어둠이 내려앉았지만 비는 여전히 그치지 않았다. 토클로는 고개를 떨구고 자신이 어디로 향하고 있는지도 모른 채 그저 비틀비틀 걷고 있었다. 그때 갑자기 먹잇감의 냄새가 풍겼다. 앞쪽 땅에서 날아오는 그 냄새는 검은 물질의 악취보다 더 강했다. 토클로는 누군가가 반쯤 먹다 남긴 토끼를 발견하고 허겁지겁 달려들었다.

'그 갈색곰이 이 토끼를 사냥한 건가?'

잠시 주위를 살피다가, 몸을 웅크리고 앉아 게걸스럽게 토끼 고기를 물어뜯어 꿀꺽 삼켰다. 고통스러운 허기를 가라앉히기에는 턱없이 부족했다. 토클로는 남은 찌꺼기 사이로 주둥이를 들이밀고 혹시 놓친 조각이 있는지 살펴보았다. 하늘에 구멍이 뚫린 듯 비가 더 세차게 쏟아졌다.

"위대한 정령들이시여!"

토클로는 신음하듯 내뱉었다.

"나한테 무슨 원한이라도 있는 건가요? 그게 아니면 대체 뭡니까?"

저물어 가는 빛 속에서 몇 곰 길이 떨어져 있는 나무뿌리 아래의 구멍을 찾을 수 있었다. 토클로는 세 발로 절뚝거리며 구멍으로 걸어가 좁은 공간에 몸을 밀어 넣었다. 그리고 앞발로 코를 감싼 채 고마운 무의식의 세계로 빠져들었다.

코 위로 똑똑 떨어지는 물방울이 잠을 깨웠다. 토클로는 눈을 깜빡이며 고개를 들었다. 희미한 햇빛이 다시 숲을 비추고 있었다. 눈에 보이는 나뭇잎과 가지마다 물방울이 매달려 있었지만 비는 이미 그친 뒤였다.

토클로는 낮게 신음을 흘렸다. 나무뿌리 아래 굴에서 빠져나와 일어서려는데 온몸의 근육 하나하나가 비명을 지르며 저항하는 것 같았다. 다친 다리를 땅에 내려놓자 찌릿한 통증이 등줄기를 타고 올라왔다. 털은 여전히 빗물에 젖어 있었다. 관에서 새어 나온 검은 물질 때문에 온몸이 끈적거렸고, 악취가 목구멍까지 차올랐다. 빗물에도 그 검은 물질은 씻겨 내려가지 않았다.

'아직은 못 걷겠어. 좀 더 쉬어야 해.'

토클로는 한 걸음씩 힘겹게 움직여 바위 꼭대기로 기어올라 주위를 둘러보았다. 나무 사이로 검은길과 그 옆에 있는 은색 관이 언뜻언뜻 보였고, 불꽃야수가 울부짖는 소리가 멀리서 들려왔다. 지금 있는 곳이 어디인지 알려 주는 것은 아무것도 없었다.

'다른 곰의 영역에 들어온 게 아니라면 좋겠는데.'

전날 밤 버려져 있던 토끼를 떠올리며 생각했다. 어쩌면 전날 자신을 쫓아낸 커다란 갈색곰의 영역으로 다시 넘어왔는지도 몰랐다.

'이런 상태로는 싸울 수도, 도망칠 수도 없어.'

토클로는 바위 위에서 꾸벅꾸벅 졸았다. 털이 마르면서 몸이 서서히 따뜻해졌다. 이따금 햇살이 구름을 뚫고 머리 위를 뒤덮은 나뭇가지 사이로 새어 들어왔다. 해가 높이 솟을 무렵, 토클로는 남은 힘을 짜내어 바위를 내려와 나무 밑동에 몸을 긁었다. 털가죽에 달라붙어 있던 악취 나는 물질 중 가장 심한 덩어리가 떨어져 나갔다. 다행스럽게도 이제는 마르고 딱딱해져서 더 쉽게 벗겨 낼 수 있었다.

한참을 돌아다니자 다쳐서 뻣뻣해졌던 다리가 조금은 부드러워졌다. 이제는 그렇게 고통스럽지는 않았다. 하지만 다친 다리로 계속 걸어가는 것은 여전히 마음이 놓이지 않았다. 토클로는 남아 있는 낮 시간 동안에 바위 주위를 돌아다니며 주린 배를 채워 줄 열매를 찾아다녔다.

밤이 찾아오자 토클로는 전날처럼 나무뿌리 아래 비좁은 구멍에 몸을 웅크렸다.

'여긴 머물기 좋은 곳이 아니야.'

토클로는 잠에 빠져들면서 결심했다.

'내일은 더 나은 곳을 찾아봐야지.'

다음 날 잠에서 깨어났을 때, 토클로는 나무 위 하늘이 맑게 개고 숲속으로 햇살이 내리쬐고 있다는 걸 알았다. 여전히 배가 고팠지만, 하루 동안의 휴식으로 새로운 힘을 얻었고 다리의 통증도 좀 둔해졌다.

검은길을 뒤로하고 나무 사이로 올라가면서 기분이 훨씬 좋아졌다.

얽혀 있는 가시덤불 주위를 빙 둘러 가던 토클로는 나무뿌리 사이에서 열매를 갉아 먹고 있던 다람쥐를 놀라게 했다. 토클로는 재빨리 척추를 때려서 다람쥐를 죽였다. 따뜻한 먹이를 게걸스럽게 먹어 치우며 지난 며칠 동안의 고생을 마음속에서 밀어냈다.

'나는 갈색곰이야! 뭐든 이겨 낼 수 있어.'

산꼭대기에 오른 토클로는 털을 흩날리는 바람을 즐기며 산등성이를 따라 계속 걸었다.

'이제 한결 낫네.'

마침내 토클로는 자신이 산등성이 끝에 다다랐다는 것을 깨달았다.

그 너머로 다시 한 번 해안가 평원을 내려다볼 수 있으리라고 짐작했다. 그곳에는 사냥할 기러기와 산토끼가 있고, 어쩌면 순록도 있을 것이다. 먹잇감을 향해 달려들어 자신의 힘과 기술로 쓰러뜨리는 상상만으로도 입가에 침이 고이고 발이 근질근질했다.

하지만 발밑의 흙이 우수수 떨어져 내리며 그 너머의 땅이 드러났을 때, 토클로는 그 자리에 얼어붙은 채 믿을 수 없다는 눈으로 바라보았다. 예상했던 대로 평원이 눈앞에 펼쳐져 있고 그 너머로는 바다가 있었지만, 상상했던 것과는 너무나도 다른 모습이었다. 토클로가 바랐던 풍성한 먹잇감 대신, 땅 전체에 납작얼굴의 구조물이 점점이 흩어져 있었다. 사방으로 낮고 평평한 지붕을 가진 굴과 높은 탑들이 땅을 가득 메우고 있었다. 탑 중 하나는 꼭대기에서 밝은 불꽃을 뿜어내고 있었다. 토클로가 따라온 것과 같은 은색 관과 나란히 놓인 검은길은 납작얼굴의 굴이 모여 있는 곳을 가로지르며 끝도 없이 뻗어 있었다. 그 안에서 움직이고 있는 것은 으르렁거리며 검은길을 달리고 있는 불꽃야수들뿐이었다.

토클로는 한 걸음 물러서서 자신이 걸어온 방향을 흘끗 돌아보았다. '그 갈색곰을 다시 만나더라도 돌아가는 편이 낫겠어.'

하지만 미처 몸을 돌리기도 전에 멀리서 윙윙대는 소리를 들었고, 납작얼굴의 굴이 모여 있는 곳 반대편에서 금속 새가 하늘로 날아오르는 것을 발견했다. 토클로는 잠시 멈춰 서서 자신을 향해 날아오는 금속 새를 바라보았다. 단단하고 반짝거리는 몸통 위로 햇빛이 반사되었다. 금속 새는 산기슭과 납작얼굴의 구조물 사이에 넓게 펼쳐진 공터를 향해 낮게 날아가고 있었다.

땅 위에서 움직이는 작은 점 두 개가 토클로의 눈을 사로잡았다. 그 점들은 산기슭을 벗어나 납작얼굴의 굴이 모여 있는 곳을 향해 움직이고 있었다. 하나는 검은색이었고, 다른 하나는 흰색이었다. 금속 새는 발톱을 뻗은 채 날개를 덜거덕거리며 그 점들을 향해 날아가고 있었다.

"안 돼!"

토클로는 울부짖었다.

"칼릭! 루사! 조심해!"

기운을 다 써 버린 것도 잊고, 아픈 다리와 쓰라린 발도 잊은 채 토클로는 산등성이에서 뛰어내려 친구들을 구하기 위해 평원으로 돌진했다.

27
금속 새의 둥지

토끼 굴 옆에 있는 동굴에서 밤을 보낸 칼릭과 루사는 창백한 첫 새벽빛을 받으며 깨어났다. 칼릭은 굴에서 기어 나와 털에 붙은 모래흙을 털어 내고, 몇 곰 길이 떨어진 곳에서 바람의 냄새를 맡고 있던 루사를 쳐다보았다.

"어느 쪽이야?"

루사는 잠시 머뭇거렸다.

"잘 모르겠어."

루사가 고백했다.

"우리는 정말 먼 길을 왔어. 금속 새가 어느 방향으로 날아갔는지 기억이 안 나."

칼릭은 숨을 깊이 들이마신 뒤 톡 쏘는 익숙한 바다 냄새를 맡았다. 발이 그리움으로 근질근질했다.

"내 생각엔 해안 쪽으로 가야 할 것 같아."

칼릭은 중얼거렸다.

"내가 틀렸을 수도 있지만, 무언가가 나한테 그쪽으로 가야 한다고 말하고 있는 것 같아."

루사의 눈이 반짝거렸다.

"어쩌면 아르크투루스가 너한테 신호를 보내는 걸 수도 있어."

'아니면 그저 얼음이 부르는 걸 수도 있고.'

하지만 달리 갈 수 있는 곳이 없었기 때문에, 칼릭과 루사는 산등성이 꼭대기로 향했다. 터벅터벅 걸어 올라가는 동안 해가 높이 떠올라 털가죽을 따뜻하게 덥혀 주었다. 칼릭은 온몸의 근육이 풀리고 가슴속 깊은 곳에서 희망이 물결치는 것을 느꼈다. 어쩌면 오늘 어주락과 다시 만날 수 있을지도 모른다.

산꼭대기에 이르는 마지막 한 곰 길이는 발밑에서 흔들거리는 느슨한 바위를 힘겹게 기어올라야 했다. 먼저 꼭대기에 올라선 루사가 마치 돌로 깎아 만든 곰처럼 조금의 움직임도 없이 그대로 굳은 채 그 너머의 땅을 내려다보았다.

"뭔데 그래?"

조금 아래쪽에서 미끄러운 자갈을 밟고 올라가던 칼릭이 소리쳤다.

"넌 이걸 믿을 수 없을걸!"

작은 흑곰이 대답했다.

"난 지금 도저히 믿을 수 없는 광경을 눈으로 보고 있어."

칼릭은 조금 더 힘을 내서 비탈 위로 올라가 숨을 헐떡이며 루사 옆에 섰다. 평원을 살펴보던 칼릭의 발톱이 바위를 꽉 움켜쥐었고, 심장은 미친 듯이 두근거렸다.

여러 날 전에 그들이 산에서 내려와 처음으로 본 곳은 생명으로 가득 찬 평원이었다. 하지만 이곳은 황량했고, 검은길들이 교차하고 있었으며, 납작얼굴의 굴이 이곳저곳에 흩어져 있었다. 구조물들은 이상한 형태를 하고 있었다. 어떤 것은 네모나고, 어떤 것은 납작하고, 어떤 것은 둥글고, 어떤 것은 기묘한 금속 조각이 튀어나와 있었다. 그것들은 평원에 뒤죽박죽 놓여 있거나, 납작얼굴만 알고 있는 어떤 질서를 가진 것처럼 보였다. 그 너머로 검은길을 가로지르며 뻗어 나가는 창백하게 빛나는 강이 있고, 강 너머로는 납작얼굴들의 굴이 모여 있는 것처럼 보이는 안개 속 윤곽을 어렴풋이 볼 수 있었다.

까마득히 먼 곳에서 어슴푸레 빛나고 있는 바다를 본 순간 칼릭의 희망은 사라졌다. 그 사이에 놓인 이 혼란스러운 것들 때문에 바다와 자신이 단절되는 느낌이 들었다.

"혹시 어주락이 이곳에 있다면, 우린 절대로 찾지 못할 거야."

칼릭은 절망적으로 말했다.

"그래도 노력해 봐야 해."

루사가 완강한 목소리로 말했다.

"우리는……."

덜커덕대고 윙윙거리는 익숙한 소리에 루사는 말을 멈췄다. 칼릭은 어주락을 데려갔던 것과 비슷하게 생긴 금속 새를 발견했다. 그 금속 새는 해안선을 따라 날아가다가 굴이 모여 있는 곳 반대편 어딘가에 급하게 내려앉았다.

"저기 좀 봐!"

금속 새가 시야에서 사라지자 칼릭은 소리쳤다.

"저기가 금속 새들이 둥지를 트는 곳이 분명해."

"그렇다면 저기부터 찾아봐야 해."

루사가 발을 동동 굴렸다.

"어서!"

"아주 먼 길이야."

칼릭은 망설이는 목소리로 말했다.

"우리는 강을 건너야 해."

"그건 거기 도착한 다음에 걱정하자."

루사가 앞장서서 비탈을 내려가 납작얼굴의 구조물이 있는 곳으로 향했다. 칼릭은 친구의 열망에 공감할 수는 없었지만, 어쨌든 루사의 뒤를 따라갔다. 루사와 칼릭이 산기슭에 다다랐을 무렵 해는 하늘 꼭대기에서 내려오고 있었다. 곰들과 검은길 사이에 탁 트인 땅이 펼쳐졌다. 가시덤불이 여기저기 흩어져 있는 마른 풀밭이었다. 칼릭은 멈춰 서서 주둥이를 들고 냄새를 맡았다. 불꽃야수를 떠올리게 하는 강한 냄새가 났지만, 완전히 똑같지는 않았다.

"이게 무슨 냄새지?"

루사가 고개를 저었다.

"나도 모르겠어. 어쨌든 정말 역겨워."

루사는 앞으로 몇 걸음 더 걸어가서, 황량한 풍경을 가로지르는 검은길과 그 너머에 있는 납작얼굴의 기이한 구조물들을 바라보았다.

"먼저 계획을 세워야 해."

루사가 중얼거렸다.

산에서 내려오자 납작얼굴의 굴이 더 거대해 보였다.

"어떻게 계획을 세워야 할지 모르겠어."

칼릭이 말했다.

"우리는 뭘 마주하게 될지도 모르잖아. 우리가 할 수 있는 일은 금속 새의 둥지를 찾아내서 무슨 단서가 있는지 확인하는 것뿐이야."

"그래, 그것도 계획이라면 계획이지."

루사가 활기차게 말했다.

"자, 가자."

칼릭과 루사는 가시덤불을 피해 이리저리 방향을 바꿔 가며 탁 트인 땅을 가로질렀다. 털가죽에 가시가 박히진 않았지만, 기름기 가득한 검은 진흙 속을 걸어가는 것만으로도 충분히 기분이 나빴다. 평원은 검은길로 나뉘어 있었다. 대부분의 검은길 옆에는 반짝이는 관이 나란히 놓여 있었고, 곳곳에 높이 솟은 납작얼굴의 굴이 어렴풋이 보였다. 칼릭은 루사와 함께 터벅터벅 걸어가면서, 높이 솟은 굴에서 적대적인 눈길이 내려다보고 있다고 상상했다. 그러자 몸이 떨렸다. 하지만 움직이는 것은 아무것도 없었다.

'저 굴들은 다 텅 비었을까?'

"지금껏 이렇게 큰 납작얼굴의 굴은 본 적이 없어."

루사가 경이로움과 두려움이 뒤섞인 눈으로 주위를 둘러보며 속삭였다.

"근데 납작얼굴들은 다 어디에 있는 거지? 하나도 안 보여."

"어쩌면 여긴 납작얼굴들이 사는 곳이 아닐지도 몰라."

칼릭은 추측했다.

"납작얼굴들이 사는 굴은 여기서 멀리 떨어져 있을 수도 있어. 금속 새가 내려앉은 곳 근처일 수도 있고."

"네 말이 맞는 것 같아."

루사가 동의했다.

"정원도 없고, 밖에서 잠을 자는 불꽃야수도 없어. 음식이 들어 있는 커다랗고 반짝이는 통도 없고 말이야."

루사가 아쉽다는 듯이 덧붙였다.

칼릭은 공기 냄새를 맡아 보았다.

"음식 냄새가 전혀 나지 않아. 그냥 지독한 악취뿐이야."

몇 곰 길이를 채 가기도 전에, 또 다른 금속 새가 굴이 모여 있는 반대편에서 날아올랐다. 처음에 칼릭은 그 금속 새를 보고 기뻐했다. 둥지의 정확한 위치를 알려 줄 거라고 기대했기 때문이다. 그런데 그 금속 새는 해안을 따라 날아가는 대신 산등성이를 향해 날아왔다. 발톱이 납작얼굴의 굴 지붕을 거의 스칠 정도로 낮게 떠 있었다. 칼릭은 금속 새가 다가오는 것을 지켜보며 마음속에서 차오르는 공포를 느꼈다.

"우릴 노리고 있어!"

칼릭은 비명을 질렀다.

"놈들이 우릴 봤고, 우리를 잡고 싶어 해!"

칼릭은 몸을 웅크리고 루사의 곁에 바짝 다가갔다. 금속 새의 덜거덕거리는 날갯짓 소리가 하늘을 가득 메웠다. 금속 새가 다가오면서 일으킨 바람에 풀이 바닥에 납작 눕고 덤불 가지가 마구 흔들렸다.

"미안해, 칼릭."

루사가 속삭였다.

"내가 너를 여기까지 데려왔어. 내 잘못이야."

갈릭은 너무 놀라서 대답도 하지 못한 채 그지 친구의 따뜻한 털 속으로 더 가까이 파고들며 눈을 질끈 감았다.

그때 금속 새가 으르렁거리는 소리를 뚫고 누군가가 울부짖는 소리가 들렸다.

"루사! 칼릭! 조심해!"

눈을 뜨고 빈약한 풀숲에서 고개를 들자, 입을 크게 벌린 채 자신들을 향해 달려오는 갈색곰이 보였다. 토클로였다.

"움직여, 벌 대가리들아! 숨으라고!"

토클로가 칼릭의 옆구리를 들이받아 칼릭과 루사를 가시덤불 속으로 밀어 넣었다. 칼릭은 루사와 함께 허둥지둥 덤불 아래로 기어들었다. 토클로는 덤불 가장자리에 몸을 웅크리고, 금속 새에게 대항하듯 으르렁거렸다.

"꺼져! 널 절대로 우릴 잡아갈 수 없어!"

금속 새의 덜그럭거리는 소리가 머리 위에서 울려 퍼지는 동안 칼릭은 공포에 질려서 숨을 죽인 채 가만히 기다렸다. 마침내 소음이 점점 잦아들자 칼릭은 용기를 내서 덤불 밖으로 고개를 내밀었다. 금속 새는 하늘 높이 날아올라 산등성이를 넘어 사라지고 있었다.

"이제 괜찮아."

토클로가 퉁명스럽게 말했다.

"금속 새는 갔어. 나와도 돼."

칼릭은 덤불 밖으로 기어 나와 몸을 일으켰다. 토클로에게서 눈을 뗄 수가 없었다. 토클로가 이곳에 있다는 게 아직도 믿기지 않았다. 토클로는 몹시 지쳐 보였고, 그들을 둘러싼 땅에서 나는 고약한 냄새와 똑같은 악취를 풍기고 있었다.

"고마워, 토클로!"

칼릭은 숨을 헐떡이며 말했다. 차츰 호흡이 안정되고 날뛰던 심장이 차분해졌다.

"네가 우리를 금속 새한테서 구했어!"

루사가 덤불에서 기어 나와, 앞발을 들어 긁힌 코를 문질렀다.

"넌 정말 용감했어!"

토클로는 쑥스러운 듯 어깨를 움츠리더니 뭐라고 툴툴거렸다.

"그런데 너 냄새가 진짜 지독해."

루사가 코를 킁킁거리더니 놀란 표정으로 뒤로 물러났다.

"네 냄새도 그리 달콤하진 않거든."

토클로가 맞받아쳤다.

"어쨌든, 이건 내 잘못이 아니야. 사고가 있었거든. 자, 봐 봐."

토클로가 옆으로 돌아서서 칼릭과 루사에게 자기 털에 묻어 있는 검고 끈적끈적한 무언가의 흔적을 보여 주었다.

"우리가 걸어온 길에 있던 진흙이랑 똑같아."

칼릭은 유심히 들여다보다가 몸을 기울여 냄새를 맡아 보았다.

"우웩!"

"이봐, 내 냄새에 대해서는 그만 말하면 안 될까?"

토클로가 털을 곤두세우고 으르렁거렸다.

"내 냄새가 지독하다는 말이나 들으려고 너희를 구한 게 아니거든."

"미안해."

루사가 말했다. 하지만 루사의 눈에는 즐거움이 가득했다.

토클로는 코웃음을 치며 몸을 힘껏 털었다.

"그런데 여기서 대체 뭘 하고 있는 거야?"

"우리는 어주락을 찾고 있어."

루사가 대답했다.

"너는?"

토클로가 귀에 붙은 파리를 쫓듯 귀를 홱 튕겼다.

"어, 난 사냥 중이었지. 그러니까…… 최고의 영역을 찾아다니는 중이었어."

"나무에 표시는 남겼어?"

루사가 열성적으로 물었다.

"네 굴도 만들었고? 넌 분명 숲에서 가장 사나운 곰이었을 거야!"

토클로는 또 한 번 몸을 털었다.

"지금 그걸 다 말할 필요는 없어. 난 아무 문제 없어. 그러니까 이제 그 작은 털 뭉치가 어떻게 됐는지나 말해 봐."

곰들은 가시덤불 옆에 자리를 잡았다. 루사는 납작얼굴 치료사가 살고 있는 곳으로 찾아온 낯선 납작얼굴들에 대해, 그리고 그들이 어떻게 어주락을 데려갔는지에 대해 토클로에게 이야기해 주었다.

"어주락을 이곳으로 데려온 게 분명해."

루사는 간절한 눈빛으로 토클로를 바라보았다.

"이곳은 금속 새들이 둥지를 틀려고 오는 곳이야. 토클로, 우리가 어주락을 찾는 걸 도와주겠어?"

"부탁이야."

칼릭도 덧붙였다.

"네가 제때 나타나서 우리를 구해 준 게 그저 우연일 리가 없어. 정령들이 우리를 다시 모이게 해 준 거야."

"정령들이라니!"

토클로가 숨을 헐떡였다.

"넌 네가 누구라고 생각하는 거야? 어주락?"

칼릭은 토클로가 툴툴거리고 화를 내긴 해도, 자신들을 다시 만나게 되어 기뻐하고 있다는 것을 알 수 있었다. 토클로가 지금까지 계속 친구들을 찾아다녔는지 궁금했다.

'우리가 토클로를 그리워했던 것처럼 토클로도 우릴 그리워했을까?'

"그래, 내가 도와주는 게 낫겠다."

토클로가 한숨을 쉬며 말했다.

"너희를 이대로 내버려두면 더 큰 위험에 빠지기나 하겠지."

"고마워!"

루사가 토클로의 어깨에 다정하게 머리를 부딪쳤다.

"네가 함께한다면 어주락을 찾을 가능성이 훨씬 높아질 거야."

"좋아."

토클로는 마음을 정한 듯 자리에서 일어났다.

"금속 새는 저기에 둥지를 틀고 있는 게 분명해."

토클로가 납작얼굴의 굴이 모여 있는 곳 반대편을 주둥이로 가리켰다.

"그러니까 우린 저곳부터 뒤져 봐야 해."

28
흰곰 조각상

루사와 친구들이 강을 향해 걸어가는 동안 공기는 씁쓸한 냄새와 함께 점점 더 무거워졌다. 그리고 그 공기가 목구멍에 걸려 기침이 터져 나왔다.

"납작얼굴들이 이런 악취를 견딜 수 있다니 정말 놀라워."

루사는 계속 숨을 고르며 말했다.

칼릭이 어깨를 으쓱했다.

"이게 다 납작얼굴들이 만든 거잖아. 어쩌면 납작얼굴들이 원하는 게 이런 걸 수도 있지."

"납작얼굴들은 이상해."

토클로가 으르렁거렸다.

곰들은 검은길에 도착했다. 금속 지지대 위에 세워진 반짝이는 관이 검은길과 나란히 놓여 평원을 가로지르고 있었다. 루사는 그 관에 가까이 다가가서 냄새를 맡았다.

266

"으윽!"

루사는 소리를 지르며 뒤로 펄쩍 뛰었다.

"여기서 불꽃야수 냄새가 나."

"그것들을 조심해야 해."

토클로가 루사의 곁으로 다가오며 충고했다.

"저기서 끔찍한 검은 물이 새어 나와. 그리고 그게 바로 악취의 주범이야. 여기 오는 길에 검은 물이 고인 웅덩이에 빠졌었는데, 그때 털에 잔뜩 묻은 거야."

"정말 끔찍하다."

루사는 관 양쪽을 바라보았다. 다행히 새는 부분이나 검은 웅덩이 같은 건 보이지 않았다.

"우리는 이 검은길을 건너야 해."

루사는 토클로를 보며 물었다.

"토클로, 관 위로 올라가도 괜찮아?"

"괜찮을 거야. 불꽃야수만 없다면 말이야."

갈색곰이 대답했다.

루사는 주둥이를 쳐들고 냄새를 맡았다. 하지만 사방에 불꽃야수의 냄새가 진동하는 지금, 불꽃야수가 다가오는 냄새를 맡으려고 하는 것은 아무 의미도 없다는 걸 깨달았다. 불꽃야수들은 납작얼굴의 굴 근처만 지나다니는 것 같았다. 멀리서 으르렁거리는 소리를 들을 수 있었지만, 이곳에서는 모든 게 조용해 보였다.

"자, 가자."

루사가 말했다.

가장 먼저 관 위에 올라간 것은 토클로였다. 토클로는 관 위에서 잠시 균형을 잡더니, 반대편으로 뛰어내려 검은길을 가로질러 달려갔다. 그러고 나서 일행을 향해 돌아섰다.

"얼른 와!"

토클로가 소리쳤다.

뒤따라 관 위로 기어 올라간 칼릭은 검은길 위에 꼴사납게 철퍼덕 주저앉았다가, 토클로 옆으로 허둥지둥 달려갔다.

루사도 친구들을 따라가려고 했지만 반짝거리는 관 위에서 발톱이 쭉쭉 미끄러졌다. 루사는 자신의 덩치가 친구들에 비해 훨씬 작아서 이 관을 기어오르기가 더 힘들 거라는 걸 예상하지 못했다.

'나는 흑곰이야!'

루사는 화가 나서 자기 자신에게 말했다.

'우리 흑곰들은 최고의 등반가라고!'

관 옆을 벅벅 긁으면서, 친구들 중 누구 하나는 건너가기 전에 자기를 밀어 올려 줬더라면 좋았을 거라고 생각했다. 하지만 친구들에게 돌아와 달라고 부탁하고 싶지는 않았다.

'차라리 이렇게 하는 게 낫겠어.'

루사는 바닥에 엎드려 아래쪽의 좁은 틈으로 기어 들어갔다. 등이 관 아래쪽에 긁히면서, 순간 좁은 틈에 몸이 끼었다. 루사는 아찔한 기분이 들었다.

'도와 달라고 소리쳐야 하나?'

발톱을 땅속 깊이 박아 넣고 몸을 앞쪽으로 당겨 끙끙대며 간신히 걸려 있던 몸을 빼낸 루사는 검은길을 건너기 위해 근육에 힘을 모았다. 바로 그때 토클로가 소리쳤다.

"기다려!"

멀리서 들려오던 불꽃야수의 울부짖는 소리가 갑자기 커졌다. 루사는 그 자리에 그대로 얼어붙었다. 거대한 불꽃야수 하나가 루사의 코에서 한 곰 길이도 채 안 되는 거리를 쌩 스쳐 지나갔다. 거친 모래와 진흙이 눈을 찌르고 털가죽 위에 흩뿌려졌다.

"고맙기도 해라!"

루사는 눈을 깜빡이며 투덜거렸다.

"이제 건너와도 돼!"

칼릭이 검은길 건너편에서 소리쳤다.

여전히 앞을 제대로 볼 수 없었지만, 친구의 말을 믿고 뒷발로 땅을 힘껏 박찼다. 그 즉시 관 밑바닥에서 튀어나온 루사는 단단한 검은길을 밟으며 허둥지둥 달려갔다. 그리고 칼릭의 부드러운 몸에 부딪히며 멈췄다. 친구가 얼굴을 핥아서 모래를 떼어 주는 것을 느낄 수 있었다.

"고마워."

루사는 숨을 헐떡이며 눈을 깜빡였다.

검은길은 납작얼굴의 굴이 모여 있는 곳을 향해 거의 곧장 이어져 있었기 때문에, 곰들은 검은길을 따라서 계속 걸어갔다. 납작얼굴의 탑 꼭대기에 불이 켜졌다. 탑 옆을 지나갈 때, 거대한 불 구름이 탑 꼭대기에서 터져 나오면서 그 섬광이 별빛을 가렸다. 심장이 철렁 내려앉은 루사는 땅바닥에 납작 엎드렸고, 칼릭도 루사 옆에 웅크렸다. 루사는 흰곰이 몸을 떨고 있는 것을 느낄 수 있었다.

"저게 도대체 뭐지?"

칼릭이 속삭였다.

"나도 몰라."

루사는 용감한 척 말하고 싶었지만, 정작 입에서 나온 것은 기대를 저버리는 낑낑거리는 목소리였다.

"우릴 해치진 않는 것 같아."

잠시 후 루사가 덧붙였다.

"그건 두고 봐야지."

토클로가 으르렁거리며 내뱉었다.

땅은 계속 아래쪽으로 기울어져 있었고, 루사는 앞쪽에서 창백한 물줄기를 알아볼 수 있었다.

"앞에 강이 있어."

루사는 잠시 멈춰 서서 주둥이로 앞쪽을 가리켰다.

"내 생각엔 이 검은길이 강을 가로지르는 것 같아. 토클로, 전에 검은길을 통해 강을 건너갔던 거 기억나? 아, 그건 널 만나기 전에 있었던 일이야."

루사는 칼릭을 위해 설명을 덧붙였다.

"불꽃야수가 어주락을 치어서 거의 죽일 뻔했던 게 기억나."

토클로가 발끝에 시선을 둔 채 투덜거렸다.

"또다시 그런 위험을 무릅쓰진 않을 거야."

"헤엄을 쳐서 건널 수도 있어. 하지만 이 검은길은 그때보다 훨씬 조용해. 어쩌면 안전할지도 몰라."

토클로는 대답하지 않았고, 루사도 굳이 말다툼하지 않았다. 직접 강을 맞닥뜨리기 전까지는 어떤 말을 해도 의미 없다는 것을 잘 알고 있었다.

강둑에 도착했을 때는 이미 해가 저물고 있었다. 넓고 잔잔한 수면이 불길한 붉은빛을 반사하고 있었다. 루사는 몸을 떨지 않으려고 애썼다.

"헤엄치기엔 너무 멀어."

루사는 중얼거렸다.

곰들의 앞에는 거대한 나무 기둥과 금속으로 받쳐진 검은길이 곧장 강을 가로지르고 있었다. 가까이 다가갔을 때 불꽃야수 하나가 반대편에서부터 울부짖으며 달려오더니 멀리 사라졌다.

"걸어가는 것도 마찬가지로 멀어."

토클로가 지적했다.

"만약 중간쯤 건너갔을 때 불꽃야수가 다가온다면 우리는 꼼짝없이 붙잡힐 거야."

"난 헤엄을 치느니 차라리 그 위험을 감수할래."

칼릭이 강둑 아래로 고개를 숙여 강물이 철썩거리는 첫 번째 금속 지지대를 살펴보며 말했다.

"난 이 물 냄새가 싫어. 털에 묻는 것도 끔찍하고."

루사가 토클로에게 투표에서 밀렸다고 말하기도 전에 또 다른 불꽃야수가 뒤에서 으르렁거리며 달려와 몇 곰 길이 떨어진 곳에 멈춰 섰다. 불꽃야수의 으르렁거림이 부드럽게 그르렁대는 소리로 바뀌었다.

토클로가 몸을 돌려 이빨을 드러내고 불꽃야수를 마주했다.

"뭘 하려는 거지?"

토클로가 불안한 시선을 번뜩이며 으르렁거렸다.

271

"우리를 사냥하려는 건가?"

칼릭이 겁에 질린 표정으로 루사를 돌아보았다. 루사는 두 친구 모두 자신의 대답을 기다리고 있다는 걸 알 수 있었다. 루사는 이곳의 전문가이자, 납작얼굴에 대해 가장 잘 알고 있었다. 하지만 이곳은 전에 보았던 곳들과는 너무나도 달랐다. 루사는 자신이 친구들에게 도움이 될 수 있을지 확신할 수 없었다.

"도망칠 준비를 해."

루사는 부드럽게 말했다.

"하지만 내가 말하기 전까지는 절대로 움직이지 마."

루사는 불꽃야수가 사납게 포효하며 달려들 것에 대비하며 조심스럽게 다가갔지만, 불꽃야수는 변함없이 조용히 그르렁거릴 뿐이었다.

갑자기 불꽃야수의 배가 열리고 납작얼굴이 튀어나와 불막대기를 휘두를 거라고 예상했지만, 그런 일 역시 일어나지 않았다. 불꽃야수 안에는 납작얼굴이 딱 하나만 있었다.

"믿기지 않겠지만……."

루사는 천천히 입을 열었다.

"우리가 건너가기를 기다리고 있는 것 같아."

"네 말이 맞아, 난 못 믿겠어."

토클로가 투덜댔다.

"납작얼굴이 곰을 기다려 준다고? 네 머릿속엔 도대체 꿀벌이 몇 마리나 웽웽거리는 거야?"

"난 루사 말이 맞는 것 같아."

칼릭이 뜻밖에도 루사의 의견에 동의했다.

"저 납작얼굴이 우리를 사냥하고 싶었다면 이미 시작했을 거야. 루사, 넌 우리가 여길 건너야 한다고 생각하지? 그럼 난 그렇게 할 거야."

루사는 흰곰이 얼마나 겁에 질렸을지 잘 알고 있었기 때문에, 자신을 향한 친구의 믿음에 마음이 따뜻해졌다. 겁이 나긴 했지만 왠지 이 납작얼굴은 해를 끼칠 것 같지 않다는 생각이 들었다.

'친절한 납작얼굴도 있어. 곰터에서는 다들 친절했잖아.'

루사는 속으로 중얼거렸다.

"좋아, 네가 먼저 출발해."

루사는 칼릭에게 말했다.

다시 한 번 걱정스러운 눈길로 루사를 바라보던 흰곰은 검은길 가장자리를 따라 강을 건너기 시작했다. 이제 불꽃야수가 앞으로 뛰쳐나와 칼릭을 짓밟기가 한결 쉬워졌지만, 불꽃야수는 움직이지 않았다.

"이제 네 차례야, 토클로."

칼릭이 몇 곰 길이쯤 건너간 걸 확인한 루사는 토클로에게 말했다.

토클로는 머뭇거렸다. 루사는 토클로가 다시 말다툼을 벌이려고 할까 봐 잠깐 걱정했다. 하지만 토클로는 짜증 난다는 듯 씩씩거리며 돌아서서 칼릭을 향해 껑충껑충 뛰어갔다.

루사도 친구들을 쫓아가기 시작했다. 곰들이 강 건너편에 도착하자 불꽃야수가 다시 으르렁거리더니 곰들을 향해 굴러오기 시작했다. 불꽃야수가 지나가는 동안 곰들은 검은길 옆에 웅크리고 앉아 두려워하며 숨을 헐떡이고 있었다.

"거봐!"

루사는 안도의 한숨을 내쉬며 소리쳤다.

"먼 거리를 헤엄치는 것보다 쉽지 않았어?"

"넌 정말 대단해, 루사."

칼릭이 말했다. 토클로는 그저 작은 소리로 투덜거리고 있었다.

조금 용기를 얻은 루사는 납작얼굴의 굴이 모여 있는 곳으로 일행을 이끌었다. 이제 곰들은 넓고 평평한 땅을 지나고 있었다. 하루의 마지막 햇빛을 반사하는 조그만 물웅덩이들이 여기저기 흩어져 있었다. 토클로는 가장 가까운 물웅덩이 앞에 쪼그려 앉았다가, 인상을 팍 쓰며 뒤로 물러나 헛구역질을 했다.

"이 물은 절대 건드리지 마."

토클로가 턱 주위를 혀로 핥으며 루사와 칼릭에게 경고했다.

"물에서 역겨운 맛이 나."

어둠이 내리자, 루사는 지금 자신이 얼마나 피곤한지 깨달았다. 발은 아프고 갈증으로 목이 바싹 말랐지만, 마실 수 있는 물이 없었다. 루사는 배가 너무 고픈 나머지 울부짖고 싶었다. 전날 칼릭과 함께 나눠 먹었던 토끼는 이제 그저 오래된 기억에 지나지 않았다. 하지만 사냥에 시간을 허비하고 싶지는 않았다. 게다가 이 황량한 땅에서는 사냥감의 흔적은 물론이고 열매라도 몇 개 주워 먹을 수 있는 덤불조차 보이지 않았다. 또 불꽃야수의 압도적인 냄새 때문에 아무리 노력해도 다른 냄새를 전혀 맡을 수 없었다.

"우리가 얼마나 힘들게 자기를 구하러 가는지 어주락은 알아야 해."

토클로가 중얼거리는 소리가 들렸다.

이따금 거대한 불꽃야수가 곰들을 스쳐 지나갔고, 그때마다 단단한 노란 눈이 몰려드는 어둠을 갈랐다. 적어도 곰들은 불꽃야수가 오는 걸 멀리서부터 볼 수 있었다. 하지만 이 평야에는 숨을 곳이 전혀 없었다. 나무도, 바위도 없고 심지어 그 흔한 가시덤불조차 없었다. 곰들은 불꽃야수가 사라질 때까지 그저 검은길 옆에 옹기종기 모여 있을 수밖에 없었다.

"저들은 우리를 전혀 신경 쓰지 않는 것 같아."

유난히 커다란 불꽃야수가 막 지나갔을 때 칼릭이 말했다.

"그건 좋은 일이야."

토클로가 대꾸했다. 토클로는 뒷다리로 일어서서 혐오스럽다는 표정을 지으며 탑 위의 불꽃을 올려다보고 있었다.

"이건 절망적이야."

토클로가 덧붙였다.

"여긴 곰이 있을 만한 곳이 아니야. 그리고 발을 딛을 때마다 점점 나빠지고 있어."

"어쩌면 그냥 돌아가는 게 좋을지도 몰라."

칼릭이 작은 목소리로 제안했다.

"그리고 어주락이 우리를 찾아오길 기다리는 거지."

"그건 정신 나간 소리야."

루사는 자기 말이 거칠었다는 걸 깨닫고, 칼릭의 어깨를 주둥이로 다정하게 건드렸다.

"어주락이 우리를 찾아올 수 있을지 없을지 모르잖아. 아직 아픈 상태일 수도 있고, 납작얼굴이 가둬 놓고 있을지도 몰라. 만약 어주락이 도망칠 수 있다고 해도, 우릴 어디서 찾아야 하는지 모를 거야."

"우리도 어주락을 어디서 찾아야 하는지 몰라."

토클로가 지적했다.

"아니야, 우린 알고 있어."

루사는 반박했다.

"아니면, 적어도 어디서부터 시작하는 게 좋을지는 알고 있잖아. 그리고 거의 다 왔고."

이제 곰들은 납작얼굴들이 살고 있는 것처럼 보이는 첫 번째 굴을 지나고 있었다. 굴 안에서는 빛이 새어 나오고 있었다. 루사는 납작얼굴들의 목소리를 희미하게 들을 수 있었다. 대부분의 굴 밖에 웅크리고 있는 불꽃야수들을 발견하자 털이 곤두섰다.

"조용히 해."

루사는 불꽃야수 중 하나를 주둥이로 가리키며 속삭였다.

"잠든 것 같긴 한데 혹시 모르니까."

어둠 속을 살펴보던 루사는 금속 새의 둥지가 그리 멀지 않다는 것을 깨달았다. 이곳에는 생각했던 것보다 굴이 많지는 않았다. 그리고 전에 봤던 곳에 비하면 굴과 굴 사이가 훨씬 더 멀리 떨어져 있었다. 그 굴 중 몇몇은 짤막한 작은 다리들 위에 올려져 있었다. 루사는 그 굴들이 납작얼굴들을 안에 담고 허둥지둥 달려가는 상상을 하며 피식 웃었다.

"미안."

토클로와 칼릭이 미친 곰을 보듯 쳐다보자, 루사는 작은 소리로 사과했다.

"자, 계속 가 보자."

곰들은 검은길과 같은 단단한 물질로 덮여 있는 탁 트인 땅에 도착

276

할 때까지 굴 사이로 살금살금 지나갔다.

"저기 봐!"

루사는 소리쳤다. 그들 앞의 어둠 속에 웅크리고 있는 건 바로 검은 금속 새였다.

"우리가 해냈어!"

"잠든 것 같아."

칼릭이 속삭였다.

"가서 확인해 보자."

루사도 속삭였다.

"만약 어주락이 여기 있다면, 냄새를 맡을 수 있을지도 몰라."

자신이 내뱉은 낙관적인 말에도 불구하고, 루사는 납작얼굴의 굴 그늘에서 벗어나 탁 트인 공간으로 나가자 적에게 위치가 고스란히 드러난 것 같은 끔찍한 느낌이 들었다. 납작얼굴들은 보이지 않았지만, 그들이 공격 준비를 마친 채 주위에 숨어 있다가 언제든 뛰쳐나와 불막대기를 겨누지 않으리라는 보장이 없었다. 그리고 언제라도 금속 새가 깨어나서 달그락대며 으르렁거릴 수도 있었다.

하지만 금속 새에게 다가갔을 때 주위는 고요하기만 했다. 곰들은 코를 바닥에 댄 채 금속 새 주변을 돌아다녔다. 루사는 온 감각을 곤두세우고 어주락의 냄새나 어주락이 이곳에 왔었다는 아주 작은 흔적이라도 남아 있는지 찾아보려 했지만, 그곳에는 아무것도 없었다.

루사는 폭우에 냄새가 모두 씻겨 나갔을 테고, 만약 남아 있다고 해도 강렬한 불꽃야수 냄새에 묻혀 버렸을 거라는 사실을 알 수 있었다.

"이건 안 되겠어. 여기 말고 다른 곳으로 가 보자."

토클로가 으르렁거렸다.

"어딜 말하는 거야?"

루사는 따지듯 물었다.

"우리는 금속 새를 따라서 여기까지 왔어. 어주락은 분명 이 근처 어딘가에 있을 거야. 계속 찾아봐야 해."

"이곳에 너무 오래 머물다가는 납작얼굴들에게 들키고 말 거야."

토클로가 주장했다.

"지금 당장 이곳을 떠나야만 해, 루사."

"아니야, 잠깐만!"

칼릭이 갑자기 흥분한 목소리로 외쳤다.

루사는 몇 곰 길이 떨어진 곳에서 흰곰이 땅에 코를 박고 냄새를 맡는 모습을 볼 수 있었다. 그곳은 검은길과 금속 새의 둥지가 맞닿은 곳이었다. 루사는 칼릭에게 달려가며 소리쳤다.

"뭔데 그래?"

칼릭이 주둥이로 땅바닥을 가리켰다. 그곳에는 나무로 만들어진 작은 흰곰이 떨어져 있었다. 몸을 숙여 조각상의 냄새를 맡던 루사는 희미하게 느껴지는 어주락의 냄새를 찾아냈다.

"이건 어주락이 남긴 신호야!"

루사가 외쳤다.

"어주락은 우리가 자길 찾으러 오리라는 걸 알고 있었어. 이제 어디로 가야 하지?"

루사는 주위를 두리번거렸다.

칼릭이 주둥이를 들고 금속 새의 둥지를 둘러싸고 있는 굴을 바라보았다.

"어주락이 이곳에 신호를 남겼으니까, 이쪽으로 간 게 틀림없어."

칼릭은 작은 흰곰이 떨어져 있었던 검은길의 가장자리를 따라 두 개의 굴 사이로 걸어가기 시작했다.

'우리가 곧 구해 줄게, 어주락.'

루사는 토클로와 함께 칼릭의 뒤를 따라가며 생각했다.

29
보라색 토클로

어주락은 평화로운 분위기를 풍기는 하얀 방 안에서 눈을 떴다. 얼마나 오랫동안 침대에 누워 있었는지는 모르지만, 온몸에 힘이 돌아왔다는 것은 느낄 수 있었다. 어주락은 일어나 앉았고, 그런 동작을 했는데도 머리가 어지럽지 않아서 기뻤다. 목은 여전히 아팠지만 몸은 시원하고 편안했다.

'이 납작얼굴들은 실력 좋은 치료사였네.'

어주락은 잠시 납작얼굴들이 입혀 준 부드러운 가죽을 쓰다듬었다. 그것들은 깨끗하고 편안했지만, 자신에게 어울린다는 생각은 들지 않았다. 어주락은 곰일 때 입고 있었던 두꺼운 갈색 털가죽을 원했다.

어주락은 배고픔과 갈증을 느꼈고, 침대 옆 탁자에 놓인 잔을 발견했다. 그 물건은 투명하게 만들어져서 물이 들어 있다는 걸 확인할 수 있었지만, 어떻게 해야 그 물을 마실 수 있는지는 몰랐다. 안으로 얼굴을 집어넣고 핥아 먹으려고 했지만, 미끄러운 탁자 표면에 잔이 미끄러지며 넘어져 버렸다. 탁자 위로 쏟아진 물이 바닥으로 뚝뚝 떨어져 내렸다. 어주락은 고개를 숙이고 그걸 핥기 시작했다.

탁자 위에 놓인 잔 옆에는 어주락에게 남은 마지막 나무 곰 조각상이 있었다. 갈색곰이었다. 어주락은 그걸 집어 손에 꽉 쥐었다. 토클로와 다른 친구들을 생각하자 날카로운 고통이 마음을 찔렀다.

어주락은 이곳까지 오는 길에 나무 곰 두 개를 떨어뜨린 걸 기억했지만, 친구들이 그걸 발견하고 구하러 올 거라는 확신은 없었다.

'분명히 발견할 거야. 난 알 수 있어.'

어주락은 스스로에게 말했다.

갑자기 깨끗하고 하얀 벽과 부드러운 가죽과 담요가 감옥처럼 보였다. 어주락은 친구들과 함께 있어야 했고, 다시 곰이 되어야 했다.

"떠나야 할 시간이야."

어주락은 중얼거렸다.

침대에서 기어 나와 방을 가로질러 걸어가 밖을 내다보려고 문을 열었다. 문에서 '끼익' 하는 날카로운 소리가 나자 어주락은 그대로 얼어붙었다. 바깥쪽 통로는 비어 있었지만, 슬쩍 빠져나와 등 뒤로 문을 닫자 하얀 가죽을 걸친 납작얼굴이 모퉁이를 돌아 나와 어주락에게 다가왔다.

어주락은 자신을 돌봐 주던 간호사를 알아보았다. 그 납작얼굴 여자는 빨간색과 금색이 섞인 단풍잎 색깔의 머리와 곰의 눈처럼 친절해 보이는 갈색 눈을 가지고 있었다. 그 여자는 자기 이름이 자넷이라고 소개했다.

어주락을 발견한 자넷이 놀란 얼굴로 잠깐 멈춰 섰다가 서둘러 다가와 어주락의 어깨에 손을 얹었다.

"어주락, 지금 어디 가는 거니?"

자넷은 미소를 짓고 있었고 목소리는 친절했지만, 어주락은 그 안에 숨은 단호함을 느낄 수 있었다.

"넌 아직 돌아다닐 만큼 회복되지 않았어."

어주락은 저항하고 싶었지만, 마음속 목소리가 말했다.

'기다려, 나중에 또다시 기회가 올 거야.'

자넷은 어주락을 방으로 데려다주었고, 침대에 다시 눕힌 뒤 담요까지 가지런히 덮어 주었다.

"그래, 이제 좀 쉬렴."

자넷이 말했다.

"여기는 어디예요?"

어주락이 물었다. 목의 상처 때문에 여전히 쉰 목소리가 나왔다.

"블랙호스란다."

간호사가 대답했다.

"걱정하지 마, 너는 안전하니까."

"블랙호스?"

"이 마을 이름이야."

간호사가 대답했다.

"여기는 석유 도시야. 프로프킨 유전의 일부지."

어주락은 여전히 어리둥절했다.

"석유?"

북극 마을의 커다란 굴에서 열렸던 회의에서 상원 의원과 마을 사람들이 석유에 대해 이야기하는 걸 들었다. 어주락은 그게 중요하다는 것은 알았지만, 그게 정확히 무엇인지는 알지 못했다.

"그래, 석유."

자넷은 어주락이 마치 이상한 말을 한 것처럼 지그시 바라보았다.

"그러니까 석유는 말이지, 엔진이 작동할 수 있게 해 주는 재료야."

자넷은 놀란 표정을 지었다.

"도대체 너는 어디서 자란 거니?"

"으음…… 밖에 있는 평원에서요."

어주락은 머뭇거리며 대답했다. 무슨 말을 해야 할지 머리를 짜내는 동안 두려움이 흩날리는 나뭇잎처럼 어주락을 스쳤다.

"우리는 엔진이 없었어요."

"뭐? 정말 하나도 없었어?"

자넷의 눈에는 존경심이 깃들어 있었다.

"아직도 그런 마을이 있는지 몰랐어. 전기도 없고, 자동차도 없고, 텔레비전도 없이 도대체 어떻게 사는 거니?"

어주락은 자넷을 멍하니 올려다보았다.

'그게 다 뭐지?'

자넷이 몸을 숙여 어주락을 안아 주었다. 자넷은 꽃처럼 좋은 향기를 풍겼지만, 그 향기가 코를 간지럽혀서 재채기를 하지 않으려고 애를 써야 했다.

"오, 얘야! 무서워하지 않아도 돼."

자넷이 말했다.

"너도 곧 알게 되겠지만, 다 잘될 거야. 거기 누워서 좀 쉬고 있으면 저녁을 가지고 올게."

간호사가 문을 닫고 나가자마자 어주락은 침대에서 일어나려고 했다. 그러다 동작을 멈추고 다시 누웠다.

'간호사가 곧 돌아오겠다고 했고, 다시 잡히면 곤란해질 거야. 얌전히 기회를 노리는 게 낫겠어.'

게다가 그렇게 잠깐 움직인 것만으로도 피곤해졌다는 걸 인정해야 했다. 어주락은 삐걱거리는 소리가 나며 문이 다시 열리기 전까지 꾸벅꾸벅 졸고 있었다.

"자, 여기 있어!"

자넷의 쾌활한 목소리가 들려왔다.

"그리고 힘내라고 작은 친구를 데려왔단다."

어주락은 몸을 꼿꼿하게 세우고 앉아, 혹시라도 간호사를 따라 루사나 토클로나 칼릭이 모습을 드러내는 건 아닌지 살폈다. 하지만 방으로 들어온 것은 자넷 혼자였다. 자넷은 쟁반을 하나 들고 와서 어주락의 침대 옆에 있는 탁자에 내려놓았다.

"자! 인사하렴, 어주락."

자넷은 무언가의 가죽으로 만든 부드러운 밝은 보라색 물건을 내밀었다. 어주락은 눈을 깜빡였다. 그것은 밝은 유리 같은 눈으로 어주락을 보고 있었다. 뚱뚱한 몸통에 네 개의 뭉툭한 다리가 달려 있었고, 코와 입 역시 가죽 비슷한 것으로 만들어져 있었다.

"곰이란다."

자넷이 약간 놀란 표정으로 말했다.

"너와 함께해 줄 너만의 곰이야."

자넷은 잠시 뜸을 들였다가 덧붙여 말했다.

"네가 가지고 있는 나무 곰을 봤어. 그래서 네가 곰을 좋아하는 줄 알았는데."

'저건 곰이 아니야! 보라색이잖아!'

하지만 어주락은 자넷이 친절을 베풀려고 한다는 것을 알 수 있었다.

"어…… 좋아해요. 고마워요."

어주락은 손을 뻗어 곰을 감싸 안았고, 그 곰이 얼마나 부드럽고 보송보송한지 느꼈다.

"이름을 지어 줄 거니?"

간호사가 물었다.

"어…… 네."

어주락은 납작얼굴들은 곰들을 어떤 이름으로 부르는지 미칠 듯이 궁금했지만, 알 도리가 없었다.

"토클로라고 부를래요."

마침내 어주락이 말했다.

"참 멋진 이름이구나."

자넷이 말했다.

'당연하지. 진짜 토클로는 절대 이 사실을 몰라야 할 텐데.'

자넷은 보라색 토클로를 어주락의 손에서 들어 올려 침대 옆 탁자에 내려놓았다.

"자, 이제 토클로가 너를 지켜볼 수 있게 됐구나."

자넷은 어주락이 일어나 앉을 수 있도록 베개를 불룩하게 만들어 주고, 무릎 위에 쟁반을 내려놓았다.

쟁반에는 뚜껑 덮인 그릇들이 놓여 있었고, 그 옆에는 숟가락이 있었다. 자넷이 뚜껑을 열자 따뜻한 고기 냄새가 콧구멍을 파고들었다. 어주락은 전에도 이것을 먹어 본 적이 있었다. 납작얼굴들은 이것을 '수프'라고 불렀다. 어주락은 이빨로 씹어 먹을 음식을 간절히 원했음에도 불구하고 이 음식은 맛있었다. 그리고 수프는 목을 아프게 하지 않고 쉽게 미끄러져 들어갔다. 어주락은 여기저기 흘리기만 하는 서툰 숟가락을 사용하지 않고 현명하게 혀로 핥아 먹을 수 있기를 바랐다.

어주락이 저녁을 먹는 동안 자넷은 조용히 방을 돌아다니며 어주락이 좀 전에 엎지른 물을 닦고, 침대 끝에 놓인 납작한 판에 무언가를 표시했다. 어주락이 식사를 마치자 자넷은 쟁반을 치우고 어주락이 흘린 것들을 닦아 냈다.

문을 두드리는 소리가 나고 파란 가죽을 걸친 납작얼굴 남자가 방으로 들어왔을 때, 자넷은 아직 일을 끝마치지 못했다. 남자가 문을 열자 문이 다시 한 번 삐걱거리는 소리를 냈다. 남자는 한 손에 네모난 금속 상자를 들고 있었다.

"안녕하세요, 자넷? 문을 고치러 왔어요."

파란 가죽을 걸친 남자가 말했다.

자넷이 남자를 향해 몸을 돌렸다.

"정말 잘됐네요, 에드. 맨날 삐걱거려서 미치는 줄 알았어요."

어주락은 에드가 네모난 금속 상자를 열고 전나무 열매만 한 크기의 도구를 꺼내는 것을 지켜보았다. 그 도구 위에는 길고 뾰족한 것이 달려 있었다. 에드는 뾰족한 끝을 문과 벽 사이의 틈에 꽂아 넣었다. 잠시 후 에드가 문을 움직였을 때 삐걱거리던 소리는 나지 않았다.

"고마워요, 에드."

자넷이 말했다.

"아……."

자넷은 말을 끊고 어주락을 힐끗 쳐다보더니 말했다.

"에드, 잠시만 그것 좀 줘 볼래요?"

에드는 어리둥절한 표정으로 손에 들고 있던 도구를 건넸다. 자넷이 어주락의 빈 수프 그릇 위로 뾰족한 부분을 가져다 대자 그 안에서 찐득한 검은 액체 몇 방울이 흘러나왔다.

"고마워요, 에드."

자넷이 도구를 돌려주며 말했다.

에드는 어리둥절해 보였다.

"또 봐요, 자넷."

에드는 인사를 하고 밖으로 나갔다.

"자, 어주락, 이걸 보렴."

자넷이 어주락을 향해 그릇을 내밀었다.

어주락은 검은 액체의 냄새를 깊이 들이마셨다가 기절할 듯 놀라서 뒤로 물러나 자넷을 올려다보았다.

'여기서 검은길 냄새가 나!'

"그게 석유야."

자넷이 어주락에게 말했다.

어주락은 다시 그릇을 향해 몸을 숙였다.

'그래, 북극 마을에서 일어났던 그 모든 소동이 다 이것 때문이라는 거지!'

어주락은 손을 뻗어 손가락 끝을 석유에 담갔다가 맛을 보기 위해 입에 가져다 댔다.

"안 돼!"

자넷이 소리쳤다. 자넷은 어주락의 손을 입에서 떼어 내고 부드러운 종이로 손가락과 입을 닦아 주었다.

"먹으면 좋지 않아. 석유에는 독성이 있거든."

자넷이 그릇을 치우면서 설명했다.

어주락은 겁에 질린 눈으로 자넷의 얼굴을 빤히 쳐다보았다.

"그렇다면 왜 땅속에 그냥 놔두지 않는 거죠?"

간호사는 어주락이 그런 질문을 했다는 게 믿기지 않는다는 듯 살짝 고개를 저었다.

"석유는 사용하는 곳이 아주 많거든."

자넷이 설명했다.

"석유 없이는 기차나 배나 비행기를 타고 어디를 갈 수도 없고, 집 안의 난방이나 조명도 작동할 수 없어."

자넷이 미소를 지었다.

"그리고 문에서 나는 삐걱거리는 소리를 없애는 데도 좋고."

"하지만 독성이 없는 다른 무언가를 사용할 수도 있을 거예요."

어주락이 반박했다.

"아니, 이젠 너무 늦었어."

자넷이 대답했다.

"이 도시 전체가 석유, 그리고 땅속에서 석유를 꺼내는 사업 위에 세워졌어. 이쪽으로 와서 보렴."

자넷이 어주락을 불렀다.

그리고 어주락을 침대에서 일으켜 창가로 데려가서, 밖을 내다볼 수 있도록 그곳에 걸려 있던 가죽의 한쪽을 잡아당겼다.

밖은 어두운 밤이었다. 넓게 펼쳐진 땅은 온통 납작얼굴의 건물로 뒤덮여 있었고 그 사이로 검은길이 이리저리 뻗어 있었다. 그 뒤로는 강이 있었고, 강 너머에는 거대한 탑이 세워져 있었다. 탑에서 뻗어 나온 금속관은 산을 향해 멀리 뻗어 나가고 있었다. 탑 꼭대기에서 회오리치며 타오르는 불꽃이 검푸른 하늘에 날카로운 노란빛을 내뿜고 있었다.

"도대체 이곳에서 무슨 일이 있었던 거죠?"

어주락은 당황한 목소리로 속삭이듯 물었다.

"이곳은 프로프킨 유전이야."

간호사가 설명했다.

"이게 바로 우리가 땅에서 석유를 얻는 방법이지."

자넷은 어주락의 머리털을 헝클어뜨리며 미소 지었다.

"하지만…… 하지만 평원은 어디에 있죠?"

어주락은 더듬더듬 물었다.

"산은 어디 있어요?"

"걱정하지 않아도 돼. 다들 제자리에 있으니까."

자넷이 어주락을 안심시켰다.

"다른 방향을 보면, 그쪽에 산이 있을 거야."

어주락이 아무 반응이 없자 자넷이 덧붙였다.

"나는 시카고에서 왔어. 아, 시카고는 여기보다 훨씬 큰 도시야. 이 주변은 유전을 제외하면 정말로 오염되지 않은 거야. 그리고 석유는 좋은 점도 많아. 사람들에게 학교와 병원과 더 나은 직업을 가져다줬으니까."

어주락은 자기 손가락을 내려다보았다. 여전히 악취와 함께 끈적끈적한 검은 액체의 자국이 남아 있었다.

'정말로 저 밖에 있는 굴들과 다른 모든 것이 그저 땅에서 석유를 파내기 위해 세워진 것일까?'

어주락은 북극 마을에서 치료사 틴츄가 했던 말을 떠올렸다.

'자신의 이익을 위해 이 땅에서 심장을 도려내는 자들……'

뒷골이 오싹해지고 속이 메스꺼웠다.

"저길 봐, 저게 석유를 퍼 올리는 탑이야."

자넷이 창밖을 가리켰다.

"그리고 저건 석유를 사용할 수 있는 곳으로 옮기는 송유관이고."

어주락은 자넷이 가리키는 것들을 물끄러미 바라보다가 물었다.

"저 불꽃은 뭐죠? 탑에 불이 난 건가요?"

간호사가 웃음을 터뜨렸다.

"아니야, 일부러 그러는 거야. 필요 없는 가스를 태워 버리는 거지."

"저 석유는 어디로 가는 거예요?"

어주락은 다시 물었다. 송유관들은 정말 거대했고 또 너무 많았다. 저 관들을 채우려면 정말 많은 석유가 필요할 것 같았다.

"아…… 일부는 공장으로 가고, 일부는 배에 싣기 위해 항구로 가. 설명은 이 정도면 충분한 것 같구나."

간호사는 다시 가죽을 휙 잡아당겨 닫은 다음 어주락을 침대로 데려갔다.

"이제 넌 좀 쉬어야 해."

자넷이 담요 끝자락을 밀어 넣고 있을 때, 어주락은 작은 목소리로 물었다.

"나를 여기로 데려온 사람들은 누구죠?"

"중요한 사람들이지."

자넷이 대답했다.

"그 사람들은 정부와 석유 회사 사람들이야."

"그 사람들이 순록 부족의 땅에서 석유를 빼앗으려고 해요."

자넷은 고개를 끄덕이고, 얼굴을 살짝 찡그린 채 말없이 어주락을 내려다보았다.

"지금은 힘든 시기야."

마침내 자넷이 입을 열었다.

"불쌍한 대자연이 고통받게 될 거야. 하지만 어딘가에서는 반드시 석유가 필요해."

어주락이 입을 열어 다른 질문을 하려고 하자, 자넷은 조용히 하라는 뜻으로 손을 들어 올렸다.

"자, 내가 보여 줄 게 있어. 네 침대를 지도로 쓰자."

"지도가 뭔데요?"

"그냥 지켜보렴."

자넷은 어주락의 침대 위에 놓여 있던 파란 담요를 접어 그 아래에 깔린 침대보를 드러나게 했다.

"이걸 바다라고 상상해 보렴."

자넷이 담요를 손으로 쓸며 말했다.

"그리고 이쪽 침대보에 주름을 잡아서 산을 만들자."

자넷은 보라색 토클로를 집어 들어 담요 가장자리에 떨어뜨렸다.

"그리고 여기가 바로 유전이야!"

어주락은 고개를 한쪽으로 기울인 채 새가 되어 땅과 바다 위를 날아가는 상상을 했다.

"알겠어요!"

"얼음 위에도 유전이 있어."

자넷이 담요로 만든 바다 위의 한 곳을 가리키며 설명을 덧붙였다.

"얼음 위에도요?"

어주락의 심장이 빠르게 뛰기 시작했다.

'칼릭은 우리에게 그런 말을 한 적이 없는데.'

"맞아, 정말 똑똑하지 않니?"

자넷이 말했다.

"자, 이제 네가 어디에서 왔는지 알려 줄래?"

어주락은 점잖게 묻는 질문에 대답하고 싶지 않았다. 자신이 어디에서 왔는지 알지 못했지만, 설령 안다고 하더라도 그곳이 자넷의 지도에는 없을 거라고 확신했다.

"집에서 바다가 보이니?"

어주락이 대답하지 않자 자넷이 기억을 떠올려 주려는 듯 물었다.

"아뇨……."

어주락은 북극 마을을 떠올리며 그곳이 어디쯤일지 알아내려고 애썼다.

"좁은 골짜기 안에 있어요."

어주락은 지도에서 마을이 어디쯤 있을지를 추측하며 침대보로 만든 두 개의 산 중간을 가리켰다.

"여긴 순록이 다니는 길이에요."

"어머, 너희 부족 사람들은 유전에 이렇게 가까이 있는데도 그토록 원시적이라니…… 정말 놀랍구나."

자넷이 감탄했다.

"여기엔 호수가 있어요."

어주락은 말을 이었다. 지도에 슬슬 관심이 가기 시작했다.

"그리고 이곳은 기러기가 먹이를 먹는 곳. 그리고 이곳은 숲이에요."

"너희 땅을 정말 잘 알고 있구나!"

자넷이 놀란 듯 외쳤다.

"물론이죠. 내가 태어난 곳이니까요."

어주락이 대답했다.

"혹시 지도에 관심 있으면 프로프킨 시민 문화 회관으로 가 봐."

자넷이 말했다.

"석유 회사가 작업을 시작하기 전에 지은 곳이야."

자넷이 일어나서 창가로 가더니 다른 방향을 가리켰다.

"바로 저기야."

어주락은 그저 또 다른 건물의 윤곽만을 알아볼 수 있었다. 탑보다는 낮지만 더 크고 견고해 보였고, 평평한 녹색 지붕을 가진 건물이었다.

"저긴 정말 멋진 곳이야."

자넷이 말을 이었다.

"커다란 텔레비전도 있고, 볼링장도 있고, 푸드 코트와 진료소도 있어. 석유 회사는 지역 사회를 위해 좋은 일을 많이 하고 있단다! 그리고 석유 회사가 자신들의 계획을 보여 주기 위해 만들어 놓은 방을 구경하는 것도 재미있을 거야."

자넷은 어주락을 침대로 돌려보내고 그 옆에 앉았다. 자넷의 눈이 반짝이고 있었다.

"그 방은 벽이 온통 지도로 덮여 있는데, 바다뿐 아니라 프로프킨 주변의 육지와 석유 시추 시설, 새로운 지역 사회의 모습과 도로가 그려져 있지. 난 석유 시추 시설에서도 일해 보고 싶단다."

자넷은 한숨을 쉬며 덧붙였다.

"그 사람들은 정말 용감해! 그리고 그들이 북미를 살리고 있지! 원한다면 다 나은 다음에 내가 그곳을 구경시켜 줄게."

자넷이 약속했다.

"네, 그러면 좋겠어요."

어주락은 속으로 덧붙였다.

'만약 내가 계속 이곳에 있는다면……'

"이제 자야 할 시간이야."

자넷은 침대보를 다시 펼치고 담요를 덮어 준 뒤 보라색 토클로를 어주락의 침대 곁에 놓아 주었다.

어주락은 베개에 머리를 파묻었다.

"야생을 지켜라……."

연기 나는 산에서 루사가 했던 말을 떠올리며 중얼거렸다.

"뭐라고 했니?"

자넷이 물었다.

어주락은 눈을 깜박였다.

"아…… 아무것도 아니에요."

"좋아, 그러면…… 그래, 좀 쉬렴."

자넷은 쟁반을 들고 방 안에 아무 문제 없는지 둘러보았다.

"잘 자렴."

자넷은 미소를 지으며 인사를 하고는 방을 나갔다.

간호사가 사라진 걸 확인한 어주락은 침대에서 일어나 창가로 가서, 가죽을 옆으로 치워 버리고 철저하게 파괴된 바깥 풍경을 드러냈다. 한참을 씨름한 끝에 걸쇠를 벗기고 창문을 밀어서 열 수 있었다. 차가운 공기가 매캐한 냄새와 함께 훅 밀려 들어왔다.

그 공기를 들이마시자 아픈 목이 항의하듯 기침이 터져 나왔다.

'이것도 다 석유 냄새잖아. 이건 반칙이야!'

어주락은 검고 끈적한 액체가 손가락에서부터 퍼져 나가 피부를 모조리 뒤덮고, 털을 번들번들하게 만드는 환상이 눈앞에 보이는 것 같았다. 그 액체는 곧 코와 입에 가득 들어찼다……. 거기서 벗어날 수 있는 방법은 없었다.

그 환상이 가져다준 공포에 분노가 치밀어 올라 어주락은 큰 소리로 울부짖었다. 납작얼굴의 부드러운 가죽이 몸에 달라붙어 억누르려 하는 것 같았고, 피부에 닿는 느낌을 견딜 수가 없었다. 납작얼굴의 가죽을 찢어 내자, 몸이 변하는 느낌이 들었다. 변신이 시작되자 어주락은 안도의 비명을 질렀다.

30
흑곰 조각상과 갈색곰 조각상

칼릭은 납작얼굴의 굴 사이로 조심스레 발을 옮겼다. 루사와 토클로
도 칼릭의 양옆에 바짝 붙어서 따라왔다. 작은 흰곰을 발견한 순간 느
꼈던 자신감은 점점 사라지고 있었다. 칼릭은 더 이상 어주락의 냄새
를 맡을 수 없었고, 계속해서 땅을 살펴보고 있었지만 다른 흔적은 보
이지 않았다.

곰들은 그림자 속으로 옮겨 다니며 계속 걸어갔지만, 발을 내디딜
때마다 두려움이 점점 커졌다. 냄새 때문에 구역질이 날 것 같았고, 폭
발적인 소음으로 공기가 떨리고 있었다. 거칠고 부자연스럽게 번쩍이
는 불빛이 별을 보려는 곰들의 시야를 가렸다.

'실라룩, 어디에 있나요?'

칼릭은 주둥이를 들어 헛되이 하늘을 바라보았다.

'아직 우리를 지켜보고 있나요? 이곳에서도?'

곰들이 따라가던 검은길은 여러 갈래로 나뉘었고, 더 많은 검은길들이 합류했다. 곰들은 그 길을 건너야 했다. 칼릭은 털을 곤두세우고 불꽃야수가 다가오는 소리에 귀를 기울였지만, 불꽃야수들은 모두 잠들어 있는 것 같았다.

금속 새의 둥지에서 멀어질수록 건물의 크기가 점점 작아졌고, 이제는 전에 본 납작얼굴의 둥지에 더 가까운 모습이 되었다. 가죽으로 덮인 틈 사이로 빛이 새어 나왔다. 각각의 굴은 주위에 작은 영역을 가지고 있었다. 울타리 뒤에서 개 짖는 소리가 들리자 칼릭은 흠칫 놀랐다.

"납작얼굴들이 어주락을 여기로 데려왔을까?"

루사가 속삭였다.

칼릭은 어깨를 으쓱했다.

"나도 모르겠어. 어주락의 냄새를 놓쳐 버렸어."

양쪽에 굴이 늘어서 있는 길게 뻗은 검은길을 따라 토클로가 앞장섰다. 높고 가느다란 나무 위에서 뿜어져 나온 눈부신 빛이 그림자를 죄다 몰아내서 몸을 숨길 곳도 없었다. 칼릭은 발이 욱신거렸다. 굴에서 소리가 새어 나오고 있었지만, 밖을 돌아다니는 납작얼굴은 보이지 않았다. 검은길을 따라 절반쯤 걸어갔을 때, 틈을 가리고 있던 가죽 하나가 갑자기 옆으로 홱 젖혀지면서 새끼 납작얼굴 하나가 밖을 내다보았다. 머리털이 길고 노란 어린 암컷이었다.

칼릭과 친구들은 가느다란 나무의 타오르는 듯한 불빛 아래에 얼어붙었다.

"안 돼! 우리를 봤어!"

칼릭이 다급히 소리쳤다.

하지만 어린 납작얼굴은 틈을 막고 있는 반짝이는 물체에 얼굴과 앞발을 가져다 댄 채 그대로 가만히 있었다. 그리다 분홍색 앞발 하나를 들어 곰들을 향해 흔들었다.

"친절해 보여."

루사가 속삭였다.

"멈추지 말고 어서 가."

토클로가 칼릭을 쿡 찔렀다.

"뛰어!"

칼릭과 루사는 한 곰 길이쯤 앞서가는 토클로를 따라 검은길을 쏜살같이 달려갔다. 토클로는 새끼 납작얼굴을 뒤로한 채 친구들을 이끌고 모퉁이를 돌아 굴 사이의 좁은 틈을 따라 달려갔다.

"아무도 우릴 따라오지 않았어."

탁 트인 공간에 멈춰 선 루사가 숨을 헐떡이며 말했다.

칼릭은 주위를 둘러보고 숨을 고르면서 정신을 차리려고 애썼다. 그러다 심장이 철렁 내려앉았다.

"그거 알아? 아까도 여기 왔었던 것 같아. 우린 지금 같은 곳을 빙빙 돌고 있어."

칼릭은 고개를 들고 별을 바라보았다.

'길을 알려 주세요, 실라룩! 제발요! 우리는 길을 잃었어요!'

토클로가 쿡 찌르며 속삭이는 소리에 칼릭은 펄쩍 뛰어올랐다.

"납작얼굴들이 오고 있어. 멍청히 서 있지 말고 움직여!"

하늘을 올려다보고 있던 칼릭은 납작얼굴들이 다가오는 소리를 듣지 못했다. 칼릭은 다른 곰들과 함께 커다랗고 하얀 굴의 그늘에 웅크리고 앉아, 납작얼굴 한 무리가 옆을 지나가는 동안 바들바들 떨고 있었다.

마침내 납작얼굴들이 떠나자 토클로가 크게 한숨을 내쉬었다.

"다행히 우릴 보지 못했어."

검은길을 위아래로 훑어보면서 토클로가 덧붙였다.

"이 근처엔 어주락이 없는 것 같아. 여기서 벗어나자."

"토클로! 칼릭!"

하얀 굴 옆쪽으로 깊숙이 들어간 루사가 토클로가 한 말을 듣지 못하고 외쳤다. 루사는 잔뜩 흥분한 목소리였다.

"와서 이것 좀 봐!"

"뭔데 호들갑이야?"

토클로는 투덜대면서도 루사에게 다가갔고, 칼릭도 호기심을 느끼며 그 뒤를 따랐다.

"자, 봐 봐!"

루사는 줄지어 늘어서 있는 뚜껑 달린 거대한 금속 통들을 올려다보고 있었다.

"음식이야!"

칼릭의 배가 요동쳤다. 칼릭은 자신이 얼마나 배고픈지를 잊으려고 애쓰는 중이었다.

"정말?"

칼릭은 희망에 찬 목소리로 물었다.

"정말이야."

루사가 말했다.

"토클로, 하나만 뒤집어 줄래? 조심해서 말이야. 작은 소리는 어쩔 수 없다고 해도 지나치게 큰 소리는 내고 싶지 않으니까."

토클로는 움직이지 않았다.

"그건 좋은 생각이 아니야. 납작얼굴들에게 잡히기 전에 당장 떠나야 해. 게다가 누가 납작얼굴의 쓰레기를 먹고 싶겠어?"

"난 어주락 없이는 떠나지 않을 거야. 그리고 어주락을 찾으러 가려면 뭐라도 먹어야 해."

루사가 고집스레 대답했다.

토클로는 한숨을 내쉬었다.

"일이 잘못되더라도 내 탓은 하지 마."

토클로는 가장 가까이에 있는 금속 통을 어깨로 들이받았고, 통은 그대로 넘어졌다. 뚜껑이 열리자 루사는 앞발로 잡아서 조용히 땅에 내려놓았다. 납작얼굴의 쓰레기가 통 밖으로 쏟아져 나왔다. 고기 냄새를 맡은 칼릭의 입가에 침이 흐르기 시작했다.

루사는 신이 나서 쓰레기 더미 사이로 걸어갔다.

"과일도 있고, 초록색 풀도 있고…… 우아, 감자 막대기다! 이것 좀 먹어 봐. 정말 맛있어."

루사는 짤막한 감자 조각 몇 개를 칼릭과 토클로에게 내밀고는 자기 몫을 신나게 먹어 치웠다. 칼릭은 미심쩍은 얼굴로 감자 막대기의 냄새를 맡고 있는 토클로를 흘끗 쳐다본 뒤 조심스레 한 조각을 입에 넣었다. 맛이 강하고 짰다. 칼릭은 루사가 이걸 왜 그토록 좋아하는지 이해할 수 없었다.

'하지만 어쨌든 먹을 수 있는 거잖아!'

칼릭은 나머지 감자 막대기를 마저 삼키며 생각했다.

통에서 고기 조각이 몇 개 나와서 토클로와 칼릭은 그걸 나눠 먹었다. 루사는 과일을 꿀꺽꿀꺽 삼켰다.

"생각조차 하지 마."

다음 통에 눈독을 들이고 있는 루사를 보며 토클로가 말했다.

"이미 시간을 너무 많이 허비했어. 다 먹었으면 이제 출발하자."

루사는 마지못해 고개를 끄덕였다. 떠나려고 몸을 돌리면서 칼릭은 주둥이를 들어 마지막으로 한 번 더 냄새를 맡았다. 석유 냄새와 쓰레기 냄새 너머로 커다란 흰색 굴에서 흘러나오는 냄새를 맡을 수 있었다. 강하고 이상한 냄새와 함께 피 냄새가 섞여 있었다. 그 조합이 칼릭의 털을 곤두서게 했다. 하지만 또 다른 냄새도 섞여 있었다. 희미하고 다른 냄새에 거의 묻혀 있었지만, 틀림없었다…….

'어주락!'

"루사! 토클로! 기다려!"

칼릭은 친구들을 불렀다.

이미 몇 발자국 떨어져 있던 친구들이 뒤를 돌아보았다.

"무슨 일인데 그래?"

토클로가 투덜거렸다.

"어주락 냄새가 나!"

둘은 서둘러 칼릭에게 돌아왔다. 킁킁거리며 냄새를 맡던 루사의 눈이 간절함으로 빛났다.

"네 말이 맞아! 근데 어디 있는 거지?"

위를 올려다본 칼릭은 자기 키보다 한참 높은 곳에 굴의 틈 하나가 열려 있는 것을 볼 수 있었다.

"혹시 지기에 있는 거 아닐까? 어주락! 어주락!"

"우리야! 우리가 이 아래에 있어!"

루사가 덧붙였다.

하지만 그 틈으로는 아무도 나타나지 않았다.

"어쩌면 납작얼굴들이 우리에 가둬 놨을지도 몰라."

토클로가 으르렁거렸다.

"안으로 들어가서 찾아봐야 해."

루사가 선언하듯 말했다.

납작얼굴의 굴에 들어간다는 생각만으로도 칼릭은 코끝에서 발톱 끝까지 온몸이 떨렸다. 딱딱한 돌 같은 두려움이 뱃속에 박혔다. 하지만 친구들을 실망시킬 수는 없었다. 루사가 들어갈 길을 찾기 위해 굴을 빙 돌아 움직이기 시작하자 칼릭도 억지로 발을 움직여 친구를 따라갔다. 옆에서 함께 걷고 있는 토클로의 덩치에 용기가 났다.

'아무리 납작얼굴이라 해도 토클로는 함부로 건드릴 수 없을 거야!'

굴 모퉁이를 돌아 나왔을 때, 문 주변에서 노란색 빛이 새어 나오는 것을 볼 수 있었다. 하지만 문은 굳게 닫혀 있었다. 칼릭과 친구들은 빛이 닿지 않는 곳에 멈춰 섰다.

"우리가 저 안으로 들어갈 수 있을 것 같아?"

토클로가 중얼거렸다.

"시도해 봐야 한다는 건 알아."

루사가 대꾸했다.

흑곰이 불 켜진 넓은 땅을 가로질러 문을 향해 걸어가기 시작했다. 칼릭은 몸을 숨길 곳 하나 없이 너무 훤히 드러나 있다는 생각에 불안했지만, 그래도 루사를 뒤따라갔다. 절반쯤 갔을 때 루사가 멈춰 섰다. 토클로는 하마터면 루사와 부딪힐 뻔했다.

"조심해!"

토클로가 으르렁거렸다.

"미안해, 토클로. 근데 내가 뭘 찾았는지 봐!"

루사는 고개를 숙이고 바닥에 떨어져 있는 무언가에 코를 가져다 댔다. 자세히 들여다본 칼릭은 그게 작은 흑곰 조각상이라는 걸 알았다. 금속 새 근처에서 발견한 흰곰 조각상과 비슷한 거였다. 냄새를 맡아 보자 어주락의 냄새가 났다.

"어주락이 우릴 위해 이걸 떨어뜨린 거야."

루사가 말했다.

"어주락은 여기에 있어."

루사는 단호하게 문을 향해 걸어가, 그 앞에 멈춰 서서 문을 자세히 살펴보았다.

"이제 어떻게 하지?"

토클로가 물었다.

"생각해 보자."

루사의 눈길은 문에 고정되어 있었다.

"나는 치료사의 굴에 들어갔었어. 어쩌면 여기도 들어갈 수 있을지 몰라."

루사가 문을 살펴보는 동안 칼릭은 납작얼굴들이 다가오진 않는지 계속 살폈다. 심장이 쿵쾅쿵쾅 뛰었지만, 눈에 보이는 검은길 위에는 아무도 없었다.

"넌서 이걸……."

문 한가운데로 걸어간 루사가 겁에 질린 듯 숨을 들이마시며 말을 멈췄다. 들릴 듯 말 듯한 획 소리와 함께 문 한가운데가 갈라지면서, 갈라진 문 두 짝이 옆으로 미끄러져 넓은 틈이 벌어졌다.

칼릭은 두려움에 휩싸인 채 그대로 얼어붙었다. 토클로와 루사도 옆에서 몸이 굳은 채 서 있었다. 칼릭은 토클로와 루사의 심장이 쿵쾅거리는 소리가 들리는 것 같았다.

"이건 함정이야."

토클로가 쉰 목소리로 말했다.

"넌…… 저게 우리를 잡아먹으려 한다고 생각해?"

루사가 속삭였다.

어주락의 희미한 냄새가 안으로 들어오라고 부르고 있었지만, 아무도 움직이지 않았다. 칼릭은 아무도 없는데 혼자서 움직이는 이 신비한 문을 자신이 용기 내어 통과할 수 있을 거라고는 생각하지 않았다.

하지만 시간이 계속 흘러도 아무 일도 일어나지 않았다. 분노한 납작얼굴들이 나타나지도 않았고, 문은 여전히 어서 오라고 유혹하는 듯 활짝 열려 있었다.

"우린 이 안에 들어가고 싶어 했잖아, 안 그래?"

루사가 마침내 말했다. 칼릭은 루사가 용감해 보이려고 애쓰고 있다는 걸 알았지만, 목소리는 여전히 떨리고 있었다.

"가자."

굴 안으로 달려 들어가려는 루사를 토클로가 막아섰다.

"잠깐 멈춰, 이 멍청아! 내가 먼저 확인해 볼게."

루사를 밀치고 지나간 토클로는 먼저 문안으로 머리를 쑥 집어넣고, 그다음 조심스럽게 안으로 걸어 들어갔다.

"근처엔 아무도 없어. 들어와."

몸에 있는 모든 근육이 칼릭에게 달아나라고 외치고 있었다. 지난번에 치료사의 굴에 몰래 들어갔을 때도 칼릭은 충분히 겁에 질려 있었다. 그런데 이번에는 상황이 훨씬 더 나빴다. 만약 이곳에 몰래 들어갔다가 들킨다면, 납작얼굴들이 무슨 짓을 할지 상상도 할 수 없었다.

하지만 토클로와 루사만 들여보내 위험을 맞닥뜨리게 한다는 건 더더욱 상상할 수 없는 일이었다. 칼릭은 간신히 한 발, 한 발 내딛으며 루사와 토클로를 따라 굴 안으로 들어갔다. 곰들은 하얀 벽과 사방으로 뻗은 문이 있고 불이 환하게 켜진 작은 공간에 서 있었다. 칼릭은 두려움을 꾹꾹 눌러 가며, 긴 통로로 이어지는 문을 지나 친구들을 따라 살금살금 앞으로 나아갔다.

"어주락이 어디 있는지는 어떻게 알 수 있지?"

토클로와 루사를 따라잡은 칼릭은 조용히 물었다.

"그거야 모르지. 우린 그냥 계속 찾을 뿐이야."

토클로가 대답했다.

"좋은 계획이야."

루사가 중얼거렸다.

곰들은 닫혀 있는 문이 양쪽으로 늘어선 곳을 지나가고 있었다. 칼릭은 작은 문들이 다른 작은 굴로 이어져 있을 거라고 추측했다. 어주락이 그중 한 곳에 있을 것 같지는 않았다. 마음이 조금 진정되자 칼릭은 다시 한 번 어주락의 냄새를 맡아 보았다. 아직 갈 길이 먼 것 같았다.

통로 중간쯤에 또 다른 닫힌 문이 나왔다. 그 문의 틀은 투명한 것으로 채워져 있었다. 칼릭은 문 반대편으로 통로가 계속 이어져 있는 것을 볼 수 있었다.

"저 문을 어떻게 통과하는지 알겠어?"

칼릭이 루사에게 묻는 동안, 그 문이 곰들을 굴 안으로 들어오게 해 준 문처럼 스르르 열렸다.

'정말 함정일까?'

칼릭은 알 수가 없었다.

그때 등 뒤에서 문이 열리는 소리가 들리고, 곧이어 커다란 비명 소리가 들렸다. 칼릭은 몸을 홱 돌렸다. 몸에 하얀 가죽을 걸친 암컷 납작얼굴 하나가 곰들이 지나쳐 온 작은 굴 중 하나의 문 앞에 서 있었다. 그 납작얼굴은 곧장 굴 안으로 몸을 숨겼고, 문이 쾅 닫히는 소리가 들렸다.

거의 동시에 또 다른 문이 열리고, 수컷 납작얼굴 하나가 머리를 불쑥 내밀었다가 곧바로 다시 들어가 버렸다. 그 굴의 문도 쾅 소리를 내며 닫혔다.

"우리가 여기 있다는 걸 납작얼굴이 알게 됐어."

토클로가 으르렁거렸다.

"당장 움직여야 해!"

공포에 휩싸여 머릿속이 새하얘진 칼릭은 친구들 곁으로 달려가, 그 무시무시한 문을 지나 통로를 따라 달려갔다. 몇 발자국 내딛자 문이 다시 쉬익 닫히는 소리가 났다.

'역시 함정이었어!'

하지만 그것에 대해 생각할 시간도, 어떻게 다시 나갈 수 있을지 걱정할 겨를도 없었다. 주변 곳곳에서 거칠게 울부짖는 소리가 터져 나왔고, 곰들은 매끄러운 통로 바닥을 따라 미끄러지며 더 빠르게 달려갔다.

"이쪽이야!"

토클로가 숨을 헐떡이며 말했다.

토클로는 몇 개씩 덩어리가 잘려서 오르기 편하게 되어 있는 가파른 비탈길로 이끌었다.

이제 어주락의 냄새는 점점 강해지고 있었다.

'하지만 납작얼굴들이 먼저 우리를 잡을 거야!'

비탈길 꼭대기에 이른 곰들은 또 다른 통로를 따라 달려갔지만, 반대편 끝에서 불막대기를 든 납작얼굴이 나타나자 그대로 멈춰 섰다.

"이쪽으로 내려가!"

루사가 옆 통로로 뛰어내렸다.

칼릭은 불막대기가 폭발하는 소리를 듣고 뒤를 돌아보았다. 칼릭을 노리고 날아온 짧은 화살이 벽에 부딪혔다.

"놈들이 우리를 재우려고 해!"

칼릭은 숨을 헐떡이며 외쳤다.

"우리를 굶주린 곰들이 갇혀 있는 곳으로 데려가려는 거야!"

통로는 또 다른 비탈로 이어졌다. 칼릭은 루사와 토클로의 뒤를 쫓아가며, 불막대기를 따돌리기 위해 필사적으로 달렸다. 위쪽 통로는 멈추지 않고 철커덩거리는 끔찍한 소리가 나긴 했지만 아무도 없었다.

칼릭의 심장이 공포로 쿵쾅거렸다. 이곳에서는 어주락의 냄새가 더 강하게 났지만, 이제 시간이 얼마 남지 않았다는 걸 알고 있었다. 납작얼굴들이 자신의 굴 안에서 곰들을 추적하는 데는 그리 오랜 시간이 걸리지 않을 것이다.

'만약 어주락을 찾는다고 해도 어떻게 데리고 나가지?'

그때 토클로가 한쪽으로 방향을 홱 틀더니, 안쪽에 있는 문들 중 하나를 향해 몸을 던졌다. 문은 폭발하듯이 열렸고, 토클로와 루사와 칼릭은 한 덩어리가 되어 작은 굴 안으로 굴러 들어갔다.

어주락의 냄새가 온몸을 뒤덮었다. 어주락은 조금 전까지 여기에 있었다. 하지만 한눈에 봐도 지금은 없다는 것을 알 수 있었다.

"어주락이 여기 있었어, 분명해."

칼릭은 헐떡이며 말했다.

"그래, 여길 봐."

토클로가 침대 옆에 서서, 구겨진 흰색 침대보 위에 놓여 있는 작고 어두운 무언가를 내려다보았다.

가까이 다가간 칼릭은 또 다른 나무 조각상을 볼 수 있었다. 이번에는 갈색곰이었다. 칼릭은 토클로와 시선을 맞췄다. 심장이 찢어지는 듯한 좌절감이 느껴졌다.

'찾을 수 있었는데! 어주락, 넌 대체 어디 있는 거야?'

루사가 벽 틈으로 다가가 밖을 내다보았다.

"이게 우리가 밖에서 봤던 거야."

루사가 말했다.

"저기 우리가 넘어뜨린 통이 보여. 어주락은 우리가 오기 직전에 이쪽으로 나간 것 같아."

칼릭은 친구 옆으로 다가가 벽에 난 틈새로 머리를 내밀었다.

"여기는 너무 높아."

칼릭은 의심스럽다는 듯 중얼거렸다.

"어주락한테 그딴 건 아무 문제도 안 돼."

토클로가 뒤로 다가오며 불만 섞인 말투로 말했다.

"그 녀석은 날 수 있잖아."

"곰일 때는 못 날지. 물론 납작얼굴일 때도."

루사가 말했다.

새로 발견한 것들 때문에 곰들은 잠깐이지만 납작얼굴들에게 쫓기고 있다는 걸 잊었다. 그러다 천둥소리처럼 복도를 가득 메우며 점점 가까워지는 발소리를 듣고 칼릭은 뛸 듯이 놀랐다.

"가, 어서!"

토클로가 고함을 질렀다.

"통 위로 뛰어내려!"

토클로가 뒤에서 루사를 세게 밀쳤다. 루사는 밖으로 튀어나와 있는 부분에서 잠깐 주춤거리다가, 반쯤은 추락하고 반쯤은 뛰어내리며 가장 가까운 통 위로 떨어져 바닥으로 내려갔다.

토클로도 허둥지둥 기어 올라가 루사를 쫓아 뛰어내렸다. 칼릭은 납작얼굴이 방 안으로 뛰어드는 소리가 들릴 때까지도 친구들이 떨어지는 모습을 보며 망설이고 있었다. 칼릭이 몸을 던지자마자 불막대기가 폭발하는 소리가 났고, 화살이 귓가를 휙 스쳐 갔다.

통 꼭대기에서 미끄러져 내려와 땅에 세게 부딪힌 칼릭은 숨을 쉴 수 없어서 잠시 그대로 누워 있었다. 토클로가 어깨로 힘껏 밀어 주자 그제야 겨우 일이날 수 있었다.

"움직여!"

토클로가 으르렁거리면서 칼릭을 앞으로 떠밀고, 절뚝거리며 뒤쫓아 왔다.

"여기에 있으면 납작얼굴들이 금방 찾아낼 거야."

이미 도망치고 있던 루사가 몇 발자국 앞에 멈춰 서서 뒤를 돌아보았다.

"빨리 와! 얼른 숨어야 해."

루사가 재촉했다.

칼릭은 여전히 멍한 채로 비틀거리며 루사를 쫓아갔다. 루사는 어느 건물 옆에서 몸을 웅크린 채 잠들어 있는 거대한 불꽃야수를 향해 다가갔다. 그리고 불꽃야수를 깨우지 않도록 조심하며 뒤로 미끄러져 들어갔다. 토클로가 칼릭을 그 틈으로 밀어 넣고 뒤따라 들어왔다.

시끄럽게 쨍그랑대는 소음이 뒤쪽에 있는 굴에서 여전히 들려왔다. 납작얼굴들의 발소리와 고함 소리가 굴 밖 어둠 속으로 쏟아져 나오면서 점점 더 커졌다. 또 다른 불꽃야수가 큰 소리로 울부짖으며 지나갔다.

"제발, 어주락!"

칼릭은 속삭였다.

"우릴 찾으러 와 줘. 그러면 우린 함께 이곳을 빠져나갈 수 있어."

31
친절한 납작얼굴

토클로는 불꽃야수 뒤에 숨어 조심스레 밖을 내다보았다. 하얀 건물에서는 여전히 시끄러운 소리가 들려오고 있었지만, 납작얼굴들은 보이지 않았다.

"아직은 갈 수 없어."

토클로는 중얼거렸다.

"조용해질 때까지 기다렸다가 어주락을 찾아보자."

토클로는 머리 위에서 어떤 움직임을 발견하고 긴장했다. 커다란 날개를 가진 무언가가 하늘에서 펄럭거리며 내려왔고, 잠시 후 그늘 속에서 작고 어린 갈색곰 한 마리가 불안한 듯 눈을 깜빡이며 살금살금 걸어 나왔다. 숨어 있던 곳에서 튀어나온 토클로의 머리를 발견한 그 곰은 토클로를 향해 달려왔다.

"날 찾으러 와 줬구나, 토클로!"

어주락이 소리쳤다.

"다시 만나시 정말 기뻐!"

토클로는 어주락을 빤히 바라보았다. 밀려오는 안도감과 함께, 어주락의 쾌활한 목소리에 분노가 치밀었다.

'저 녀석은 우리가 재미 삼아 딱정벌레나 쫓아다닌 줄 아나 보지? 그토록 죽을 고생을 했는데 이제야 나타나 태평한 소리나 하다니!'

"얼른 이리 숨어."

토클로는 발을 뻗어 어주락의 목에 두르며 쏘아붙였다.

"납작얼굴이 다시 데려가 주길 바라는 거야?"

"날 찾으러 오다니, 정말 대단해!"

어주락이 토클로 옆의 좁은 공간으로 비집고 들어오며 재잘거렸다.

"대체 어딜 다녀온 거야? 하마터면 저기서 납작얼굴들한테 잡힐 뻔했잖아!"

토클로는 으르렁거리며 말했다.

"미안해."

어주락이 재빨리 말했다. 토클로는 어주락이 뉘우치는 것처럼 보이려고 하지만, 눈은 여전히 반짝이고 있다는 것을 알 수 있었다.

"올빼미로 변해서 이 근처를 돌아보고 있었는데, 너희가 병원에서 나오는 걸 봤어. 너희를 다시 보니까 너무 좋다."

칼릭과 루사는 어주락에게 달라붙어서 주둥이를 어주락의 털에 파묻고 있었다.

"잘 돌아왔어."

칼릭이 중얼거렸다.

"다시는 못 볼까 봐 너무 무서웠어."

312

루사가 고백했다.

"너희가 날 찾아낼 줄 알았어! 내가 떨어뜨린 작은 곰 봤어? 그리고……."

"네가 아직 알아차리지 못한 것 같은데, 우린 지금 위험에 빠져 있어, 이 머릿속에 꿀벌만 가득 든 녀석아!"

토클로가 끼어들었다.

"이렇게 한가하게 수다나 떨고 있을 시간 없어. 납작얼굴이 우리를 쫓고 있다고."

어주락은 납작얼굴 하나가 불막대기를 들고 곰들을 지나쳐 뛰어가는 모습을 어깨 너머로 흘끗 보았다. 그 납작얼굴은 불꽃야수와 벽 사이 틈에 곰 네 마리가 웅크리고 있다는 것을 알아차리지 못했다.

"아, 저건 친절한 납작얼굴이야. 우릴 해치지 않을 거야."

어주락이 토클로를 안심시켰다.

"놈들이 우리한테 화살을 쐈어, 어주락."

토클로는 으르렁거리며 말했다.

"토클로 말이 맞아."

칼릭이 맞장구쳤다.

"우릴 죽이지는 않겠지만, 잠들게 한 다음에 굶주린 곰들이 갇혀 있는 곳으로 데려갈 거야. 난 알아, 내가 그곳에 있어 봤으니까. 그렇게 되면 우리는 더 이상 함께하지 못할 거야."

"당장 여길 떠나야 해."

토클로는 어주락을 어깨로 밀치고 지나가 불꽃야수 너머로 밖을 살폈다. 멀리서 목소리가 들려왔지만, 근처에는 납작얼굴이 없었다.

313

"가자, 조용해진 것 같아."

"잠깐만."

어주락이 말했다.

"너희한테 말할 게 있어. 납작얼굴들이 뭘 하고 있는지 알아냈어. 그들은 땅에서 석유를 빼내고 있어."

"그래서 어쩌라고?"

토클로는 툴툴거리듯 말했다.

"석유는 또 뭔데? 먹이를 찾는 데 도움이 되는 거야? 그게 아니면 무슨 상관이야. 그냥 가져가라고 해."

어주락이 몸을 돌려 토클로를 빤히 바라보았다. 목덜미 털이 곤두서고, 눈빛은 더 단단하고 차갑게 바뀌어 있었다. 토클로는 어주락의 이런 모습을 전에는 한 번도 본 적이 없었다. 자기도 모르게 뒤로 한 발 물러서려다가 간신히 마음을 다잡았다.

"석유는 악취가 나는 검은 물이야."

어주락이 으르렁거렸다.

"지금 네 털가죽에서도 그 냄새가 나. 토클로, 납작얼굴들은 석유를 원해. 그래서 석유를 얻기 위해 이 모든 걸 지은 거야."

"하지만 어주락……."

칼릭이 더듬거리며 토클로 곁으로 다가왔다.

"그건 납작얼굴의 물건이잖아. 곰과는 아무 상관이 없어."

"상관이 없다고?"

어주락이 칼릭을 향해 몸을 돌렸다. 어주락의 목소리에는 은은한 분노가 서려 있었다.

"이곳이 지금 어떻게 됐는지 봤잖아. 더럽고, 시끄럽고, 악취가 가득해…… 그래, 납작얼굴은 모든 곳을 이렇게 만들고 싶어 해. 순록이 먹이를 먹으러 오는 곳에도 이 냄새나는 구조물을 세우고 싶어 한다고."

"왜?"

칼릭이 걱정스러운 표정으로 어주락을 바라보며 눈을 깜박였다.

"순록이 납작얼굴들에게 무슨 해를 끼쳤길래?"

"납작얼굴들은 땅에서 석유를 뽑아내려는 거야. 그게 바로 이 모든 일의 목적이야. 저기 세워진 탑들은 석유를 퍼 올리고, 저 관들은 그 석유를 납작얼굴들이 원하는 곳으로 보내. 이유는 모르겠지만, 납작얼굴들은 석유를 간절히 원하고 있어. 그걸 얻기 위해서라면 얼마든지 야생을 희생시킬 준비가 되어 있지. 이곳뿐만이 아니야, 칼릭. 얼음 위도 마찬가지야."

"말도 안 돼!"

칼릭의 두 눈이 놀라서 휘둥그레졌다.

"납작얼굴들은 얼음 위에서 살 수 없어."

어주락이 칼릭의 옆구리에 몸을 바짝 붙였다.

"미안해, 칼릭. 납작얼굴들은 그렇게 할 수 있어."

"그럼 우리가 뭘 할 수 있는데?"

흰곰이 물었다.

"나도 몰라. 하지만 우리는 믿음을 가져야만 해."

어주락의 목소리가 떨렸다.

"우리가 이곳까지 온 건 다 이유가 있어서야. 나는 우리가 이 모든 걸 막기 위해서 이곳으로 보내졌다고 생각해."

"네가 지금 그런 말을 히다니 믿기지 않는다."

토클로는 단호하게 말했다.

'저 다람쥐 대가리 녀석은 정말로 우리가 무슨 짓이든 해서 납작얼굴이 하는 일을 막을 수 있다고 생각하는 건가?'

"우린 여길 떠나서 산으로 가야 해, 어주락. 네 말대로라면 납작얼굴들은 평평한 땅에 구조물을 지을 테니까, 산은 안전할 거야."

어주락은 고개를 저었다. 친구의 표정에 담긴 확신 때문에 토클로는 침을 꿀꺽 삼켰다.

"아니야."

작은 갈색곰이 씩씩거렸다.

"일단 시작되면, 안전한 곳은 어디에도 없어. 순록 부족 납작얼굴들이 지금까지 이곳을 지켜 왔지만, 더는 지킬 수 없어. 어디에도 안전한 곳은 없어."

어주락이 거듭 강조했다.

"네가 아는 모든 걸 석유가 파괴할 거야, 토클로. 납작얼굴들은 얼음을 깨고 나무를 베어 가면서 석유를 찾을 거야. 이제 왜 우리가 뭔가를 해야 하는지 이해하겠어?"

지금껏 조용히 듣고만 있던 루사가 갑자기 앞으로 나섰다. 루사의 시선은 어주락에게 고정되어 있었다. 루사가 토클로를 스쳐 지나가 어주락의 어깨에 주둥이를 파묻자, 토클로는 짜증을 내며 뒤로 물러섰다.

"우린 야생을 지켜야 해."

루사가 속삭였다.

토클로는 만약 자신이 어주락과 함께 앞으로 나아가기를 거절하면 어떻게 될지 궁금했다.

'내가 여기서 몸을 돌려 떠나면 칼릭은 나를 따라올까?'

숲속에서 혼자 지냈던 날들이 떠오르면서 그걸 시험해 보고 싶은 마음은 사라졌다.

불꽃야수가 으르렁거리며 울부짖는 소리가 점점 커지자 토클로는 마음을 굳혔다.

"계속 이러고 있으면 안 돼. 여기서 어떻게 빠져나가야 하는지 누가 알고 있어?"

"길을 너무 많이 돌아서 왔어."

루사가 투덜거렸다.

"이쪽 길 아닌가?"

곰들이 미처 움직이기도 전에 납작얼굴 둘이 모퉁이를 돌아 나타났다. 그중 하나는 불막대기를 들고 있었다. 납작얼굴들은 곰들을 발견하고 놀라서 비명을 질렀다.

"가자!"

어주락이 으르렁댔다.

곰들이 모습을 드러내자 검은길 저 멀리서 더 많은 고함 소리가 터져 나왔고, 또 다른 불막대기가 탕 소리를 냈다.

"저기 납작얼굴이 더 있어!"

루사가 숨을 헐떡이며 외쳤다.

"뛰어!"

도망치는 곰들의 뒤로 개들이 짖는 소리가 메아리쳤다.

큰 소리로 울부짖는 또 다른 불꽃야수가 눈을 부릅뜨고 곰들을 쫓아왔다. 도클로는 불꽃야수를 피해 미끄러지듯 모퉁이를 돌아 좁은 골목으로 들어섰고, 다른 곰들도 바짝 뒤쫓아 왔다.

"납작얼굴들이 왜 우리를 쫓아오는 거지?"

덩치 큰 친구들과 보조를 맞추려고 기를 쓰고 달리던 어주락이 숨을 헐떡이며 물었다.

"우리를 싫어하나?"

"납작얼굴 모두가 그런 건 아니야."

루사가 대답했다.

"칼릭, 토클로, 굴 밖을 내다보다가 우리에게 앞발을 흔들어 준 작고 어린 납작얼굴 기억하지? 그 새끼 납작얼굴은 곰을 좋아하는 것처럼 보였어."

루사의 걸음이 점점 느려졌다.

"혹시……."

"절대로 아니야."

토클로는 쏘아붙였다.

"혹시라도 내가 생각하는 것과 같은 생각을 하고 있다면, 잘 들어. 우린 어떤 납작얼굴도 믿을 수 없어. 그게 새끼들이라고 해도 말이야."

"그게 아니면 뭘 할 수 있는데?"

루사가 물었다.

"숲은 멀리 떨어져 있고, 우리는 길을 잃었어. 여길 빠져나가는 방법도 모르잖아. 우리에겐 납작얼굴의 말을 할 수 있고 납작얼굴로 변할 수도 있는 어주락이 있어. 이것 말고 우리가 뭘 할 수 있지?"

"납작얼굴에게 도와 달라고 하자고?"

칼릭이 소리쳤다.

"루사, 그건 정말 정신 나간 짓이야!"

"괜찮은 생각 같은데."

어주락이 눈을 빛내며 말했다.

"시도해 볼 가치가 있을지도 몰라. 어딜 가면 그 아이를 만날 수 있는데?"

어주락이 물었다.

토클로는 새끼 납작얼굴을 본 순간을 떠올렸다. 그들은 쫓길까 봐 두려워하며 도망치던 중이었다. 어느 방향으로 도망쳤는지 확신할 수 없었다. 루사가 주둥이로 토클로의 옆구리를 찔렀다.

"얼른, 토클로! 납작얼굴들이 따라잡겠어!"

루사의 말이 끝나기도 전에 뒤에서 고함치는 소리가 들렸다. 토클로는 뒤를 흘끗 돌아보았다. 골목 반대편에서 납작얼굴들이 나타났다. 개를 데리고 있었고, 개들은 목청이 찢어져라 짖어 대고 있었다.

'만약 새끼 납작얼굴을 찾아낸다면 뭐가 달라지지?'

최악의 경우 그들은 납작얼굴들에게 붙잡힐 것이고, 어차피 일은 그렇게 흘러갈 것처럼 보였다.

"이쪽이야!"

토클로는 친구들을 재촉하며, 자신이 옳은 방향으로 가고 있기를 바랐다.

"그나저나 이거 하나만 알려 줄게, 어주락. 네가 친절하다고 했던 그 납작얼굴이 방금 우리한테 불막대기를 쐈어."

"저기 커다란 흰색 굴이 보여!"

루사가 소리쳤다.

"우리가 넘어뜨린 통 냄새가 나. 그러면 이제 이쪽으로 가야……."

곰들은 검은길 사이를 누비며 달려갔다. 한 번은 불꽃야수가 울부짖으며 지나가는 동안 그늘 속에 웅크리고 숨어 있어야 했고, 또 한 번은 금속 새의 눈을 피하려고 낮게 자란 나무 아래로 숨어들어야 했다.

토클로는 더는 뛸 수 없을 것 같은 기분이 들었다. 자신이 길을 잃었다는 것을 인정해야 했다. 검은길은 모조리 똑같아 보였다. 이 끔찍한 곳에서는 새끼 납작얼굴을 만났던 굴과 다른 굴들이 모두 똑같았다. 다리는 찢어질 듯 아팠고, 숨을 삼킬 때마다 가슴이 들썩거렸다.

"안 되겠어……."

토클로는 거친 숨을 헐떡이며 중얼거렸다.

"토클로!"

칼릭이 또 다른 검은길 모퉁이를 향해 몇 걸음 앞서 걸어갔다.

"여기서 우리 냄새가 나! 이 냄새를 따라가면 우리가 왔던 길로 갈 수 있어."

"훌륭해!"

루사가 속도를 높여 칼릭에게 달려갔고, 어주락도 그 뒤를 바짝 쫓았다. 토클로도 다리에 억지로 힘을 주고 쿵쿵거리며 친구들을 따라갔다.

칼릭이 또 다른 모퉁이로 이끌었다. 잠시 동안 곰들은 추격을 따돌린 것처럼 보였다.

그때 토클로는 구부러진 나무가 옆에서 자라고 있는 굴을 발견했다. 지붕이 마치 덥수룩한 곰의 털처럼 얽히고설킨 나뭇잎으로 뒤덮여 있었다.

"바로 여기야!"

토클로는 소리쳤다.

"시도는 해 보겠지만, 솔직히 난 아직도 좋은 생각이 아닌 것 같아."

토클로는 양쪽을 번갈아 살펴본 뒤 검은길을 가로질러 굴 옆 그림자 속으로 쏜살같이 뛰어들었다. 그런 다음 벽을 따라 걸어가서 어린 납작얼굴을 봤다고 기억하는 그 틈에 도착했다. 굴 안쪽은 불이 켜져 있었지만, 가죽이 그곳을 덮고 있었다.

토클로는 반짝이는 물체를 주둥이로 툭툭 건드렸다. 그 즉시 분홍색 발이 나타나 가죽을 옆으로 휙 젖혔다. 작고 어린 납작얼굴이 토클로를 바라보고 있었다.

"도와줘! 우리를 도와줘!"

루사가 애원했다.

"납작얼굴들이 우리를 쫓아오고 있어."

어린 납작얼굴은 놀란 표정을 지으며 뒤로 물러섰다.

"안 돼!"

토클로는 으르렁거렸다.

"하지 마, 토클로. 너 땜에 저 애가 겁먹었잖아."

루사가 토클로를 옆으로 밀어내며 말했다.

토클로는 초조하게 고개를 저었다.

"우린 쟤를 이해시키지 못할 거야."

멀리서 개가 짖어 댔고, 납작얼굴들이 외치는 소리가 점점 더 또렷해졌다. 토클로는 다시 달리기 시작해야 한다는 걸 알고 있었다.

그때 등 뒤에서 희미하게 바스락거리는 소리가 났다. 고개를 돌렸을 때, 어주락이 뒷다리로 일어서고 있었다. 네 다리가 점점 가늘어지고, 갈색 털은 녹아 없어졌다. 주둥이가 줄어들고, 귀는 머리 옆으로 미끄러져 자리를 잡았다.

"내가 해 볼게."

어주락이 납작얼굴의 모습을 한 채 앞으로 나서며 말했다.

32

마리아의 지하실

어주락은 차디찬 바람에 몸을 떨며 창문을 두드렸다. 그리고 굴 안에 있는 새끼 납작얼굴에게 친근한 미소를 지어 보였다. 어린 납작얼굴은 다시 한 걸음 다가와 얼굴과 앞발을 유리창에 댄 채로 밖을 내다보았다.

"창문을 열어 줘, 제발!"

어주락은 간절히 말했다.

어린 납작얼굴은 망설였다. 여전히 무서워하는 것처럼 보였지만, 잠시 후 발을 뻗어서 걸쇠를 풀고 창문을 열었다.

"넌 누구야?"

어린 납작얼굴이 호기심 어린 목소리로 물었다.

"내 이름은 어주락이야. 나는…… 나는 여길 방문했어."

"나는 마리아야."

어린 납작얼굴이 대답했다. 그러고는 한 발로 입을 가리고 킥킥대며 웃었다.

"너는 옷을 좀 입어야 하지 않아? 온몸이 꽁꽁 얼 거야. 자, 이거 가져도 돼."

어린 납작얼굴이 몸에 걸치고 있던 분홍색 가죽을 벗어서 창문 너머로 건네주었다. 어린 납작얼굴은 병원에 있던 납작얼굴이 어주락에게 주었던 것과 같은 부드러운 가죽을 안에 입고 있었다.

어주락은 분홍색 가죽을 몸에 두르고 꽉 잡아당겨서 몸을 감쌌다. 그사이 마리아는 토클로와 루사와 칼릭을 보고 눈이 휘둥그레진 채 창밖으로 몸을 내밀었다.

"저건 네 곰들이야?"

"맞아."

어주락이 대답했다.

"그리고 우리는 납작얼굴들에게…… 아니, 사람들…… 그러니까, 곰을 위험하다고 생각하는 사람들에게 쫓기고 있어. 하지만 이 곰들은 위험하지 않아. 정말이야. 봐 봐!"

루사와 칼릭과 토클로는 어주락의 몸짓을 주의 깊게 지켜보면서, 그 몸짓을 통해 어주락과 새끼 납작얼굴이 무슨 말을 하는지 짐작해 보려고 노력하는 것 같았다. 어주락은 친구들을 향해 손을 흔들며 곰의 말로 부드럽게 으르렁거렸다.

"몸을 낮춰! 친근한 표정!"

세 친구가 어주락 옆으로 몸을 낮추고 웅크렸다. 어주락은 친구들이 작고 위험하지 않게 보이려고 애쓰고 있다는 걸 알 수 있었다. 루사는 허공에 앞발을 흔들었다.

갑자기 창문에서 마리아의 모습이 사라지자 어주락은 가슴이 철렁 내려앉았다.

'다 자란 납작얼굴을 데리고 오려는 걸까?'

하지만 잠시 후 어린 납작얼굴은 흰색과 검은색이 섞인 작은 개를 팔에 안고 굴 옆을 돌아서 나타났다.

"얘는 파이퍼야."

어린 납작얼굴이 안고 있던 개를 쑥 내밀며 말했다.

"파이퍼, 인사해."

작은 개는 꼬리를 흔들며 목을 쑥 뻗어 어주락의 앞발을 핥았고, 어주락은 좋은 냄새를 맡을 수 있었다. 옆에 있던 토클로의 몸이 뻣뻣하게 굳었다.

'이건 먹잇감이 아니야, 토클로.'

어주락은 토클로를 향해 마음속으로 경고했다. 개가 어리둥절한 표정으로 뒤로 물러났다.

'내 냄새를 어떻게 생각해야 할지 혼란스러운 거야.'

어주락은 속으로 짐작했다.

"파이퍼가 너를 좋아하는 것 같아."

마리아가 기쁜 듯이 말했다. 그리고 곰들을 바라보았다.

"만져 봐도 될까?"

마리아가 물었다.

"곰을 이렇게 가까이에서 본 건 처음이거든."

"어, 물론이지."

어주락이 말했다.

마리아가 팔을 뻗어 토클로의 두꺼운 갈색 털을 꾹꾹 눌렀다. 어주락은 토클로가 눈을 굴리는 것을 보았다고 확신했다.

"나도 곰을 키울 수 있으면 좋겠어."

마리아가 속삭였다.

"우리를 도와줄 수 있어?"

어주락이 물었다.

"우리는 숨을 곳이 필요해. 나는 납작얼굴…… 아니, 사람들이 내 곰을 빼앗아 가는 걸 원하지 않아."

마리아가 싱긋 미소를 지었다.

"내가 완벽한 장소를 알고 있어! 나를 따라와. 파이퍼, 얌전히 있어!"

마리아는 앞장서서 집 옆으로 갔다. 뒤쪽 울타리 옆에 나무로 만든 작은 굴이 있었고, 그곳까지 풀밭이 길게 이어져 있었다. 마리아는 문을 활짝 열고 곰들에게 들어오라고 손짓했다. 어주락은 친구들이 먼저 들어갈 수 있도록 뒤로 물러서 있었다. 불꽃야수의 불빛이 검은길로 들어서는 게 보이고 납작얼굴의 목소리도 들렸다. 개 한 마리가 멀리서 짖었다.

"아직도 우리를 찾고 있어."

어주락은 중얼거렸다.

굴 안에서는 사과 냄새와 마른 흙 냄새가 났다. 나무와 금속으로 만들어진 납작얼굴의 물건들이 벽에 걸려 있었고, 한쪽 선반에는 그릇들이 쌓여 있었다. 어주락은 고개를 저었다.

"이곳엔 숨을 수 없어. 창문으로 들여다보면 다 보일 거야."

"헛간에 숨으라는 게 아니야, 바보야!"

마리아가 말했다.

"여기 아래, 지하실에 숨으면 돼."

마리아가 굴 바닥에서 위로 들어 올리게 되어 있는 작은 문을 당겨서 열었다. 그러자 납작한 돌판이 아래로 늘어서 있는 작고 네모난 공간이 나타났다. 그 공간에 그들 넷이 다 들어갈 수 있을지 어주락은 확신할 수 없었다. 구멍에서 축축한 냉기가 솟아나서 몸이 떨렸다.

"나는 절대 저기로 내려가지 않을 거야!"

토클로가 구멍 가장자리에서 아래를 내려다보며 항의했다.

칼릭의 눈에도 공포가 서렸다.

"우린 숨도 못 쉴 거야!"

"우린 저기로 들어가야 해. 괜찮을 거야."

루사가 친구들을 달랬다.

"저곳에 오래 머물 필요는 없을 거야."

루사가 먼저 지하실로 뛰어내린 뒤 친구들을 돌아보았다.

"봤지? 괜찮다니까."

쫓아오던 납작얼굴들의 목소리가 밖에서 갑자기 커졌다. 어주락은 개가 으르렁거리는 소리에 뛸 듯이 놀랐다.

"우리 냄새를 쫓고 있어!"

어주락이 소리쳤다.

"빨리, 빨리!"

마리아가 곰들을 재촉했다.

토클로와 칼릭은 구멍 옆에서 아직도 망설이고 있었다.

"당장 내려가, 어서!"

어주락은 초조하게 외쳤다.

"이게 우리가 탈출할 수 있는 유일한 기회야. 납작얼굴들한테 들켜서 잡혀가고 싶어?"

마리아가 숨이 멎을 듯이 놀라서 눈을 휘둥그레 떴다.

"너 지금 으르렁거렸지! 곰의 말을 할 수 있어?"

"맞아."

어주락이 대답했다.

어주락은 칼릭을 밀었고, 칼릭은 반쯤 뛰어내리고 반쯤 굴러떨어지듯 지하실로 내려가 루사 옆에 자리를 잡았다. 토클로는 말다툼이라도 하려는 듯 입을 벌렸지만, 밖에서 개가 울부짖는 소리에 입을 다물었다. 곧장 뛰어내린 토클로는 칼릭 위로 떨어졌다. 구멍이 마치 검은색과 갈색과 흰색 털로 이루어진 들썩거리는 거대한 덩어리로 꽉 찬 것 같았다.

"너희 혹시 서커스단에서 왔어?"

마리아가 눈을 빛내며 열성적으로 물었다.

"네 곰들은 마술로 만들어 낸 거야?"

마리아의 질문에 대답할 시간이 없었다. 어주락은 지하실로 뛰어들어 친구들 틈으로 비집고 들어갔고, 마리아는 곰들 위로 문을 닫았다. 그 즉시 짙은 어둠이 내려앉았다. 어주락은 자기 발조차 볼 수 없었다. 친구들의 빽빽한 털가죽이 몸을 짓눌렀고, 잔뜩 뒤섞인 체취가 코로 밀려들었다.

"이런 건 딱 질색이야."

칼릭이 떨리는 목소리로 말했다.

"괜찮을 거야."

루사가 속삭였다.

"쉿! 바깥쪽 소리 좀 듣자."

어주락은 멀리서 희미하게 웅얼거리는 마리아의 목소리를 들을 수 있었다. 마리아가 굴 밖에서 납작얼굴들에게 이야기하고 있는 게 분명했다.

"맞아요, 곰들이 여기로 들어왔어요. 그리고 저쪽으로 갔어요!"

이어서 남자의 목소리가 들렸지만, 이번에는 무슨 말인지 알아듣지 못했다. 더 걱정스러운 건, 개들이 킁킁거리며 냄새를 맡고 낑낑거린다는 사실이었다. 마치 굴 벽에 바로 붙어 있는 것처럼 소리가 크게 들렸다.

"개들은 우리 냄새를 맡을 수 있어."

토클로가 으르렁거렸다.

"그리고 우리가 여기 있다는 것도 알고 있어."

"헛간 안에요?"

마리아의 목소리가 다시 들려왔다.

"어…… 아뇨, 그럴 리 없어요. 항상 잠겨 있거든요."

'제발 문을 열지 마.'

어주락은 기도했다.

"어주락."

공포에 질려 파르르 떨리는 칼릭의 목소리가 들려왔다.

"숨을 못 쉬겠어! 난 여기서 나가야겠어!"

칼릭이 어주락을 구석으로 밀어내고 앞발을 들어 돌벽을 미친 듯이 긁기 시작했다.

"지금은 안 돼!"

토클로가 소리 죽여 외쳤다.

"잠깐만, 아주 잠깐만 참아……."

루사가 애원했다.

"지금 납작얼굴들한테 들킬 순 없어!"

"난 못 하겠어……. 난……."

어주락은 칼릭의 떨리는 몸과 거칠게 헐떡이는 숨결을 느낄 수 있었다. 어주락은 밖에서 무슨 일이 일어나고 있는지 듣기 위해 안간힘을 썼다. 납작얼굴들은 서로에게 소리를 지르고 있었고, 개 한 마리가 계속 짖고 있었다. 다행스럽게도 그 소리는 곧 멀어지기 시작했다.

"납작얼굴들이 떠나는 것 같아."

어주락이 말했다.

잠시 후에 마리아가 문을 잡아당겨 열었고, 달빛이 지하실로 새어 들어왔다. 칼릭은 울부짖으며 폭발하듯 위로 올라갔고, 토클로와 루사도 칼릭의 뒤를 따라 나갔다. 어주락이 몸을 일으키자, 겁에 질린 흰곰을 피해 굴 벽에 바짝 붙어 있는 마리아가 보였다.

"괜찮아, 칼릭. 괜찮아."

루사가 문 쪽에 있는 칼릭에게 다가가, 진정할 때까지 곁에 바짝 붙어 서서 달래 주었다. 토클로가 먼저 밖으로 나갔고, 잠시 후에 칼릭과 루사도 토클로를 따라갔다.

"고마워, 마리아."

어주락은 어린 납작얼굴에게 말했다.

"너한테 큰 신세를 졌어."

"천만에."

마리아가 대답했다.

"이제 어디로 가는 거야?"

어주락은 숨을 깊이 들이마셨다.

"여길 빠져나갈 거야. 가장 빠른 길이 어디야?"

"내가 알려 줄게."

마리아가 곰들을 검은길로 데려갔다.

"저 길로 가면 돼. 혹시 유전을 피해서 가려면……."

마리아가 무언가를 가리키며 말했다.

"저기 있는 높고 검은 건물로 가."

"고마워."

친구들에게 손짓을 하던 어주락은 마리아가 실망한 표정을 짓고 있는 것을 보았다.

"그냥 여기 남아 있으면 안 돼?"

마리아가 애원했다.

"내가 맨날 음식을 가져다줄게. 우리 집 뒷마당에 곰 세 마리가 있었다는 걸 내 친구들 중 누구도 믿지 않을 거야!"

어주락은 고개를 저었다.

"미안해. 우리는 계속 가야 해."

어주락은 떠나려고 몸을 돌렸다. 토클로는 이미 검은길을 따라 마리아가 가리킨 방향으로 걸어가고 있었다.

33
어주락의 다짐

"아직 가지 마."

마리아가 말했다.

"옷도 제대로 안 입고 돌아다닐 수는 없어! 여기서 잠깐만 기다려."

마리아가 자기 방 창문을 통해 급하게 사라졌다. 어주락은 그 자리에 서서 안절부절못하며 기다렸다. 토클로는 가만히 있기 힘든지 검은 길을 따라 초조하게 서성였고, 루사와 칼릭은 바짝 붙어 서서 낮은 목소리로 이야기를 나누었다.

잠시 후 돌아온 마리아는 두꺼운 가죽 더미를 한 아름 안고 있었고, 한쪽 앞발에는 납작얼굴의 발처럼 생긴 무거운 물건 두 개를 들고 있었다.

"이걸 입어. 그럼 몸이 따뜻해질 거야."

마리아가 명령했다.

어주락은 조금 전에 마리아가 줬던 분홍색 가죽을 벗고 새 가죽을 입었다. 어주락에게는 너무 커서 발을 덮고 바닥에 질질 끌릴 정도였지만, 그래도 어쨌든 두껍고 따뜻했다. 어주락은 감사한 마음으로 그 안에서 몸을 웅크렸다. 납작얼굴의 모습으로 있는 게 훨씬 추웠다!

'하지만 여기 있는 동안에는 내가 납작얼굴의 모습으로 있는 게 낫겠지.'

어주락은 생각했다.

'만약 납작얼굴들이 나를 그들 중 하나라고 생각한다면, 내가 친구들을 보호할 수 있을 테니까.'

"이제 부츠를 신어."

마리아가 발을 감싸는 가죽을 땅에 내려놓으며 말했다. 어주락이 하나를 집어 들고 발을 안으로 넣으려 하자 마리아가 다급히 말했다.

"그게 아니야, 반대로 넣어야지!"

발에 닿는 가죽의 느낌은 별로 좋지 않았다. 뭔가 뻣뻣하고 영 어색했다.

'항상 이 안에 발을 넣고 다닌다면, 납작얼굴들은 어떻게 땅을 느낄 수가 있는 거지?'

어주락은 의아했다. 하지만 가죽 안에 집어넣은 발이 춥지 않다는 것은 인정해야만 했다.

'납작얼굴은 정말로 많은 것이 필요하네. 곰으로 사는 게 훨씬 나아.'

"고마워, 마리아. 네가 우리에게 해 준 일은 절대 잊지 못할 거야."

마리아가 가까이 다가와 꼭 껴안자 어주락은 깜짝 놀랐다.

"네가 누구든, 행운을 빌게."

마리아가 속삭였다.

어주락은 어색하게 미소를 지으며 고개를 끄덕였다.

"잘 있어."

루사가 마리아에게 다가가더니, 마리아의 손에 다정하게 코를 비볐다. 마리아는 루사의 주둥이를 톡톡 두드려 주었다.

"잘 가, 곰들아. 몸조심해."

"어서 가자!"

토클로가 외쳤다.

어주락은 몸을 돌려 검은길을 따라 터벅터벅 걸음을 옮기기 시작했다. 가죽으로 발을 감싸고 걷는 걸음이 영 무겁고 어설프게 느껴졌다. 루사는 뒤를 바짝 따라왔고, 칼릭과 토클로는 어주락의 양옆에서 함께 걸었다. 다음 모퉁이를 돌기 전에, 어주락은 여전히 집 앞에 선 채로 곰들을 바라보고 있던 마리아를 흘끗 돌아보았다. 마리아가 손을 들어서 흔들었고, 어주락도 모퉁이를 돌아 마리아의 모습이 보이지 않을 때까지 손을 흔들어 주었다.

곰들은 마리아가 가리킨 높은 건물로 향했다. 한층 거세진 바람이 얼굴을 때렸고, 매서운 추위는 마리아가 준 두꺼운 가죽을 뚫고 들어왔다. 어주락이 몸을 덜덜 떨자 토클로와 칼릭이 더 바짝 붙어 서서 자신들의 털로 어주락을 덮어 주었다.

검은길은 조용했지만 어주락은 추격해 오는 소리가 들리지는 않는지 계속 주의를 기울였다. 그러면서 곰의 날카로운 청각과 후각이 아직 자신에게 남아 있기를 바랐다. 높은 건물까지의 거리는 아직 많이 남아 있었지만, 점점 커지는 불꽃야수의 포효가 귀에 들려왔다. 뒤를 힐끗 돌아보니, 불꽃야수가 빠르게 다가오는 게 보였다. 불꽃야수의 등 위에서 파란 불빛이 빙글빙글 돌아가고 있었다.

"다시는 안 돼!"

토클로가 으르렁거렸다.

"빨리 숨어!"

어주락은 다급히 명령하며 몇 곰 길이 앞에 있는 골목 끝부분을 가리켰다.

"저 아래로!"

곰들은 즉시 달려 나가 어둠 속으로 사라졌다. 어주락이 친구들을 쫓아 달려갈 때, 뒤에서 누군가가 외쳤다.

"이봐, 너! 사내 녀석!"

어주락은 심장이 덜컥 내려앉은 채 걸음을 멈추고 돌아섰다. 불꽃야수는 멈춰 서 있었고, 남자 하나가 야수의 뱃속에서 기어 나왔다. 납작얼굴이 허리에 두르고 있는 덩굴손 같은 것에는 작은 불막대기가 끼워져 있었다.

'적어도 불막대기로 나를 겨누고 있지는 않아.'

"너, 이리 와 봐!"

납작얼굴이 명령했다.

"저요?"

어주락은 순진한 척하려고 애썼다. 주위를 둘러보고 친구들이 눈에 띄지 않는지 확인하고 싶은 충동을 애써 억누르며, 어주락은 납작얼굴을 향해 걸어갔다.

"이렇게 늦은 시간에 밖에서 뭘 하는 거냐?"

납작얼굴이 다가오며 물었다.

"마을에서 곰이 발견됐다는 얘기도 못 들었어?"

"곰이라고요?"

어주락은 놀란 척 눈을 크게 떴다.

"정말이에요?"

"정말이지 그럼. 그러니까 혼자서 밖을 돌아다니면 안 돼."

"저는…… 어…….."

어주락은 뭐라고 변명을 해야 납작얼굴이 받아들일 수 있을지 고민했다.

"여동생한테 줄 약을 구하러 다녀오는 길이에요."

마침내 그럴듯한 대답을 생각해 냈다. 어주락은 납작얼굴이 그 약을 보자고 하지 않길 바라며 덧붙였다.

"아프거든요."

"그럼 병원에 갔었니? 혹시 거기서 도망치는 남자애 못 봤어? 아니면 곰이라든지."

납작얼굴이 투덜거리듯 물었다.

어주락은 고개를 저었다.

"저는 병원에 가지 않았어요. 약을…… 마리아네 집에서 얻어 왔거든요. 저기 아래쪽에 사는."

어주락은 자기가 온 방향을 대충 가리켰다.

놀랍게도 납작얼굴이 미소를 지으며 고개를 끄덕였다.

"그린 박사님 말이냐? 환자들에게 정말로 친절하게 대해 주시지. 박사님 딸 마리아도 분명히 훌륭한 의사가 될 거야."

어주락은 납작얼굴을 마주 보며 미소를 지어 주었고, 그제야 비로소 안도감이 밀려왔다.

"맞아요, 분명 그럴 거예요."

"좋아, 얼른 집에 가렴."

납작얼굴의 말투는 이제 더 친절해졌다.

납작얼굴은 몸을 돌려 불꽃야수 안으로 돌아갔다. 어주락은 불꽃야수가 포효하며 사라질 때까지 기다렸다가 골목으로 향했다.

어주락이 다가가자 토클로와 칼릭과 루사가 걱정스러운 눈빛으로 어둠 속에서 나타났다.

"무슨 일이야? 납작얼굴이 뭐라고 했어?"

토클로가 물었다.

"그 납작얼굴이 너희를 본 적 있느냐고 물었어. 최대한 빨리 여길 벗어나야만 해."

어주락은 골목길 끝에서 밖을 내다보며 검은길이 비어 있는지 확인했다. 그런 다음 그림자 속에 숨어 다니며 곰들을 높은 건물로 이끌었다. 납작얼굴의 굴은 이제 창문이 비어 있거나 아니면 아예 없는 더 큰 건물들에 자리를 내주고 있었다. 주위는 온통 텅 비고 황량한 느낌만 가득했고, 석유 냄새는 더욱 심해졌다.

건물 바깥쪽의 불빛이 검은길을 가로질러 땅에 흩어져 있는 납작얼굴의 쓰레기를 비추었다. 종이 한 장이 날아와 토클로의 얼굴을 때렸다. 바람은 그 종이를 토클로의 머리와 가슴에 철썩 붙여 놓았다.

"역겨워!"

갈색곰이 멈춰 서서 발톱으로 종이를 떼어 내며 불평했다.

"납작얼굴 냄새가 나."

"맞아."

칼릭이 슬픈 목소리로 동의했다.

"난 여기가 정말 싫어."

"그러면 최대한 빨리 이곳을 빠져나가야겠네."

어주락은 친구들의 기운을 북돋우려 애썼다. 다시 풀밭을 밟고, 맑은 강물에 주둥이를 대고 꿀꺽꿀꺽 마실 생각을 하니 조바심이 났다.

'하지만 곧 어디에서도 깨끗한 물을 찾을 수 없을지도 몰라.'

어주락은 병원에서 자넷이 가져다준 석유를 손가락에 묻힌 후에 보게 되었던 환상을 떠올렸다. 자신의 몸에서 흘러나온 석유가 뱃속을 휩쓸고, 입과 코를 채우고, 멈출 수 없이 흘러나와 온 세상을 집어삼키는 환상이었다.

"훨씬 더 나빠질 거야."

어주락은 중얼거렸다.

높은 건물이 점점 가까워졌고, 마침내 곰들은 건물 그림자 속으로 들어갈 수 있었다. 그 건물은 가장 높은 나무보다도 더 높이 하늘을 향해 우뚝 솟아 있었다. 검은길이 굽어지면서 그 건물을 지나갔고, 양쪽으로는 더 많은 납작얼굴의 굴이 있었다. 그건 어느 방향이든 마찬가지였다. 어느 곳을 바라보아도 세상은 돌과 금속으로 만들어진 건축물로 가득 차 있었다.

"자, 이제 뭘 해야 하지?"

토클로가 으르렁거리며 물었다. 토클로는 넌더리가 난다는 듯 고개를 이리저리 흔들었다.

"여기가 그 새끼 납작얼굴이 가라고 한 곳이야. 하지만 이 근처에 빠져나가는 길은 보이지 않는데."

"우린 영원히 여기에 갇혀 버릴지도 몰라!"

칼릭이 훌쩍였다.

"아니, 그럴 순 없어."

루사가 애써 활기차게 말했다.

"계속 찾아보자. 이제 멀지 않았어."

"그렇게 쾌활하게 구는 걸 잠시라도 멈출 생각은 없어? 정말 짜증 나니까."

토클로가 투덜거렸다.

"글쎄, 짜증 나는 건 너도 마찬가지거든!"

루사가 뾰족하게 대꾸했다.

"싸우지 마."

어주락은 토클로 옆으로 다가가 어깨에 앞발을 얹으며 말했다.

"내가 탈출구를 찾아볼게. 하지만 그보다 먼저 너희가 숨어 있을 곳을 찾아야 해."

어주락은 곰들을 데리고 높은 건물 주위를 빙빙 돌기 시작했다. 바람이 애처로운 소리를 내며 불어와 더 많은 먼지와 쓰레기를 휘젓고 다녔다. 어주락은 멀리서 불꽃야수가 목이 터져라 울부짖는 소리를 듣고 잠시 얼어붙었지만, 그 소리를 낸 불꽃야수는 눈에 들어오지 않고 사라졌다. 어주락은 이곳이 자신이 지금껏 가 본 곳들 중에서 가장 외로운 곳이라고 생각했다. 가장 외진 산속보다도 더 외롭게 느껴졌다.

마침내 건물 한 바퀴를 터벅터벅 걸어 처음 출발한 지점 가까이 돌아왔을 때, 어주락은 벽에 걸린 납작한 나무판을 발견했다.

"저 밑으로 가."

어주락은 칼릭을 슬쩍 밀며 말했다.

"내가 돌아올 때까지 저기에 숨어 있어."

칼릭은 어주락이 말한 곳으로 걸어갔다. 칼릭을 따라가던 루사가 어주락을 지나쳐 가면서 주둥이로 다정하게 쿡 찔렀다.

"오래 걸리면 안 돼."

"금방 돌아올게."

어주락은 약속했다.

토클로가 마지막으로 친구들 옆 작은 공간으로 몸을 구겨 넣었다.

"내 평생 이렇게 많이 숨어 본 적은 없어."

토클로가 투덜댔다.

친구들이 안전하게 몸을 숨기자, 어주락은 건물 꼭대기와 그 너머의 별들을 올려다보았다. 그러고는 바람이 몸을 들어 올리는 걸 느끼며 위쪽으로 몸을 뻗었다. 몸이 서서히 변하면서, 걸치고 있던 납작얼굴의 가죽이 떨어져 나갔다. 다리가 줄어들고 앞발이 구부러져 갈고리 같은 발톱으로 변했다. 시야가 점점 날카로워지면서 건물 옆쪽의 갈라진 곳과 거친 곳을 구분해 낼 수 있었다. 분홍색이었던 피부에는 깃털이 돋아났고, 앞다리를 위로 휘두르자 달빛을 받아 하얗게 빛나는 날개가 되었다. 깊은 울음소리와 함께 어주락은 새하얀 흰올빼미의 모습을 하고 하늘로 날아올랐다.

검은길과 납작얼굴의 건물 위로 날아오르자, 차가운 밤공기가 깃털 사이로 흘러들었다. 하지만 이곳마저도 저 아래에서 올라오는 석유 냄새로 더럽혀져 있었다.

건물에서 나오는 불빛이 어둠 속의 작은 점처럼 보였다. 탑 꼭대기의 불길도 틴츄의 난롯불보다 더 작게 보였다. 눈이 이글거리는 불꽃야수들이 반딧불이처럼 기어다니며 폐허가 된 땅을 가로지르고 있었다.

'무슨 일이 벌어지고 있는지 알아내야 해.'

어주락은 올빼미의 시야로 바다에서 산까지 샅샅이 훑으며 혼잣말을 했다.

'나는 알아야 해. 내가 볼 수 있는 모든 게 다 중요해.'

간호사가 침대보와 담요를 가지고 어주락을 위해 만들어 줬던 그 지도가 지금 발아래 펼쳐져 있었다. 바다에서 산맥까지, 그리고 그 사이에서 프로프킨 유전이라는 검은 곰팡이가 대지를 파괴하고 있는 것까지, 모두 다 볼 수 있었다.

어디를 보아도 납작얼굴들의 굴과 검은길, 그리고 땅을 이리저리 가로지르며 뻗어 나가는 은색 관을 볼 수 있었다. 그리고 어주락이 지켜보는 지금도 계속해서 무슨 일이 일어나는 것처럼 보였다. 마치 곰이 발로 개미집을 헤집는 것처럼 땅 밑에서 끓어오르는 움직임이 있었다.

탑과 관, 그리고 검은길이 바깥을 향해 뻗어 나가며, 이제껏 자유로웠던 땅을 모조리 집어삼키고 있었다. 그것들은 해안을 따라 언덕으로 기어오르고, 밀물처럼 숲과 북극 마을의 굴들을 뒤덮으며 먼 곳까지 흘러가서 최후의 위대한 황야가 사라져 버릴 때까지 모든 걸 뒤덮어 버렸다.

눈처럼 하얀 날개로 원을 그리며 날던 어주락은 절망으로 가득한 울음을 터뜨렸다.

어주락의 악몽 같은 환영 속에는 더 이상 곰도, 순록도, 기러기나 여우도 없었고, 볼 수 있는 것은 오직 수많은 관과 소음과 악취 가득한 공기뿐이었다. 그 오염은 바다까지 퍼져 나갔다. 얼음 위로 솟아오른 검은 벽들이 파도 속으로 쓰레기를 쏟아 냈다. 도망칠 곳은 어디에도 없었다.

숨을 헐떡이며 현실로 돌아온 어주락은 눈을 깜빡이며 그 끔찍한 환영을 쫓아냈다. 감각이 어느 때보다도 날카로워진 것 같았다. 어주락은 땅속 깊은 곳에서 기계 장치가 석유를 빨아들여 퍼 올리는 소리를 들을 수 있었고, 석유가 콸콸거리는 소리를 내며 관을 통해 산으로 운반되는 소리도 들을 수 있었다. 얼음처럼 차가운 공포가 온몸을 뒤덮었다. 어주락은 힘겹게 날개를 편 채 하늘에 간신히 떠 있었다. 마침내 어주락은 자신이 헤쳐 온 여정의 이유를 알게 됐다. 최후의 위대한 황야는 어주락의 도움을 필요로 했다.

'야생을 지켜라……'

어주락은 루사의 꿈을 떠올렸다. 그리고 자신이 여행 중에 느꼈던 거북함을 떠올렸다. 자신이 변신했던 동물들이 느끼던 두려움, 자신의 세상이 망가지고 오염되어 납작얼굴들에게 빼앗기고 있다는 그 두려움을 떠올렸다.

'나는 싸우기 위해 이곳에 왔어.'

어주락은 다짐했다.

'어떻게든 내가 해야 할 일을 알아낼 거야.'

번쩍이는 달빛이 어주락의 눈을 멀게 했다. 별들이 주위를 빙글빙글 돌았고, 어주락은 자신이 추락하고 있다는 것을 깨달았다. 날개와 꼬리의 깃털이 쪼그라들면서 지느러미가 그 자리를 대신했고, 은빛 비늘이 몸 전체를 덮었다. 숨을 쉴 수 없다는 것을 깨닫는 순간, 온몸에 경련이 일었다. 숨이 턱 막힌 어주락은 공중에서 몸을 마구 비틀어 댔다. 저 아래로 강이 어렴풋이 보였다. 어주락은 물고기의 모습을 한 채 물에 부딪혀 그 속으로 미끄러져 들어갔다.

'안 돼······.'

어주락은 공포에 먹히지 않으려고 안간힘을 쓰며 생각했다.

'이러면 안 돼! 나는 토클로와 친구들에게 돌아가야 해.'

물고기의 모습은 어주락을 압도할 만큼 위협적이었고, 맹렬한 굶주림이 친구들에 대한 기억을 자꾸만 몰아내고 있었다. 어주락은 강이 베풀어 주는 영양가 있는 먹이를 빨아들이기 위해 입을 벌렸다. 하지만 아무것도 없었다. 오염된 물과 공허함만 있을 뿐. 어주락은 다른 물고기들과 함께 상류로 헤엄쳐 가기를 갈망했다.

'나는 반드시······ 변신을······.'

의식의 마지막 조각을 부여잡고 다시 올빼미의 모습으로 돌아가려고 했다. 그렇게 다시 유전 위로 날아올라, 친구들이 숨어 있는 높은 건물을 찾으려 했다.

어주락은 꼬리를 흔들며 강둑을 향해 헤엄쳤다. 몸이 점점 커지는 게 느껴졌다. 몸통에서 다리가 튀어나오고, 네 개가 되면서 끄트머리에 발굽이 달렸다. 머리에서 뿔이 돋아나는 느낌이 들었고, 아래를 내려다보니 순록의 회갈색 털가죽이 보였다.

허둥지둥 강가에서 올라온 어주락은 강둑 위에 서서 유전 너머를 바라보았다. 자신이 새끼를 밴 암컷이라는 걸 깨달았고, 뱃속에 있는 새끼의 무게가 무겁게 느껴졌다. 어주락은 고개를 숙인 채 터벅터벅 앞으로 걸어가기 시작했다. 본능이 조상 대대로 내려오는 순록들의 분만 장소로 어주락의 발을 이끌었다. 하지만 바람이 몰아치는 습지와 숲이 우거진 언덕 대신 눈에 보이는 것은 검은길과 그 옆으로 길게 뻗은 은색 관, 그리고 납작얼굴들이 지은 높은 건축물들뿐이었다. 어주락은 고개를 들어 길고 애절하게 울부짖으며, 새끼를 키울 곳을 잃어버린 어미의 슬픔을 토해 냈다.

'아니야…… 이러면 안 돼…….'

어주락은 마지막 남은 힘을 짜내어 변신에 맞서 싸웠다.

'올빼미…… 올빼미로 변해야 해. 친구들에게 돌아갈 수 있게, 그래서 이곳에서 벗어날 수 있게……. 날개…… 흰 깃털…… 부리와 발톱…….'

다행히도 몸이 다시 움츠러드는 느낌이 들었고, 마침내 변신을 통제하고 흰올빼미의 몸으로 돌아갈 수 있었다. 어주락은 소리 없이 날개를 펼쳐 하늘로 날아올랐지만, 근육은 지쳐서 비명을 지르고 있었고 작은 새의 심장은 강풍에 흔들리는 나뭇잎처럼 팔락였다.

어주락은 눈을 깜빡이면서 시선을 아래쪽에 집중했고, 마침내 처음 변신했던 그 높은 건물을 찾는 데 성공했다. 심지어 친구들이 웅크리고 숨어 있는 나무판까지도 알아볼 수 있었다.

잘 보이는 위치에 올라온 어주락은 마리아가 말한 그 건물이 납작얼굴 구조물의 끄트머리에 가깝다는 것을 알 수 있었다.

'저 검은길을 따라가다가…… 그런 다음 저 검은길로 가면…… 이곳을 빠져나갈 수 있어.'

어주락은 무거운 마음으로 몸을 날렸고, 친구들이 숨어 있는 나무판에서 몇 곰 길이 떨어진 땅 위로 내려앉았다. 어주락은 안도의 한숨을 내쉬며 깃털을 녹여 버렸다. 날개가 앞다리로 변하고 발톱이 돋아나는 동안 갈색 털이 네 다리를 뒤덮었다. 부리는 주둥이가 되었고, 어주락은 마침내 어린 갈색곰의 모습으로 네발을 땅에 디뎠다.

잠시 동안은 움직일 수가 없었다. 어주락은 먼지투성이 땅바닥에 몸을 웅크린 채 덜덜 떨고 있었다. 다리가 너무 아프고 피곤해서 영영 발을 움직일 수 없을 것만 같았다. 하지만 어딘가에서 들려오는 불꽃야수의 소리는 납작얼굴들이 아직 어주락과 친구들을 찾아다니고 있다는 것을 기억나게 해 주었다. 쉴 시간이 없었다.

어주락은 터져 나오려는 신음을 꾹 참으며 억지로 몸을 일으켰다.

"돌아왔어!"

어주락은 소리쳤다.

"이젠 우리가 뭘 해야 하는지 알겠어."

34
다시 시작된 여정

칼릭은 숨어 있던 나무판 뒤에서 나와 다리를 하나씩 쭉 뻗었다. 어주락은 다시 갈색곰의 모습으로 돌아와 몇 곰 길이 떨어진 곳에 서 있었다. 털가죽은 후줄근하고 지저분했고, 눈은 피로가 쌓여 어둡게 변해 있었다.

"어주락, 무슨 일이 있었던 거야?"

칼릭은 낑낑거리며 물었다.

"난 괜찮아. 나중에 다 말해 줄게."

어주락이 잔뜩 쉰 목소리로 대답했다.

칼릭은 마음을 놓을 수 없었지만, 그 문제가 무엇이든 어주락은 말하고 싶지 않은 게 분명했다. 칼릭은 어주락에게 다가가 어깨에 주둥이를 파묻었다.

"네가 곰의 모습으로 돌아온 걸 보니 정말 좋다. 난 네가 계속 이 모습으로 지냈으면 좋겠어."

346

"나도 그랬으면 좋겠어."

어주락이 무거운 목소리로 대답했다.

"그리고 네가 여기서 나가는 길을 알았으면 좋겠는데."

토클로가 루사와 함께 숨어 있던 곳에서 나오며 으르렁거렸다.

"두 번 다시 이곳에 오고 싶지 않아. 그리고 배가 고파!"

"곧 사냥을 할 수 있을 거야. 이제 얼마 남지 않았어."

어주락이 약속했다. 그리고 몸을 돌려 하늘에서 봤던 검은길 중 하나를 따라 길을 안내했다. 조금 지나자 어주락은 피곤을 어느 정도 떨친 것처럼 보였다. 발걸음은 점점 빨라지고 자신감이 넘쳤다. 칼릭은 열심히 작은 갈색곰의 뒤를 따라갔다. 또 다른 검은길로 접어들자, 바람에서 좀 더 상쾌한 냄새가 느껴졌다. 칼릭이 생각했던 것보다 빠르게 건물들이 등 뒤로 사라졌다. 칼릭의 발은 단단한 바닥을 떠나 이제 풀밭을 딛고 있었고, 이따금 바위와 덤불이 앞을 가로막았다. 해안에 밀려오는 잔잔한 파도 소리를 들을 수 있었고, 마침내 끈질기게 남아 있던 석유 냄새를 뚫고 바닷물의 톡 쏘는 향기를 맡을 수 있었다. 잔잔한 파도 위로 별빛이 반짝였고, 길게 뻗은 얼음 위에서도 희미하게 빛났다.

'점점 가까워지고 있어!'

칼릭은 차갑고 익숙한 냄새를 들이마시며 기쁜 마음으로 생각했다. 아직 얼지 않고 남아 있는 좁은 바다를 건너 얼음 위로 가고 싶었다. 끝없이 펼쳐진 하얀 세상에서 자기 자신을 잃고 싶었다. 하지만 친구들을 떠날 수 없다는 걸 잘 알고 있었다.

'지금은 아니야. 이 황야에서 무슨 일이 일어나고 있는지 이제 막 알

아냈잖아.'

몇 곰 길이쯤 더 가서 곰들은 강둑에 이르렀다. 상류 쪽을 힐끗 쳐다보던 칼릭은 루사와 토클로와 함께 건넜던 다리를 발견했다. 불빛이 다리 근처에서 반딧불이 떼처럼 반짝였고, 발톱 없는 동물들이 고함을 지르는 소리가 들려왔다.

"아직도 우리를 찾고 있어."

다리 쪽을 살펴보던 토클로가 말했다.

"그래, 우리가 저길 건너려고 하지 않은 게 다행이야."

루사가 말했다.

어주락은 강 건너편을 바라보고 있었다. 칼릭은 어주락 곁으로 다가갔다. 잔잔한 물결 위로 달빛이 반짝이고, 바다에 가까워지면서 강물은 여러 개의 작은 물줄기로 갈라졌다. 모래톱과 작은 섬들이 은빛 수면에 대비되어 검게 보였다.

"여기는 걸어서 건널 수 있을 것 같은데."

어주락이 시험 삼아 물살 속으로 몇 걸음 걸어 들어가며 말했다. 물은 어주락의 발을 겨우 덮을 정도였다.

칼릭은 마지막으로 다리 위의 불빛을 힐끗 쳐다본 뒤, 털 속으로 물이 스며드는 시원한 느낌을 즐기며 어주락을 따라 첨벙첨벙 강을 건넜다. 토클로는 물고기를 찾으려는 듯 시선을 물에 고정한 채 꾸준히 걸음을 옮겼다. 루사는 뛰어가다가 앞발이 쭉 미끄러지면서 옆으로 넘어졌고, 엄청난 물보라를 일으키며 놀라서 비명을 질렀다.

"내 털을 흠뻑 적셔 줘서 고맙다."

토클로가 중얼거리며 루사를 슬쩍 밀어 다시 일어나는 것을 도와주었다.

"천만에."

루사가 몸을 털어 반짝이는 물방울을 흩뿌리며 대답했다.

"야!"

토클로가 뒤로 펄쩍 뛰더니 한 발로 수면을 세게 내리쳤고, 그 물은 루사의 얼굴로 쏟아졌다.

"잡히기만 해 봐, 이 덩치야!"

루사가 소리쳤다.

"얼른 가자!"

어주락이 조금 앞쪽에 있는 모래톱 위로 올라가며 재촉했다.

"장난치고 있을 시간이 없어."

칼릭은 어주락을 향해 물을 헤치며 걸어갔다. 어주락이 친구들이 신나게 장난치는 것을 막는다는 게 이상했다. 평소라면 어주락이 가장 먼저 주의가 산만해지곤 했으니까.

'납작얼굴들에게 끌려갔다 온 뒤로 어주락은 변했어.'

칼릭은 속으로 생각했다.

마침내 넷은 첨벙거리며 강비탈을 기어 올라가 맞은편 강둑 위에 나란히 섰다. 이제 몇 걸음만 더 가면 풀밭은 사라지고 가시덤불이 듬성듬성 흩어져 있는 자갈 해변으로 이어졌다. 칼릭은 파도가 밀려왔다가 다시 밀려가며 나는 소리와, 조약돌이 달그락거리는 소리를 들을 수 있었다. 겨우 몇 곰 길이 앞에서 물거품이 한 줄로 부서졌다.

"바다에 도착했어."

토클로가 숨을 헐떡이며 바닥에 털썩 주저앉았다.

칼릭과 다른 곰들도 토클로 옆에 쓰러졌다. 오랫동안 쉬지 않고 걸어온 터라 숨소리가 거칠었다. 칼릭은 자신들이 떠나온 납작얼굴의 영역을 돌아보았다. 마리아가 가르쳐 주었던 높은 건물만 알아볼 수 있었다. 금속 새가 으르렁거리는 소리가 들리자 칼릭은 바닥으로 납작 엎드렸고, 멀리 떨어진 납작얼굴의 굴 위에서 빛의 얼룩이 급강하하는 것을 볼 수 있었다.

"우리를 찾는 게 아니야."

칼릭은 금속 새가 둥지로 내려앉는 것을 보면서 말했다.

"그래, 이제 안전해. 납작얼굴들은 우리를 찾으러 여기까지 오진 않을 거야."

루사가 중얼거렸다.

한동안 곰들은 아무 말 없이 편안한 어둠 속에 옹기종기 모여 있었다. 불빛과 소음은 아주 멀리 있는 것 같았다. 칼릭은 부드러운 파도 소리를 듣고, 끝없이 펼쳐진 얼음의 향기를 들이마시며 잠시 휴식을 취하는 것 말고는 원하는 게 아무것도 없었다.

"나는 답을 알고 있어."

잠시 후 어주락이 말했다.

"우리가 왜 이곳까지 왔는지 알겠어."

"네가 우리를 푹 쉬게 놔두진 않을 것 같더라니!"

토클로가 투덜거렸다.

"나도 우리가 왜 여기 왔는지 알아."

토클로는 칼릭과 루사를 향해 주둥이를 휙 돌리며 말을 이었다.

"우린 널 찾으러 온 거야, 어주락."

어주락이 토클로의 어깨에 주둥이를 파묻었다.

"알아, 너희가 무슨 일을 했는지. 그리고 정말 고마워. 하지만 내가 말하려던 건 그게 아니야. 무언가가 나를 인도하고 있었어."

작은 갈색곰은 별빛으로 눈을 반짝이며 말을 이었다.

"우리가 이곳에 오기 전까지는 그 이유를 알지 못했어. 나는 그저 곰들이 안전하게 살 수 있는 곳을 찾으려 한다고만 생각했어. 하지만 그 이상의 무언가가 있었어."

"무언가가 너를 인도하고 있다고?"

루사가 되물었다.

"곰의 정령들일까?"

루사는 고개를 들어 차가운 하늘에서 빛나고 있는 실라룩을 바라보았다.

"그들이 우리를 이곳으로 이끌었을까?"

어주락이 고개를 끄덕이고, 루사를 따라 별을 올려다보았다.

"위대한 곰은 항상 우리를 지켜보고 있어."

어주락이 속삭였다.

"그리고 야생을 지키기 위해 우리를 이곳까지 데려왔어."

"우리는 꼭 해낼 거야. 우리는 야생을 지킬 거야."

루사가 속삭였다.

토클로가 루사와 어주락을 차례로 힐끗 쳐다보았다.

"네가 무슨 말을 하는지 알 것 같은 끔찍한 느낌이 들어."

루사가 토클로를 향해 돌아섰다.

"토클로, 내가 연기 나는 산에서 다쳤을 때 기억나지? 다들 내가 죽을 거라고 생각했잖아."

토클로는 퉁명스럽게 고개를 끄덕였다.

"있지, 그때 내가 꿈을 꿨어. 난 엄마와 아빠와 요기와 함께 다시 곰 터에 있었어."

토클로가 거칠게 숨을 몰아쉬었다.

"또 그놈의 곰터 얘기!"

"엄마가 나는 죽을 수 없다고 말했어. 해야 할 일이 있으니까 돌아 가야 한다고. 나는 야생을 지켜야만 해."

"루사 네가?"

토클로가 믿을 수 없다는 듯 말했다.

"너 혼자서?"

루사는 고개를 푹 숙였다.

"나도…… 나도 불가능한 일이라고 생각했어. 하지만 나는 지금 혼 자가 아니야. 그리고 만약 곰의 정령들이 우리를 돕는다면, 우리는 뭐 든 할 수 있어."

칼릭은 경외심에 찬 눈빛으로 친구를 바라보았다. 루사의 용기와 확 신이 부러웠다.

'나는 너처럼 느낄 수 없어, 루사.'

칼릭은 속으로 생각했다.

'하지만 내가 도울 수 있는 일이 있다면, 기꺼이 도울 거야.'

"야생은 지금 큰 위험에 처해 있어."

어주락이 말했다.

"납작얼굴들은 석유가 너무 간절해서 건물과 검은길을 사방에 퍼뜨릴 거야. 납작얼굴들은 모든 게 파괴될 때까지 멈추지 않을 거야."

차가운 바람이 해변의 자갈 위를 스치고 지나가자 곰들은 몸을 부르르 떨었다. 토클로는 추위가 마음속에 잠들어 있던 차가운 공포를 일깨웠다는 사실을 인정하지 않으려는 듯 털을 잔뜩 부풀렸다.

'토클로가 어떤 기분인지 알 것 같아.'

칼릭은 속으로 생각했다.

"그럼 이제 어디로 가야 하지? 그리고 뭘 해야 하는 거지?"

루사가 물었다.

"나도 모르겠어."

어주락이 고백했다.

"우리는 징조를 기다릴 거야."

토클로의 입에서 두렵고 초조한 탄성이 터져 나오자 칼릭은 한 걸음 물러섰다.

"그놈의 징조!"

토클로가 지긋지긋하다는 듯 소리쳤다.

"아, 그러셔? 이번에 기다리는 징조는 어떻게 생겨 먹은 건데, 어주락? 저기 있는 커다란 바위 네 개가 징조 아니야? 아니면 저 잎사귀들이 징조인가?"

토클로는 가시덤불 하나를 입으로 물어뜯어 잎사귀가 잔뜩 붙어 있는 가지를 어주락의 얼굴에 들이밀었다.

"토클로, 그러지 말고……."

칼릭이 말리려고 했지만 토클로는 칼릭을 무시한 채 계속 몰아붙였다.

"아, 저길 봐! 산봉우리가 네 개 있네! 저게 우리 넷을 뜻하는 거야? 그래, 맞아! 저건 우리가 저쪽으로 가야 한다는 뜻이 분명해!"

토클로는 뒷발로 벌떡 일어서서 하늘의 별을 노려보았다.

"이봐, 정령들!"

토클로가 고함을 질렀다.

"거기 있는 거야? 응? 내 말 듣고 있어? 우리가 뭘 해야 하는 거야? 어디로 가야 하지?"

칼릭과 다른 곰들은 토클로의 도발적인 질문에 대답이 있는지 보려고 위를 올려다보았다. 하지만 별들은 전처럼 계속 조용히 반짝였다. 정령들은 아무런 대답도 하지 않았고, 어주락의 말이 옳은지 알려 주는 어떠한 징조도 없었다.

토클로는 조약돌 위로 털썩 주저앉았다. 루사가 토클로에게 다가가 어깨에 주둥이를 가져다 댔지만, 토클로는 몸을 휙 돌려 루사에게서 떨어졌다.

"내 생각에 우린 그냥 산으로 가야 할 것 같아."

토클로가 중얼거렸다.

"이 평원과 바다는 그냥 납작얼굴들이 원하는 대로 독을 뿌리라고 놔둬."

"진심 아니라는 거 알아."

루사가 중얼거렸다.

"저길 봐!"

어주락이 속삭였다.

칼릭은 작은 갈색곰의 시선을 따라 하늘을 올려다보았다. 하늘에서 무슨 일이 일어나고 있었다. 처음에는 얼음 위에서 소용돌이치는 연기 기둥처럼 보였지만, 그것은 숲에 있는 열매의 색을 띠고 있었다. 그것은 하늘을 휩쓸며 위로 솟아올랐고, 색깔은 빨간색에서 소나무의 짙은 녹색으로 바뀌었다가 또다시 금색으로, 그리고 다시 얼음의 푸른색으로 변했다.

"너무 아름다워……."

루사가 중얼거렸다.

칼릭은 심장이 두근거렸다. 마치 형형색색의 강이 칼릭을 향해 폭포수처럼 쏟아지고 있는 것 같았고, 거대한 새의 날개가 주변을 둘러싼 공기를 환상적인 모양으로 끌어당기는 것 같았다. 하늘이 온통 빛으로 일렁이고 있었다. 조상들의 영혼이 끝없는 얼음 위에서 춤을 추며 칼릭에게 손짓하고 있었다.

'엄마도 저 속에 함께 있는 거예요?'

칼릭은 조용히 물었다.

'지금 저를 내려다보고 있나요?'

"칼릭, 이제 네가 우릴 이끌어야 해."

생각에 잠겨 있던 칼릭은 어주락의 목소리에 퍼뜩 정신을 차렸다.

칼릭은 어주락을 빤히 바라보았다.

"나?"

"그래, 정령들은 우리에게 얼음 위로 올라가라고 말하고 있어. 네가 우리에게 길을 알려 줘야 해."

칼릭은 하늘의 불을 올려다보고, 소금기 섞인 바람이 털을 잡아당기는 걸 느끼고, 앞에 놓인 얼음의 향기를 들이마셨다.

"그래, 알았어."

칼릭은 나지막이 속삭였다.

"내가 너희를 얼음 위로 데려갈게. 너희에게 내 집을 보여 줄게. 예전에 살았던 곰들의 영혼이, 그리고 우리 엄마의 영혼이 우리의 모든 발걸음을 지켜 줄 거야."

끝없는 얼음을 찾기 위한 여정은 끝이 났다. 그리고 이제 야생을 지키기 위한 새로운 여정이 시작되었다.

〈5권에 계속〉

별을 쫓는 자들
제4권 〈최후의 황야〉를
도서관에 희망도서
신청해 주세요!
사은품을 드립니다.

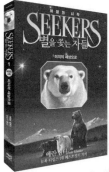
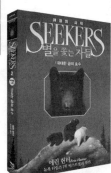

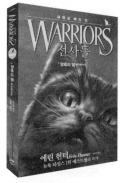
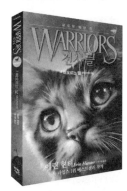
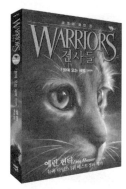

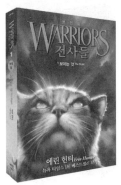

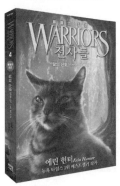

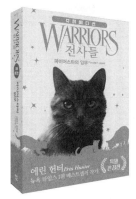
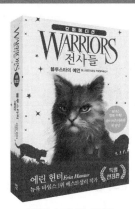
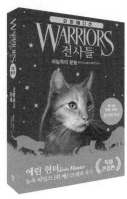

생생한 만화로 재탄생한 전사 고양이들의 이야기
『전사들』그래픽 노블!

그 래 픽 노 블

WARRIORS
전사들

**그레이스트라이프의
모험**

레이븐포의 길

스커지의 탄생

타이거스타와 사샤

**하늘족과
낯선 고양이**

강족의 그림자

변화의 바람

『전사들』시리즈의 숨겨진 뒷이야기가 만화적 상상력과 묘사를 더해 재탄생되다!
두발쟁이에게 잡혀간 부지도자 그레이스트라이프, 종족을 탈출한 훈련병 레이븐포, 최고의 악당
스커지, 어둠의 전사 타이거스타의 사랑, 하늘족과 솔, 페더테일과 레퍼드스타, 머드클로의 이야
기까지, 『전사들』에 열광하는 독자들의 마음을 사로잡을 이야기들이 펼쳐진다.

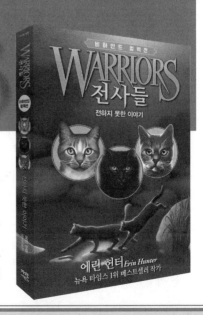

전 세계 29개국어로 번역 출판되어 490만 부 이상 팔린 베스트셀러

WOODWALKERS

우드워커

1 기억을 잃은 소년

2 위험한 우정

독일의 베스트셀러 작가 카챠 브란디스가 선보이는 변신족들의 학교생활, <우드워커> 시리즈!

얼핏 보면 평범한 소년처럼 보이지만, 카락의 타오르는 눈에는 비밀이 숨겨져 있다.

'신비로운 소년'. 신문과 텔레비전 뉴스에서 나를 부르는 이름이다. 나는 변신족이며, 소년이자 동시에 퓨마이다. 우리는 숲을 걷는 자, 우드워커라고 불린다. 매력적이고 도 낯선 인간 세상을 동경하던 나는 퓨마 가족과 산을 떠나 인간 세상으로 내려왔다. 정체를 감추고 인간인 척 살아가던 어느 날, 나와 같은 변신족들을 위한 학교가 있다 는 사실을 알게 됐다……

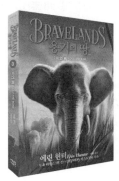